LILIA LAY

RUN so FAR

ROMAN

ISBN 978-3-98942-726-6
1. Auflage 2024

https://lilialay.de
Umschlaggestaltung: © Lilia Lay / Canva
Bestellung und Vertrieb: Nova MD GmbH, Vachendorf

Für meine Familie,
die mich immer unterstützt.

Kapitel 1 – The Bucket List

Ich, Alina Miller, 21 Jahre jung, nominiere mich hiermit selbst für den australischen Integrations-Award. Keine Ahnung, ob es diesen Preis wirklich gibt. Aber für die Tatsache, dass nach meiner Ankunft in South Heads gerade einmal 24 Stunden vergangen sind, bis ich meinen ersten Punkt von der Australien Bucket List streichen kann, fordere ich Anerkennung in ihrer höchsten Form. Zur Not müsste man den Preis einfach neu erfinden.

Also: Herzlichen Glückwunsch an mich selbst! Auch dafür, dass ich meine eigenen Erwartungen maßlos übertroffen habe. Denn der Typ, der seinen Kopf gerade tief zwischen meinen Beinen versenkt, ist definitiv ein Surfer und eignet sich somit hervorragend, um hinter die Aufgabe *Sex mit einem Surfer* einen Haken zu setzen.

Meine beste Freundin Nele und ich hatten vor meiner Abreise nach Australien so einige klassische To-dos in einer umfassenden Liste festgehalten. Zu meiner Verteidigung hatten nicht alle etwas mit leicht bekleideten, heißen Männern zu tun. Beispielsweise wollte ich auch einen *Koala streicheln* oder *Wallabys füttern.*

Der Kerl weiß selbstverständlich nicht, dass er nur ein Spiegelstrich auf meiner Bucket List ist, der sich ganz unspektakulär zwischen dem *Selfie mit einem Wombat* und einem *Barbecue am Strand* befindet. Aber ich gehe davon aus, dass ich für ihn auch nur eine weitere Kerbe im Bettpfosten darstelle, weshalb ich deswegen kein schlechtes Gewissen habe.

Eigentlich war ich heute Abend nur in die kleine Bar an der Küstenpromenade gegangen, um mich nach einem Job zu erkundigen. Leider hatte das Breakers aktuell keinen Bedarf an Servicekräften. Weil ich aber schon einmal dort war, gönnte ich mir spontan einen kleinen Apfelcider an der Bar und stieß mit mir selbst auf meine gelungene Flucht aus Deutschland an.

Die Bar wirkte mit ihrer rustikalen, braunen Einrichtung und den vielen Fernsehbildschirmen wie ein englisches Sports-Pub und war an diesem gewöhnlichen Mittwochabend mehr als gut besucht.

Deshalb genoss ich die Kombination aus dem sauren Geschmack des Apfels und dem betäubenden Gefühl des Alkohols nur kurz allein. Denn ich stand keine zwei Minuten an der in die Jahre gekommenen Theke, als auch schon drei Jungs auf mich zukamen und mich ansprachen.

Dieser Umstand sorgte dafür, dass ich mich hin- und hergerissen fühlte, denn eigentlich wollte ich ja nach einer Einkommensquelle für die nächsten Wochen suchen. Ich hätte nach diesem Getränk dringend zum nächsten Laden weiterziehen sollen, um endlich einen Job zu finden! Aber die Verlockung, an diesem Abend mit einem der Jungs eine Ablenkung der ganz anderen Art zu entdecken, war schon verdammt groß.

In einem schwachen Moment beschloss ich für mich, dass ich noch einige Tage Zeit hätte, um mich um das

Finanzielle dieser Reise zu kümmern und ich lieber herausfinden wollte, was der Abend ansonsten in petto haben könnte.

Außerdem würde es mir mein angeknackstes Selbstbewusstsein danken, wenn ich es tatsächlich schaffte den schärfsten Kerl des ganzen Ladens aufzureißen.

Nach ein wenig Smalltalk an der Bar wurde schnell klar, dass der Typ mit den wirren, sonnengebleichten, blonden Haaren und den tiefblauen Augen mit mir auf einer Wellenlänge lag. Ryan war witzig, charmant und nahm sich dabei selbst nicht zu ernst.

Seine beiden Kumpels verabschiedeten sich bald in Richtung eines Tisches, an dem sie die Jungs und Mädels mit Schulterklopfen begrüßten. Ryan hingegen blieb mit mir am Tresen stehen und schien sich in diesem Moment einzig und allein für mich zu interessieren, wenngleich seine beiden Freunde ständig prüfende Blicke in unsere Richtung warfen.

Obwohl ich wusste, dass ich heute wirklich nicht schlecht aussah, tat Ryans Aufmerksamkeit meinem Ego unglaublich gut. Ich hatte mich gründlich geschminkt, meine dunkelblonden Haare geglättet und zu einem hohen Pferdeschwanz gebunden. Mein Outfit aus schwarzem, knielangem, engem Rock und einer kurzen, cremefarbenen geknoteten Bluse ließ trotz seiner Spießigkeit erkennen, dass ich viel Zeit in Sport und gesunde Ernährung investierte.

Ryan brachte mich schon wieder zum Lachen und frage dann ungewohnt ernst. „Linny… Was hältst du davon, wenn wir kurz an die frische Luft gehen?“ Dabei beugte er sich gefährlich nahe zu mir herunter und streifte mit seinen vollen Lippen ganz leicht mein Ohr.

Ich war nicht naiv. Mir war klar, dass er genauso gut hätte fragen können, ob ich vor der Tür mit ihm herummachen möchte. Aber das war exakt die Art Beschäftigung, auf die ich gerade allergrößte Lust verspürte. Ein leichtes, vorfreudiges Kribbeln breitete sich bereits in meinen Fingerspitzen aus.

„So einiges!“, antwortete ich ihm deshalb mit einem wissenden Lächeln. Dann nahm ich seine Hand, die sich angenehm warm und weich an meiner Haut anfühlte. Er schaffte es gerade noch die leere Bierflasche auf dem Tresen abzustellen, bevor ich ihn mit mir zur Tür zog.

Draußen war es mittlerweile dunkel geworden und die Luft hatte sich etwas abgekühlt. Obwohl es erst Oktober war, und damit gerade einmal Frühlingsanfang auf der Südhalbkugel, war es während des Tages schon fast sommerlich warm gewesen. Mein Körper, der schon auf den kalten Herbstanfang in Deutschland eingestellt war, hatte die unerwartete Wärme des Tages gierig wie ein ausgetrockneter Schwamm aufgesogen. Aus Richtung des Meeres wehte ein sanfter Wind und man hörte statt dem lauten Stimmengewirr der Bar nur noch Wellen, die leise gegen die Küste brandeten.

Ich hielt noch immer Ryans Hand, der die Führung übernahm, mich nun zwei Meter um die Ecke des Hauses herumzog und sich dann zu mir drehte.

Er grinste unverschämt breit, legte gleichzeitig eine Hand unerwartet sanft unter mein Kinn und küsste mich im selben Moment. Ich war tatsächlich von der Geschwindigkeit, in der sich das Ganze entwickelte, etwas überrumpelt. Nach einigen Sekunden, in denen ich das Gefühl seiner weichen Lippen untätig auf meinen genoss, kam wieder Leben in mich und ich legte meine Hände in seinen Nacken, um ihn näher zu mir zu ziehen. Leicht erwiderte ich seinen Kuss und vergrub meine Finger in seinen wirren Haaren.

Als wir vorher in der Bar waren, wirkte er in dem lässigen weißen T-Shirt und den knielangen schwarzen Shorts eher schmächtig. Aber als er mich mit seinem Körper hart gegen die Hauswand drückte, da bekam ich bereits eine Vorahnung, was er unter seinen locker sitzenden Klamotten verstecken könnte.

Klar, irgendwoher musste dieses unglaubliche Selbstbewusstsein kommen, das ihn so offensichtlich und unbefangen mit mir flirten ließ und mit dem er mich so schnell aus der Bar und direkt in seine Arme ziehen konnte. Er machte das hier sicher nicht zum ersten Mal, aber das war mir tatsächlich gerade recht. Ich war nicht auf der Suche nach - noch einer - furchtbaren Beziehung.

Ich ließ es also geschehen. Mehr noch, ich genoss die zärtlichen Berührungen unserer Lippen und wollte noch viel mehr spüren. Deshalb fuhr ich mit den Händen unter sein Shirt und an seinen festen Rückenmuskeln entlang nach oben. Ich fühlte die weiche Haut unter meinen Fingerkuppen und zog ihn noch etwas näher an mich heran. Dann öffnete ich die

Lippen vorsichtig und vertiefte den Kuss. Er schmeckte nach seinem letzten Bier und irgendwie nach Kokosnuss. Als sich unsere Zungen endlich berührten, seufzten wir beide gleichzeitig leise auf.

Seine Hand, die noch unter meinem Kinn lag, fuhr sanft an meinem Hals nach unten, berührte dabei durch den Stoff meines Oberteils hindurch meine Brust und dann meinen Bauch, bis er an dem kleinen Stückchen Haut angekommen war, das zwischen meiner Bluse und dem Rock hervorlugte. Das elektrisierende Gefühl blieb dabei auch an den Stellen, an denen seine Finger schon längst weitergezogen waren. Viel zu sanft strich er mit den Fingerkuppen an meinem Rockbund entlang und löste unseren Kuss für einen kurzen Moment, um mir in die Augen zu sehen.

Ich verlor mich in seinen hellblauen Iriden, wobei meine Hände, immer noch unter seinem Shirt, nach vorne wanderten. Endlich konnte ich seine harten Brustmuskeln fühlen. Meine Vorahnung hatte mich definitiv nicht im Stich gelassen, denn seine Brust war fest und warm. Als ich anschließend tiefer glitt, spürte ich ein gut definiertes Sixpack unter glatter, weicher Haut, über das ich meine Finger langsam gleiten ließ.

Unsere Lippen trafen wieder aufeinander, aber diesmal war der Kuss nicht mehr sanft und vorsichtig. Wir küssten uns hart und fordernd und unsere Zungen trafen schnell und erhitzt aufeinander. Seine Hand fand zügig den Weg unter meiner Bluse nach oben und umschloss meine Brust, was mir einen Schauer über den Rücken jagte.

Währenddessen folgte ich der sanften Spur aus kleinen Härchen unter seinem Bauchnabel bis unter den Bund seiner Shorts, was gar nicht so einfach war, da wir so dicht aneinander standen, dass kein Blatt zwischen uns gepasst hätte.

„Man Leute, jetzt nehmt euch doch ein Zimmer!“, ertönte eine laute und leicht lallende Stimme direkt neben uns.

Wir fuhren erschrocken auseinander, denn in unserer Welt hatte es gerade nur noch uns beide gegeben. Der Typ war schon weitergegangen und verschwendete keinen weiteren Blick an uns, aber wir sahen uns plötzlich merkwürdig verunsichert an.

Ryan stand vor mir, eine Hand stützte er an der Hauswand neben meinem Kopf ab. Seine Haare waren noch zerzauster als vorher, was ihn jungenhaft wirken ließ, aber durch den leichten Bartschatten an seinem Kinn wieder ausgeglichen wurde. Ich gab ebenfalls kein sonderlich aufgeräumtes Bild ab. Der Knoten meiner Wickelbluse war fast komplett geöffnet und aus meinem glatten Ponytail hatten sich Strähnen gelöst, die mir nun wirr in die Augen hingen.

Er grinste fast ein bisschen verlegen, biss sich leicht auf die Unterlippe, legte dann aber seine Hände an meine Hüften und zog mich langsam zurück an seinen Körper.

Als der Typ uns aufgeschreckt hatte, fand ich die ganze Situation ziemlich unangenehm. Wenn mein Ex-Freund Peter, das Arschloch, wie ihn meine beste Freundin zu nennen pflegte, mich jetzt so gesehen hätte, er wäre komplett ausgerastet.

Aber Peter war weit weg. Meine Gedanken streiften ihn tatsächlich nur kurz und ich zwang mich diese sofort wieder auf den heißen Kerl vor mir zu lenken.

„Zu dir oder zu mir?“ fragte er leise, als er mir mit einem Zwinkern, vermutlich aufgrund der klischeehaften Frage, in die Augen sah, ohne die Berührung unserer Körper abreißen zu lassen. Ich fühlte die Erregung, die meinen Körper überflutete, musste mir auf die Unterlippe beißen, um sie irgendwie im Zaum zu halten und schob anschließend meine Hände wieder unter sein Shirt, wo ich mit den Fingerkuppen kleine Kreise auf die warme Haut seines harten Sixpacks malte. Kurz überlegte ich, aber im Grunde stand die Entscheidung schon fest.

„Zu dir. Bei mir im Schlafsaal schlafen noch sieben andere Mädchen“, antwortete ich deshalb mit einem leichten Lächeln.

„Aber ich hoffe, es ist nicht besonders weit“, schob ich hinterher und begann im selben Moment damit ihn wieder zu küssen.

Das hoffte ich wirklich, denn ich wollte sofort mehr von diesem Wahnsinnsgefühl spüren, das Ryan in mir auslöste. Aber ich wollte auch keine Möglichkeit geboten bekommen, vernünftig darüber nachzudenken, was ich hier eigentlich im Begriff war zu tun und am Ende das Ganze noch abbrechen.

Und so landeten wir letztendlich im Inneren von Ryans Truck, wie sie hier in Australien gefühlt von jedem gefahren wurden. Dankenswerterweise hatte der Kerl seine Rückbank und die überdachte Ladefläche zu einem geräumigen Bett umgebaut. Über die Tatsache, dass man nur über die Kofferraumklappe hineinkam, konnte ich hinwegsehen, denn er hatte den Wagen in der nächsten Seitenstraße geparkt, was somit unschlagbar nah war.

Gleich nach dem Einsteigen hatten wir uns zügig unserer Klamotten entledigt. Ich trage mittlerweile nur noch meinen schwarzen Spitzen-BH, denn das Höschen hatte mir Ryan sofort vom Körper gerissen, als er sich an meinem Bauch entlang in tiefere Gefilde geküsst hatte. Ich hatte das Gleiche mit seinem Shirt getan, weshalb er nur noch seine dunklen Boxershorts trägt.

Gerade vergrabe ich meine Hände in seinen wirren Haaren, während seine Bartstoppeln an der weichen Haut meiner Schenkel kratzen. Ich muss vor Erleichterung leise aufstöhnen, als seine Zunge endlich, endlich den empfindlichsten Punkt zwischen meinen Beinen berührt und ein elektrisches Pulsieren durch meinen Körper peitscht. Er hatte die letzten Minuten damit verbracht mich mit Küssen und Berührungen der Finger und seiner Zunge quasi zu foltern, indem er mich überall berührte, mit Ausnahme der Körperstelle, an der es mich am dringendsten danach verlangte.

Ich spüre, wie er zwischen meinen Beinen zufrieden grinst und stöhne ein weiteres Mal laut auf, als er vorsichtig aber bestimmt zwei Finger in mich hineinschiebt. Gott, was habe ich das hier gebraucht! Ich drücke den Rücken durch und genieße das himmlische Gefühl, das Ryan anschließend mit seinen Lippen, seiner Zunge und seinen Fingern in mir hervorruft. Als sich mein Körper wie eine gespannte Saite anfühlt und sich das kribbelnde Gefühl zu entladen droht, ziehe ich ihn, vermutlich etwas zu fest, an seinen wirren Haaren zu mir nach oben.

Seine Lippen treffen hart auf meine. Ich schmecke mich selbst und im selben Moment presst er seinen Oberschenkel fest an meine Mitte, so dass ich vor Lust aufschreien könnte, wenn mir sein Kuss nicht den Atem rauben würde. Er ist wild und ungestüm. Ryan zerrt mit der rechten Hand den Spitzenstoff meines BHs nach unten, umfasst fest meine Brust und klemmt dabei meinen Nippel zwischen seinen schlanken Fingern ein. Daraufhin dringt ein tiefer, verzweifelter Laut aus meiner Kehle, den ich noch nie von mir gehört habe.

In dieser Position drückt Ryans Härte unnachgiebig gegen meinen Bauch und ich schiebe voll fiebriger Begierde meine Hände unter den Bund seiner Boxershorts. Dann umschließe ich seine Spitze mit einer Hand und verreibe die leichte Feuchte an seiner Eichel langsam mit dem Daumen. Er erschauert und drückt mir als Antwort seinen Oberschenkel noch fester gegen meine feuchte Mitte. Ich stöhne hilflos, schlinge die zweite Hand ebenfalls hart um sein Glied und spüre, wie es unter meinen unnachgiebigen Bewegungen pulsiert.

„Lina. Warte“, bittet mich Ryan nach kurzer Zeit hastig, mit heiserer Stimme und offensichtlich unter größter Anstrengung. Ich gewähre ihm den Gefallen.

Gemächlich nehme ich meine Hände nach oben, vergrabe sie wieder in seinen Haaren, grinse nun ebenfalls und ziehe ihn sanft an meinen Mund. Diesmal küssen wir uns langsam und zärtlich. Seine Zunge berührt meine Lippen nur ganz leicht und wir versuchen beide wieder etwas zu Atem zu kommen. Das sachte Kribbeln, das sich von unseren Mündern ausgehend in meinem ganzen Körper ausbreitet, verurteilt dieses Vorhaben zum Scheitern.

Dann greift Ryan langsam in die Hosentasche der Shorts, die neben ihm liegen, und zieht ein Kondom heraus.

„Okay?“, fragt er mit rauer Stimme, als er das kleine Päckchen hochhält.

Gott, ja, bitte! Aber ich nicke nur und versuche ihm dabei die Boxershorts auszuziehen. Allerdings schaffe ich es nur bis knapp über seinen straffen Hintern. Den Rest erledigt er zügig selbst und streift sich das Kondom über. Er ist sofort wieder nah bei mir und legt sich zwischen meine geöffneten Beine.

In dieser Position spüre ich nur zu deutlich, wie sein Glied fest gegen meinen empfindlichsten Punkt drückt und fühle unmissverständlich das vorfreudige Pulsieren seiner Härte. Mein eigener Körper könnte bersten vor spannender Erwartung. Als wir uns in die Augen sehen, ist es wie ein Startschuss, der uns all die vorsichtige Zärtlichkeit von gerade eben vergessen lässt.

Sein Mund senkt sich so schnell auf meinen, dass unsere Zähne unsanft aneinanderstoßen. Seine Hand findet ihren Weg zurück an meine Brust, die er sofort wieder fest umschließt, während ich meine Beine noch weiter öffne und mit der Hand seinen Schaft an meinen Eingang dirigiere.

Mit einem harten Stoß seiner Hüfte gleitet er im selben Moment tief in mich hinein und wir stöhnen beide, vor Lust und Erleichterung, laut und kehlig auf. Das Gefühl von ihm in mir, wie er mich dehnt, wie er mich ausfüllt, wie seine geschickten Finger meine Brustwarze liebkosen, wie seine Zunge mit meiner spielt, das alles bringt mich an den Rand meines Verstandes.

Ryan nimmt zittrig die Hand von meiner Brust, drückt damit mein rechtes Knie weiter in Richtung meines Kopfes und dringt dadurch noch tiefer in mich, obwohl ich das nicht für möglich gehalten hätte. Ich stöhne teils aus Verwunderung und teils aus purer Lust heiser und überrascht auf.

Wir küssen uns weiterhin mit schnellen Bewegungen unserer Zungen. Ich wühle mit beiden Händen in seinem Haar und schiebe ihm meine Hüfte noch mehr entgegen. Ich will dieses elektrisierende Gefühl tiefer und härter spüren. Dann zieht er sich sanft aus mir heraus, nur um mit einer harten Bewegung wieder in mich einzudringen. Er bewegt sich schnell und fieberhaft in mir, auf mir und an mir. Ich fühle ihn überall und die prickelnde Spannung in meinem Unterleib wächst dabei ins Unermessliche. Wir stöhnen unkontrolliert und viel zu laut und ich will, dass dieses Gefühl ewig anhält. Aber gleichzeitig wünsche ich mir auch die sich anbahnende Erleichterung eines Orgasmus jetzt und sofort zu erleben.

Ich fühle, dass es auch ihm nicht anders ergeht. Seine Bewegungen sind fahrig, seine Atmung schnell und ich spüre, dass es ihn alles kostet, die Kontrolle nicht zu verlieren.

„Ryan, bitte!“, flüstere ich heiser und er erfüllt mir den unausgesprochenen Wunsch sofort. Mit zwei letzten Stößen presst er sich so gekonnt in und an mich, dass ich mit einem erstickten Schrei endlich Erlösung finde. Alle meine Muskeln ziehen sich zusammen. Ich bäume mich auf und sehe, wie durch einen Nebel hindurch, dass ihn das ebenfalls über die Klippe stürzen lässt, wobei er mehrmals leise meinen Namen seufzt.

Kapitel 2 – The Morning After

Ich fühle eine sanfte Berührung an meiner Wange, woraufhin mich einige verirrte Haarsträhnen kitzeln, als sie mir aus dem Gesicht gestrichen werden.

Eigentlich trage ich meine Haare nie offen. Das bedeutet, dass sich mein gebundener Ponytail während der Aktivitäten der letzten Nacht wohl gelöst haben muss. Es waren tatsächlich stürmische Aktivitäten, rekapituliere ich nüchtern. Als meine Gedanken zum gestrigen Abend mit Ryan wandern, stellt sich sofort ein flatterndes Gefühl in meiner Magengegend ein.

Dann spüre ich weiche Hände, die sanft meine Schulter berühren und jemand flüstert. „Linny… Hey, wach auf!“

Ich befinde mich geistig noch halb in einem konfusen Traum über Palmen und Kokosnüsse und kann mich nur schwer davon losreißen.

Nach besagten Aktivitäten der letzten Nacht war ich zwar völlig erschöpft und tiefenentspannt, fand aber trotzdem schwer zur Ruhe. Ryan lag schon längst auf der Seite und schlief selig. Er hatte einen Arm um meine Hüfte geschlungen, während mein Kopf in seiner Halsbeuge ruhte.

Ich drehte mich unterdessen so behutsam wie möglich in seiner Umarmung hin- und her, um irgendwie einschlafen zu können. Der Jetlag machte mir weiterhin zu schaffen und gefühlt war ich erst vor wenigen Minuten in einen tiefen Schlaf geglitten.

„Alina, wach auf!“, versucht Ryan es nochmal mit meinem richtigen Namen. Dass er es weiterhin nicht schafft ihn ansatzweise korrekt auszusprechen, zaubert mir ein kleines Lächeln ins Gesicht, während ich weiterhin die Augen fest zukneife.

Damit ich ihn nicht ständig wegen seiner Aussprache meines Vornamens aufzog, hatten wir uns schnell auf eine Kurzform geeinigt. Lina oder Linny, ging ihm, auch in hektischeren Situationen wie beispielsweise heute Nacht, wesentlich leichter von den Lippen als Alina.

„Ich sehe, dass du lachst“, versucht es Ryan gespielt empört, wobei seine Stimme verrät, dass er schon wieder grinst.

„Sorry… Jetlag…“, murmele ich verschlafen, als ich die Augen nun doch aufschlage. „Bei uns zuhause ist es gerade mitten in der Nacht“, ergänze ich träge. Dabei muss ich feststellen, dass das Innere des Trucks, trotz der abgedunkelten Scheiben, von der Sonne bereits in ein oranges Licht getaucht wird.

In seinen blauen Augen sehe ich ein wenig Schuldbewusstsein, als er mir antwortet. „Ich weiß, dass es echt früh ist, aber ich muss wirklich los und ich kann dich hier leider nicht schlafen lassen, wenn ich fahre.“

Wie zur Bestätigung klingelt sein Handy, das er aus seinen Shorts zieht, die er nach kurzem Suchen am Fußende der Matratze findet. Er trägt nur seine Boxershorts und mit Genugtuung stelle ich fest, dass er mir wenigstens noch ein Weilchen den Anblick seines nackten Oberkörpers gönnt.

Er nimmt den Anruf an, während ich mir das erste Mal Zeit nehme die Tätowierungen auf seinem linken Arm zu begutachten. Feine schwarze Linien ziehen sich über seinen Oberarm und die Schulter bis hin zum Schlüsselbein.

Ryan knurrt in sein Handy. „Ja. Ich bin doch quasi schon unterwegs.“ Dann legt er gleich wieder auf.

Ich seufze. „Ist schon okay.“

Dann fange ich mit langsamen und absolut unmotivierten Bewegungen an, meine Bluse und den schwarzen Rock in dem Deckenwirrwarr zu suchen. Meine Unterwäsche hatte ich mir zum Schlafen schon angezogen und ich stülpe im Liegen den Rock über meinen Slip.

Ryan ist noch immer in Boxershorts und er macht keine Anstalten sich mehr Kleidung überzuwerfen.

„Musst du dich nicht anziehen?“, frage ich ihn, setze mich auf und deute mit dem Kopf in Richtung seines Oberkörpers.

„Nein. Aber das stört dich nicht, oder?“, antwortet er mir mit einem Zwinkern, während ich gerade meine Bluse über den schwarzen Spitzen-BH ziehe und fühle mich ein wenig ertappt. Eventuell hatte ich ihn ein wenig zu lange angestarrt. Aber es ist auch eine Unverschämtheit, wie fit und gut er quasi mitten in der Nacht aussieht.

Ich schnaube als Antwort nur kurz, während ich meine Bluse vorne verknote.

Ryan hingegen legt sich neben mich auf den Rücken, zieht sich in einer lässigen Bewegung seine

Boxershorts mit einem Ruck aus und dreht sich nackt zu mir.

Ich bin so perplex, dass ich in der Bewegung innehalte. Mit beiden Händen hatte ich gerade versucht meine Haare zu einem halbwegs ordentlichen Zopf zusammenzubinden.

Der Zustand dauert aber nur wenige Sekunden an. Ryan dreht sich, greift hinter mich und nimmt aus einem Kleiderstapel Badeshorts heraus, die er sich sofort überzieht. Dass er mich dabei mit seinem nackten Oberkörper sanft streift und eine zarte Gänsehaut über meine Arme schickt, scheint ihm nicht aufzufallen.

„Fertig?", fragt er mich spärlich bekleidet, als er anschließend die Heckklappe des Trucks öffnet.

Ich schließe meinen Mund, der angesichts seiner Aktion immer noch leicht offensteht, und verspüre eine leichte Enttäuschung darüber, dass es sich bei seiner Tat gerade nicht um den Auftakt von Runde zwei gehandelt hat. Ich nicke daher nur und fische nach kurzem Suchen meine Handtasche und meine Riemensandalen aus einem weiteren Klamottenberg. Danach steige ich barfuß hinter ihm auf die menschenleere Straße.

Der Himmel ist in ein intensives Orange getaucht, es ist angenehm warm und das Meeresrauschen erfüllt die morgendliche Stille.

„Wie spät ist es denn?", frage ich ihn und unterdrücke ein Gähnen, als wir um das Auto herum zur rechten Vordertür gehen. Währenddessen ziehe ich, auf einem Bein hüpfend, einen Schuh an.

„Sechs Uhr ungefähr“, antwortet er. „Willst du fahren?“, schaut er mich lachend an.

Entsetzt starre ich zurück. „Sechs Uhr? Wer zum Teufel steht um diese Uhrzeit auf?“ Ich halte mich am Auto fest und ziehe meinen zweiten Schuh an. „Und warum sollte ich fahren wollen?“

Er lacht schon wieder. „Dann musst du bitte da drüben einsteigen“, antwortet er mir nur auf meine zweite Frage und deutet mit dem Daumen zur Beifahrertür auf der linken Seite.

Es würde bestimmt noch einige Tage dauern, bis ich mich an dieses Fahren auf der linken Fahrbahnseite gewöhnt hätte.

Als ich einsteige, hat er seinen Truck schon gestartet, die Fenster geöffnet und parkt gelassen rückwärts aus, während ich noch an meinem Gurt herumfummele.

„In welchem Hostel wohnst du?“, fragt er mich.

Herr Sherlock hat also schlau kombiniert, dass die deutsche Touristin mit sieben Mitbewohnerinnen wohl in einem Hostel wohnen müsste.

„YHA“, antworte ich und deute die Straße entlang. „Ungefähr zwei Kilometer die Straße runter.“ Nach einer kurzen Pause schiebe ich in versöhnlichem Ton nach. „Danke, dass du mich fährst.“

Ich erinnere mich noch gut an den längeren Spaziergang vom Hostel zum Breakers, den ich in meinem jetzigen, todmüden Zustand nicht wiederholen wollen würde.

Während der Fahrt überlege ich fieberhaft, was ich denn nun zu dem Kerl neben mir sagen soll. *War nett mit dir!* oder *Man sieht sich!* kommt mir in den Sinn. Aber diese Floskeln wären wohl mehr als abgedroschen.

Viel Zeit zum Überlegen habe ich allerdings nicht, denn wir halten schon nach wenigen Querstraßen vor einem modernen Bungalow. Dort kommen gerade zwei Jungs aus der Tür, die ich als Ryans Kumpels von gestern Abend wiedererkenne. Beide tragen ebenfalls nur Badeshorts und haben je ein Surfbrett unter dem Arm, das sie kurzerhand auf das Dach des Trucks zu Ryans Board werfen und mit geübten Handgriffen festschnallen.

„Du weckst mich um sechs Uhr morgens, weil du surfen gehst?“, frage ich Ryan völlig entgeistert, während ich ihn mit zusammengezogenen Augenbrauen mustere.

Er lässt sich davon nicht einschüchtern. Immerhin besitzt er den Anstand, mich aus seinen blauen Augen entschuldigend anzusehen. „Wir hatten das gestern schon geplant und außerdem sind die Bedingungen heute wirklich hervorragend.“

Er zuckt mit den Schultern und mir wird klar, dass das die einzige - für Ryan offensichtlich absolut legitime - Entschuldigung für die tiefsten Augenringe meines Lebens ist, die ich von ihm bekomme würde.

Er hatte es gestern tatsächlich ernst gemeint, als er sagte, dass er *das Surfen über alles liebte*. Das hatte einerseits dafür gesorgt, dass ich mir sicher sein konnte einen echten Surfer für meine Bucket List Aufgabe gefunden zu haben. Aber es hat andererseits - wie ich nun feststellen muss - auch den Nachteil, dass Ausschlafen, Sex am Morgen oder gar ein gemeinsamer Morgenkaffee wohl mit ihm keine Optionen sind.

Zu einer Antwort komme ich nicht mehr, denn die beiden Jungs reißen die Hintertüren auf, klappen nach kurzem Hantieren die Rückbank hoch und lassen sich auf diese fallen.

„Morgen Alina!“, begrüßen sie mich mit ähnlich schlechter Aussprache wie Ryan, wobei sie von meiner Anwesenheit ziemlich überrascht scheinen, was mir der kurze Blickwechsel zwischen ihnen verrät.

Ihrem Kumpel, der den Wagen schon wieder gestartet hat, schlagen sie mit einem lässigen „Wie geht's?“ auf die Schulter. Der dunkelhaarige Dean reicht Ryan wie selbstverständlich einen großen Mug, aus dem unwiderstehlicher Kaffeeduft den Wagen erfüllt.

Ich erwidere den Morgengruß grummelnd, während Ryan an seinem Kaffee nippt.

„Danke Mann“, bringt er nach einem tiefen Seufzer hervor.

„Ich nehme an, dass ihr Beiden einen netten Abend hattet?“, fragt Dean kurz darauf mit süffisantem Grinsen.

Der andere Typ, an dessen Namen ich mich nicht mehr erinnern kann, geht sofort darauf ein und zieht Ryan weiter auf. „So wie der da vorne grinst, hatte er einen mehr als netten Abend.“

Ryan grinst, wie mir ein Seitenblick verrät, wirklich unverschämt breit.

„Aber du siehst aus, als ob du lieber geschlafen als gevögelt hättest“, kommentiert Dean trocken in meine Richtung.

Ich drehe mich zu ihm um und werfe ihm einen bösen Blick zu. Der Tag danach ist immer irgendwie unangenehm, aber normalerweise muss ich mich beim Walk of Shame nur fremden Omas in der U-Bahn und keinen nervigen Jungs stellen, die mir meinen derangierten Zustand ungefiltert aufzeigen. Mein letzter Walk of Shame war allerdings schon ziemlich lange her. In der knapp zweijährigen Beziehung mit Peter gab es keine Eskapaden dieser Art. Allerdings muss ich sagen, dass ich dieses spezielle Gefühl nicht wirklich vermisst hatte.

Bevor ich zu einer Antwort ansetzen kann, sind wir auch schon bei meiner Unterkunft angekommen. Mit den beiden Jungs auf der Rückbank, die ihre Ohren mit Sicherheit neugierig spitzen, fällt es mir noch schwerer die richtigen Worte für eine Verabschiedung zu finden, doch Ryan kommt mir zuvor.

Als ich die Hand schon auf dem Türgriff habe, beugt er sich rasch und seltsam schüchtern zu mir hinüber, legt seine Hand vorsichtig auf meinen Oberschenkel, drückt mir einen sanften Kuss auf meine Wange und flüstert leise. „Bye Linny."

Ich werfe noch einmal einen Blick in diese himmelblauen Augen und flüsterte genauso leise. „Bye Ryan", ehe ich die Tür öffne und aussteige.

Bevor ich allerdings die Wagentür schließe, drehe ich mich nochmal um und stecke den Kopf in das Wageninnere. Dann verlässt mich allerdings der Mut. Ich halte kurz inne und beginne zu stammeln. „Hoffentlich gibt's heute gute Wellen!" Daraufhin schlage ich die Tür viel zu heftig mit einem lauten Knall zu.

Wie peinlich war bitte dieser Abgang? Und wie sinnlos diese Verabschiedung? Ich drehe mich abrupt um und gehe mit sicherlich hochrotem Kopf und ohne mich noch einmal umzusehen, auf die graue Eingangstür des Hostels zu.

Eigentlich hatte ich ihn fragen wollen, ob wir in Kontakt bleiben wollen. Aber mir waren genau in dem Moment zwei Dinge klar geworden. Zum einen, dass er ebendiesen Kontakt absolut nicht nötig hatte, denn er kannte bestimmt einige Frauen, die nur zu gerne Zeit mit ihm verbrachten. Und zum anderen, dass ich mich dringend von Männern, die in der Lage waren, auch nur die geringste Gefühlsregung in mir auszulösen, fernhalten wollte.

Dass Ryan das Potential hätte, mehr als ein One-Night-Stand zu sein, zeigt mir ein beengendes Drücken in der Brust, als ich die ausgetretenen Treppenstufen in den zweiten Stock zu meinem Zimmer hinaufsteige.

Vor der Schlafsaaltür ziehe ich meine Schuhe aus, schließe vorsichtig auf und schiebe mich barfuß durch die Tür. Dort schlägt mir sofort der muffige Geruch von zu vielen schlafenden Personen auf zu engem Raum entgegen. Meine nackten Füße tapsen über den kalten, glatten Boden und einige Decken rascheln, als ich mich mehr schlecht als recht zu meinem Bereich schleiche.

Eigentlich will ich mich sofort ins Bett legen und meinen Schlaf wieder aufnehmen, entscheide mich angesichts der stickigen Luft und des mir anhaftenden Geruchs nach Sex aber zunächst für eine Dusche.

Also ziehe ich meinen schwarzen Koffer unter dem Bett hervor, nehme meine Badtasche, ein Handtuch und die Schlafsachen heraus und mache mich auf den Weg zu den Gemeinschaftsduschen.

Mit feuchten, lockigen Haaren, in schwarzen Schlafshorts und einem gleichfarbigen Tanktop komme ich kurze Zeit später zurück in mein Zimmer.

Sofort falle ich auf das Bett und schlafe in dem Moment ein, in dem mein Körper das Bettlaken berührt.

Als ich aufwache, ist es unerträglich schwül im Zimmer. Die Sonne steht hoch am Himmel und leuchtet grell in den Schlafsaal. Ich werfe die zu warme Bettdecke von meinem Körper und taste mit einer Hand nach meinem Handy. Das hatte ich, wegen der Nähe zur Steckdose, zum Laden auf den Boden neben mein Bett gelegt.

Ein Blick darauf verrät mir, dass es schon weit nach Mittag ist und ich schleunigst aufstehen sollte, wenn ich den Jetlag jemals besiegen will. Aufstehen ist allerdings noch etwas viel verlangt. Deshalb setze ich mich im Bett auf, lehne mich an das Kopfteil und beschließe, dass es nun endlich Zeit ist, mich bei meiner besten Freundin zu melden. Die zerwühlten Betten im Raum verraten mir, dass meine sieben Mitbewohnerinnen diese Sauna hier bereits verlassen haben.

Ich versuche im Bett sitzend meinen Koffer herauszuziehen, muss aber nach kurzer Zeit einsehen, dass ich dazu aufstehen sollte. Ich schwinge also meine Beine aus dem Bett und kniee mich neben mein Gepäck, um darin herumzuwühlen und alles in einen noch unordentlicheren Zustand zu versetzen, als es sowieso schon der Fall ist.

Eigentlich bin ich eine sehr ordnungsliebende Person. Aber seit der Trennung von Peter lebe ich alle meine schlechten Seiten, wie er es immer nannte, mit einer an Wahnsinn grenzenden Befriedigung aus.

Bald finde ich die Prepaid-Karte, die ich mir am Tag meiner Ankunft schon besorgt hatte. Gestern hatte ich mein iPhone bereits zurückgesetzt. Das bedeutete allerdings einen Berg an Arbeit, denn ich musste die Apps danach alle neu herunterladen. Aber ich hatte zu große Angst davor, dass mir Peter heimlich irgendwelche Programme zur Ortung oder ähnliches eingerichtet haben mochte, weshalb eine Neuinstallation die einzige Möglichkeit blieb.

Aktuell meldet mein Handy keinen Empfang, aber das würde sich hoffentlich bald ändern. Ich stecke es ab, nehme einen meiner Perlenohrringe aus dem Ohrläppchen und steche mit dem dünnen Stift in die SIM-Karten Öffnung. Das kleine, leere Metallteil fällt mit einem leisen Klirren auf den schäbigen, grauen Fliesenboden, von dem ich es vorsichtig aufhebe.

Meine alte SIM-Karte hatte ich noch vor meinem Abflug aus München im Klo meiner Mutter hinuntergespült. Peter hatte mir diese Karte geschenkt und war weiterhin für die Bezahlung verantwortlich.

Deshalb sah ich diesen Akt als Teil meiner Rache an ihm an.

Ich drücke also die neue SIM-Karte vorsichtig aus ihrer Plastikummantelung und setze sie in mein Handy ein. Nach kurzer Zeit vermeldet mein iPhone vollen Netzempfang und ich seufze erleichtert auf.

Voller Vorfreude krame ich nun wieder in meinem Koffer, um mein Notizbuch zu suchen. Das hatte ich mir erst vor gut einer Woche zugelegt. Es ist mit seinem weiß-blauen Tischdeckenmuster auf dem Cover allerdings ziemlich hässlich. Zu meiner Verteidigung ist zu sagen, dass die Auswahl an Läden, die so etwas anbieten, in meinem Heimatort mehr als mangelhaft ist und ich nehmen musste, was ich kriegen konnte.

Bei Notizbüchern zählt selbstverständlich vorrangig der Inhalt. Also schlage ich es auf, will die Seite mit meiner Australien Bucket List schon fast überblättern und halte dann aber inne. Ich krame ein weiteres Mal im chaotischen Koffer, um einen Stift ans Tageslicht zu befördern. Dann mache ich einen dicken Haken hinter die Zeile, die die Aufgabe *Sex mit einem Surfer* beinhaltet. Mit einem übertrieben glückseligen Lächeln ergänze ich davor den Zusatz *ziemlich guten*.

Ich blättere weiter, bis ich die Seite mit der Überschrift *Wichtige Kontakte* finde.

Bevor ich mein Handy einstampfte und damit alle gespeicherten Kontakte verloren gingen, hatte ich mir die wichtigsten Nummern und E-Mail-Adressen hier notiert. Die Seite konnte ich dabei gerade einmal halb füllen, da viele Freunde, mit denen ich die letzten beiden Jahre Zeit verbracht hatte, eigentlich Peters Freunde waren und ich diese sicher nicht kontaktieren würde.

Ganz oben steht die Handynummer von meiner besten Freundin Nele, die ich bereits seit der Grundschule kenne.

Wir waren in unserer gesamten Schulzeit und auch im ersten Studienjahr unzertrennlich. Natürlich gab es Phasen, in denen wir weniger miteinander anzufangen wussten. Aber wir konnten uns über die Jahre hinweg immer aufeinander verlassen und waren füreinander die Schwester, die wir beide nie hatten. Als ich aber nach zwei erfolglosen Semestern Wirtschaftspädagogik das Studienfach wechselte, dann Peter kennenlernte und nach kurzer Zeit eine Beziehung mit ihm anfing, wurde der Kontakt weniger.

Peter hielt nicht viel von Nele und auch nicht viel von der Person, die ich war, wenn ich mit Nele Zeit verbrachte. Da war ich ihm zu kindisch, ich lachte zu laut und zu viel und beschäftigte mich mit belanglosen Dingen, wie beispielsweise den neuesten Netflix-Serien.

Im letzten Jahr hatte der Kontakt wieder zugenommen, was einzig und allein Neles Verdienst war. Sie meldete sich viel häufiger bei mir, verpflichtete mich zu wöchentlichen Lunch-Dates in der Uni, blieb bei ihren Kritiken zu Peters Verhalten mir gegenüber hartnäckig und ließ sich nicht von meinen Ausflüchten abspeisen. Ihr hatte ich es zu verdanken, dass ich mich letztendlich aus der Beziehung mit Peter befreien konnte. Und das obwohl ich mir, gerade einmal zehn Tage danach, absolut nicht mehr vorstellen konnte, auch nur *eine* weitere Minute in seiner Gegenwart zu ertragen.

Ein prüfender Blick auf die Handyuhr sagt mir, dass es bei Nele aktuell noch sehr, sehr früher Morgen ist. Deshalb lege ich ihre Nummer als ersten Kontakt in meinem Telefonbuch ab, verbinde mich mit dem Hostel WLAN und schreibe ihr zunächst eine kurze Nachricht.

Alina 12:54 Hey! I made it!

Etwas verwundert sehe ich, dass die Nachricht nach kürzester Zeit als gelesen markiert wird und erhalte prompt eine Antwort.

Nele 12:55 Yessss! Call?

Ich schaue mich nochmal kurz im Zimmer um und vergewissere mich, dass ich wirklich allein bin. Dann setze ich mich wieder auf das Bett, lehne mich entspannt an das Kopfteil und drücke den Videotelefonie-Button.

Auf dem Bildschirm erscheint prompt eine zerzauste Nele, die probiert ihre dunklen Locken mit einem dicken Haargummi zu bändigen. Den Versuch unterbricht sie allerdings sofort, als sie mein Videobild erblickt und legt stattdessen im selben Augenblick mit ihrer Schimpftirade los. „Du blöde Kuh, warum meldest du dich jetzt erst? Ich habe mir mega Sorgen gemacht! Geht's dir gut? Bist du gut angekommen?"

Ich versuche sie zu unterbrechen, was sich über das Handy als gar nicht so einfach gestaltet. „Nele, Nele, langsam, bitte! Und ich hoffe übrigens schwer, dass du nicht zu dieser unchristlichen Zeit wach bist, weil du dir Sorgen gemacht hast!"

„Ha, das hättest du wohl gerne, du Drama Queen!"

Das lasse ich ihr unkommentiert durchgehen, da uns beiden klar ist, dass ich absolut nicht zu Übertreibungen oder gar Drama neige.

Nele antwortet schnell. „Ich konnte nicht schlafen, wegen der Uni morgen, also heute, und dann kam plötzlich deine Nachricht rein. Jetzt stehe ich völlig unter Adrenalin und werde sicher kein Auge mehr zutun."

Bevor ich die Möglichkeit bekomme mich zu entschuldigen, redet sie auch schon weiter. „Also erzähl, bist du gut angekommen?"

„Ja, hat alles perfekt geklappt", schaffe ich es schließlich zu einer Antwort. „Der Flug war zwar lange, aber mit Bingewatching und ein paar kleinen Powernaps zwischendurch war es ganz erträglich. Beim Umsteigen in Singapur konnte ich mir ein bisschen die Beine vertreten, so dass es insgesamt echt okay war." Ich denke kurz nach. „Nur die Busfahrt von Sydney hierher war dann etwas nervig. Erst hatte der Bus über eine Stunde Verspätung, dann konnte ich nur noch einen viel zu engen Fensterplatz ergattern und letztendlich fand der Typ vom Hostel meine Buchung eine Ewigkeit nicht. Aber seitdem läufts eigentlich."

Nele antwortet beruhigt. „Das hört sich ja eigentlich ganz gut an. Die Nummer, von der du anrufst, ist also deine neue?“

„Ja, genau.“ Ich überlege kurz. „Bitte gib sie an niemanden weiter. Nicht einmal an meine Mutter, okay? Und kannst du mich vorsichtshalber unter einem anderen Namen einspeichern?“

Jede andere Freundin hätte vielleicht gefragt, ob ich paranoid oder irre wäre. Aber Nele hatte Peters Kontrollwahn hautnah miterlebt, also wird ihr Gesicht auf meinem Bildschirm ernst statt belustigt.

„Klar, dann bist du jetzt meine Summer Roberts, okay?“

Wir haben beide eine Schwäche für O.C. California, weshalb ich mit ihrem Vorschlag natürlich sofort einverstanden bin. Vermutlich auch, weil ich Summer gar nicht so unähnlich sehe. Ich bin ebenfalls ziemlich klein und sportlich. Allerdings habe ich dunkelblonde Locken, die ich aber meistens mit dem Glätteisen bearbeite. Peter fand meine natürliche Mähne nämlich *wenig elegant*, wie er es so schön ausdrückte.

„Deine Mutter hat übrigens schon circa tausend Mal nach dir gefragt. Gestern stand sie sogar bei uns vor der Tür, als ich in der Uni war“, greift Nele den Faden wieder auf.

Neles und meine Mutter wohnen noch immer im selben kleinen Ort, in dem wir beide aufgewachsen waren und gemeinsam die Grundschule besucht hatten. Nele nahm auch während des Studiums jeden Tag die 30-minütige Fahrt mit der S-Bahn in die Stadt auf sich, um weiterhin bei ihrer Mutter zu leben. Ich hingegen war ziemlich schnell in Peters geräumige Stadtwohnung in München eingezogen.

„Kannst du meiner Mum bitte sagen, dass es mir gut geht? Ich würde mich die nächsten Tage bei ihr melden“, bitte ich Nele.

Ich will nicht, dass sich meine Mutter Sorgen macht, bin aktuell aber nicht gerade gut auf sie zu sprechen. Als ich in aller Eile meine wichtigsten Habseligkeiten in einen Koffer geworfen und aus Peters Wohnung gestürmt war, kam ich für eine Woche wieder in meinem alten Zimmer bei meiner Mum unter. Leider war sie in dieser Zeit absolut keine Unterstützung für mich, denn ihr einziges Bestreben war, mich so schnell wie möglich wieder mit Peter zu vereinen. Ich verstand ihre Beweggründe durchaus. Seit dem Tod meines Vaters, vor über zehn Jahren, war das Geld in unserem Haus immer knapp und in ihren Augen schmiss ich die Chance auf ein einfacheres Leben wegen ein paar Lappalien weg. Davon abgesehen hatte sich mein Ex-Freund ihr gegenüber immer als galanter Gentleman mit perfekter Fassade präsentiert. Das führte dazu, dass mir meine Mutter mehr als einmal vorwarf zu übertreiben, oder gar zu lügen, wenn ich ihr zu erklären versuchte, welche Probleme wir hatten.

Das Fass zum Überlaufen brachte dann allerdings ein Anruf von Peter bei meiner Mutter. Nachdem ich die SIM-Karte meines Handys nach unendlich vielen Anrufversuchen von ihm in die Kanalisation befördert hatte und er mich tagelang nicht erreichen konnte, versuchte er es irgendwann bei Mum. Auf meine ständigen Bitten, die Anrufe nicht anzunehmen, ging sie nur anfangs ein.

Als ich eines Abends von einer Laufrunde zurückkam, hörte ich sie mit jemandem sprechen. Mein Puls schoss in weitaus größere Sphären als bei meinem gerade absolvierten Training, sobald ich realisierte, dass sie Peter am Telefon hatte.

„Ja, ja sie ist hier, du kannst gerne am Wochenende vorbeikommen!“ Pause.

„Das wird schon wieder.“ Pause.

„Sie beruhigt sich schon wieder.“

Als ich das hörte, wusste ich, dass ich wegmusste. Weit weg von diesem Kerl und diesem Leben, das er für mich ausgesucht hatte. Weg von diesem Studium, das ich nur wegen ihm durchzog. Weg von diesen Freunden, die seine waren. Und vor allem weg von dieser Person, die ich in den letzten beiden Jahren geworden war.

Keine fünf Minuten später saß ich in meinen verschwitzten Klamotten und heulend wie ein Schlosshund bei Nele auf dem Bett. Dann suchten wir nach der einfachsten Möglichkeit, um meinen Wunsch in die Tat umzusetzen. Neles Cousin war vor zwei Jahren über ein Work & Travel Programm in Australien gewesen und so kam Nele schnell auf die Idee, dass ich es darüber versuchen sollte. So wäre ich auch finanziell abgesichert, denn meinen Studentenjob hatte ich nach dem Einzug bei Peter unfreiwillig aufgegeben und nur wenige Ersparnisse.

Ich arbeitete damals eigentlich gerne in dem Café in der Nähe der Uni. Aber das war eines der ersten Dinge, die Peter für mich in die Hand genommen hatte.

Eines Tages, ich war seit einer Woche bei ihm eingezogen, kam er abends zur Haustür herein, überreichte mir einen Blumenstrauß und gratulierte mir mit dem freudestrahlenden Lächeln, das ich so sehr an ihm mochte. Verdutzt fragte ich ihn, wofür ich denn Glückwünsche verdient hätte. Daraufhin verkündete er in feierlichem Ton, dass ich seit heute nicht mehr in dem abgefuckten Café, wie er den schnuckeligen Vintage-Laden nannte, arbeiten müsste, denn er hatte sich endlich um meine Kündigung gekümmert. Ich dachte natürlich, dass es sich dabei um einen Scherz handeln würde und lachte laut los.

„Ich wusste doch, dass du dich freust!“, missinterpretierte er die Situation, eventuell absichtlich, und streckte mir mit einem, nun etwas gekünsteltem, Lächeln die Blumen weiter entgegen.

„Jetzt im Ernst?“, fragte ich ihn völlig überrumpelt.

„Ich möchte eben nicht, dass du dich dafür hergeben musst anderen Studenten völlig überteuerten Kaffee zu servieren, während du einen Hungerlohn dafür bekommst. Das kannst du doch auch nicht wollen, oder? Du hast doch etwas Besseres verdient“, versuchte er mich mit beschwichtigender Stimme zu ködern.

Damals wusste ich noch nicht, dass Widerstand zwecklos war, weshalb ich nach Argumenten suchte, die für diesen Job sprachen. „Aber ich mag meine Arbeit dort! Die Kollegen sind nett und die

Arbeitszeiten sind fair. Ich sehe wirklich keinen Grund dort zu kündigen!“, antwortete ich ihm also.

„Das musst du auch gar nicht, das habe ich nämlich schon für dich erledigt“, konterte er mit triumphierender Miene.

„Das kannst du doch nicht machen“, antwortete ich ihm ton- und verständnislos.

„Ich hätte mir tatsächlich etwas mehr Dankbarkeit erwartet. Schließlich war das eine überaus unangenehme Angelegenheit, die ich für dich übernommen habe.“ Jetzt klang Peter eingeschnappt und seine Stirn lag in Falten.

Ich versuchte einzulenken, denn ich wollte keinen Streit riskieren. „Ich finde es ja total lieb, dass du dich so um mich kümmerst, aber das hättest du echt nicht machen müssen. Und ich brauche das Geld!"

Den letzten Satz hätte ich besser nicht laut ausgesprochen, denn jetzt war er richtiggehend wütend und schrie fast.

„Du brauchst überhaupt kein Geld, denn *ich* verdiene ja wohl genug, damit du dir selbst tausende von überteuerten Latte Macchiatos bei unterbezahlten Studenten kaufen kannst!“

Er schien seinen kurzen Ausbruch zu bereuen. Sogleich kam er mit erhobenen Händen beschwichtigend auf mich zu. Er trug das schwarze, enganliegende Hemd, das ich an ihm so mochte, denn es passte perfekt zu seinen dunklen Haaren und betonte seine sportliche Statur. Kurz überlegte ich, ob er es wohl extra angezogen hatte, damit ich weniger wütend wurde.

Jetzt sprach er wieder sanfter. „Sorry, Kleines. Ich will doch nur, dass du dich vollkommen auf die wichtigen Dinge konzentrieren kannst. Der Job kostet dich so viel Zeit, die du viel besser nutzen kannst. Ich wusste nicht, dass er dir so viel bedeutet.“

Er kam weiter auf mich zu, den Blumenstrauß immer noch in den Händen und blieb mit Schmollmund vor mir stehen.

„Magst du nicht vielleicht die Karte öffnen?“, versuchte er mich wieder zu ködern.

Diesmal biss ich an. „Ich hätte es einfach gut gefunden, wenn du vorher mit mir darüber gesprochen hättest.“

Während ich das sagte, suchte ich nach der kleinen Karte in dem wunderschönen Blumenstrauß, was meiner offiziellen Kapitulation gleichkam. Pinke Pfingstrosen waren meine absoluten Lieblingsblumen und Peter kannte mich genau.

Auf der Vorderseite der kleinen Karte war ein kleines, kitschiges Herz mit dem noch kitschigeren Spruch *For my one and only.* Als ich die Karte aufklappte, fand ich allerdings keine persönlichen Worte von Peter, sondern eine Kreditkarte mit meinem Namen.

Er grinste frech. „Huch, da hat sich dein Geldproblem ja sehr zügig gelöst!“

Ich war viel zu perplex, um ihm jetzt zu erklären, dass ich sehr ungern Geld von anderen Menschen annahm. Oder dass ich diese Aktion, schon wieder, als zu großen Eingriff in meine eigenen Angelegenheiten betrachtete.

Also lächelte ich nur, sagte brav danke und gab ihm einen sanften Kuss auf seine weichen Lippen.

Ich hätte mich dafür ohrfeigen können, dass ich mich damals so einfach manipulieren ließ. Diese Entscheidung brachte mich nämlich jetzt in eine echte finanzielle Notlage.

Umso dankbarer war ich Nele für ihren genialen Vorschlag und registrierte mich sofort für das Work & Travel Programm. Damit könnte ich nicht nur mein Geldproblem lösen, sondern zusätzlich auch noch zügig aus München verschwinden. Die darauffolgende Nacht hatte ich bei Nele verbracht und war am nächsten Tag unterwegs, um letzte Einkäufe zu erledigen. Schon an diesem Abend war die Genehmigung meines Visums im E-Mail-Postfach eingetrudelt.

Wieder auf Neles Bett sitzend, stießen wir mit einem Wein, der aus den unerschöpflichen Keller-Vorräten ihrer Mum stammte, auf diesen ersten kleinen Erfolg an. Die Flasche leerte sich schnell und wir schwankten während unserer kleinen privaten Feier zwischen Phasen der riesengroßen Vorfreude, in denen wir aufgeregt einen Flug für mich nach Sydney buchten und eine völlig klischeehafte Australien Bucket List erstellten, und Phasen der bodenlosen Trauer, weil wir uns ab übermorgen erst einmal nur noch digital sehen und hören würden.

In unserer jetzigen, ersten digitalen Konversation einmal um den halben Erdball, antwortet Nele mir auf meine Bitte, während sie es endlich schafft ihre Haare zu einem Zopf zu binden.

„Na klar mache ich das. Ich habe morgen, also heute, erst um zehn mein erstes Seminar und dann kann ich vorher noch kurz bei deiner Mum vorbeischauen.“

„Danke, du bist die Beste!“, antworte ich.

„Wie war deine erste Uniwoche eigentlich so?“, frage ich sie.

Nele weiß, im Gegensatz zu mir, schon seit der Zehnten, dass sie Psychologie studieren will, was sie auch sehr erfolgreich durchzieht. Da sie, wieder im Gegensatz zu mir, keinen Studiengangwechsel vornehmen musste, startete sie letzte Woche bereits in ihr erstes Semester als Masterstudentin.

„Ach, bis jetzt bin ich, und ich glaube auch alle anderen, noch ziemlich planlos. Aber ich hoffe, das ergibt sich in den nächsten Wochen. Morgen, also heute meine ich, - man das verwirrt mich! - werden die Themen für die erste Hausarbeit verteilt und ich bin irgendwie total aufgeregt. Ich kann den Dozenten so schlecht einschätzen. Es könnte wirklich furchtbar werden!“

Nele neigt, im Gegensatz zu mir, schon eher zum Drama und ich versuche sie zu beruhigen. „Ach Nele, wir wissen doch beide, dass du das locker packen wirst! Soll ich dich eventuell mit einer Story über meine letzte Nacht ablenken?“, frage ich und kann mir ein leichtes Grinsen nicht verkneifen.

Meine beste Freundin kennt mich einfach zu gut und ich sehe auf meinem Handybildschirm, wie sie die Augen aufreißt und sich erschrocken die Hand vor den Mund schlägt.

Gedämpft kommt ihre Stimme aus meinem Lautsprecher. „Nein!!! Das hast du nicht wirklich getan, oder? Du bist doch gerade einmal zwei Tage da! Wie hast du das denn geschafft?“

Wieder muss ich sie bremsen. „Also, um ehrlich zu sein, frage ich mich das selbst. Es half, dass der Typ echt wahnsinnig scharf war“, lache ich ungläubig. „Und an Peter habe ich nicht einen Gedanken verschwendet. Das hätte ich mir auch nie erträumen lassen. Oh Gott, er würde so ausrasten, wenn er es wüsste. Aber es hat mir so unglaublich gutgetan. Ein weiterer Schritt in die richtige Richtung“, ende ich bestimmt.

Vor Peter waren Nele und ich am Wochenende gerne gemeinsam um die Häuser gezogen und waren, was kurzlebige Bettbekanntschaften anging, beide keine Kinder von Traurigkeit. Am späten Sonntagnachmittag hatten wir es uns regelmäßig in Neles Zimmer, oder in ihrer riesigen Hängematte im Garten, gemütlich gemacht, um unter viel Gelächter und Geseufze ein gemeinsames Fazit zu unseren letzten Bettgefährten zu ziehen.

Deshalb muss ich auch dieses Mal alle Details haarklein wiedergeben, während ich Nele dabei beobachte, wie sie sich einen Kaffee mit extraviel Milchschaum in der halbdunklen Küche ihrer Mum zubereitet. Als ich meine Erzählung beende, ist ihr Kommentar fast ehrfürchtig. „Oh man Lina, das hört sich echt nach einem Kandidaten für mindestens eine zweite Runde an. Auch wenn ich die Sache mit dem Autosex und dass er dich quasi mitten in der Nacht aus dem Bett geschmissen hat, für eher gewöhnungsbedürftig halte“, neutralisiert sie ihre vorherige Aussage wieder.

Ich schnaube nur. „Ne lass mal, von Beziehungen habe ich erst einmal genug!“

„Wer redet von einer Beziehung?“, fragt Nele. „Ich meinte ja eher so ein *Friends-with-Benefits-Ding* oder so. Da könntest du dir ganz easy von dem Surfer deine schlechten Erfahrungen mit dem Arschloch wegvögeln lassen.“

„Ganz easy wäre echt schön“, gestehe ich leise.

Jetzt wird meine beste Freundin wieder ernst. „Hey… Jetzt mal ehrlich. Ich bin so ultrastolz auf dich, dass du das durchgezogen hast. Das zeigt uns auf jeden Fall, dass du anfängst das Arschloch hinter dir zu lassen. Und das ist das Einzige, was aktuell zählt, okay?“

„Ja Chefin!“, antwortet ich ihr in gespieltem Militärton.

„Okay, Zeit für einen Themenwechsel“, lacht Nele, die mit ihrem weißen Milchbärtchen gerade ziemlich lustig aussieht. „Wie gefällt es dir in South Heads? Hast du schon einen Job in Aussicht?“

Ich zupfe ein wenig an meinen Haaren herum, die mich an den Schultern kitzeln. „Also ehrlich gesagt, habe ich vom Ort noch nicht so wirklich viel gesehen. Ich war gestern noch mit Ankommen und Handykram beschäftigt. Aber ich wollte jetzt dann raus, Essen organisieren und mir den Strand anschauen.“ Als ich das sage, bemerke ich, wie unglaublich hungrig ich bin.

Meine letzte Mahlzeit war ein fertig zusammengewürfelter Salat von Coles Express am gestrigen Nachmittag und ich benötige dringend frischen Zucker im System.

Nele lacht und wischt sich den Milchschaum aus dem Gesicht. „Ha, du hättest deinen Blick sehen müssen, als du gerade vom Essen gesprochen hast! Du brauchst dringend Kohlenhydrate, oder?“

Ich lache und nicke gleichzeitig.

„Na, dann mach dich mal auf Nahrungssuche! Ich wollte sowieso noch ein bisschen für mein Seminar nachher recherchieren.“

„Als ob du das nötig hättest!“, necke ich Nele.

„Aber melde dich ganz bald wieder, okay?“, ignoriert Nele meine Stichelei mit ernster Miene und eindringlichem Tonfall.

„Klar, Süße. Bis ganz bald! Und stress dich nicht wegen der Hausarbeit, das wird alles super!“, antworte ich ihr in möglichst unbekümmertem Ton und drücke dann den roten Button, um aufzulegen.

Kapitel 3 – The Ex

Zwei Stunden später sitze ich mit einem Falafel Wrap und einem eisgekühlten Wasser, leider ohne Kohlensäure, auf einem flauschigen Handtuch direkt am Strand. Meine nackten Zehen graben sich in den weichen, hellgelben Sand und ich beobachte fasziniert, wie das türkise Wasser in sanften Wellen an die Küste schwappt. Wie ich da so im Schatten einer großen Palme sitze, hätte das durchaus Potential als Postkartenmotiv durchzugehen, schießt es mir durch den Kopf, während sich in meinem Gesicht wie von selbst ein dickes Grinsen ausbreitet.

Die idyllische Stimmung können mir selbst die beiden Familien mit kleinen Kindern nicht verderben, die nur wenige Meter von mir entfernt, laut kreischend, eine Wasserschlacht veranstalten. Ich begreife, dass ich wirklich großes Glück habe, an einem so wunderschönen Ort gelandet zu sein. Da gäbe es vermutlich hässlichere Plätze auf der Welt, um sich vor seinem Ex-Freund zu verstecken.

Meine Haare sind ungewohnterweise zu einem unordentlichen, lockigen Knoten zusammengefasst. Dazu trage ich ein weißes, seidenes Spaghettiträger Top in Kombination mit schwarzen, eleganten Paperbag-Shorts. Ich gestern schon festgestellt, dass ich mit meiner normalen Garderobe hier völlig overdressed und fehl am Platz wirke und habe mir bereits vorgenommen, bei nächster Gelegenheit, ein paar gemütlichere Outfits einzukaufen. Allerdings ist mein Budget ohne Job sehr begrenzt, denn der Flug nach Sydney hat ein tiefes Loch in mein spärlich gefülltes Sparkonto gerissen.

Ich zerknülle das leere Papier meines Wraps, nehme einige tiefe Schlucke direkt aus der Wasserflasche und ziehe dann meinen Laptop, der gerade einen Neustart unternimmt, auf meine Oberschenkel. Auch ihn habe ich zur Sicherheit komplett zurückgesetzt und ich blicke, nach dem altbekannten Startgeräusch, nun auf ein völlig jungfräuliches Gerät.

Durch wenige Klicks verbinde ich mich mit dem freien WLAN, das an allen öffentlichen Plätzen kostenlos zur Verfügung steht, und beginne meine To-do-Liste im Kopf nach Priorität zu ordnen.

Als erstes sollte ich dringend eine E-Mail an die Verwaltung meiner Uni schreiben, denn ich glänze nun schon seit Beginn meines fünften Semesters als BWL-Studentin mit Abwesenheit. Aktuell habe ich absolut kein Bedürfnis dieses Studium jemals wieder aufzunehmen, aber ich will meine hart verdienten Credits auch nicht einfach verfallen lassen.

Als ich nach zwei Semestern Wirtschaftspädagogik zu einem reinen BWL-Studium wechselte, konnte ich mir aus meinen vorherigen Seminaren einige Credits anrechnen lassen. Dabei hatte mir unser Tutor Peter geholfen. Er hatte mich nach der Einführungsveranstaltung und meinen unendlich vielen Fragen zu Kursen und Prüfungen, die ich nicht nochmal machen wollte, zu einem persönlichen Gespräch in die Cafeteria eingeladen. Wenige Tage nach diesem Gespräch, das sich nur anfangs um die Uni und dann recht bald um uns beide drehte, hatte er mich abends ganz schick auf ein richtiges Date mit Champagner und Co. ausgeführt. Am Morgen nach diesem Date wachte ich das erste Mal in Peters riesigem und urgemütlichem Bett auf. Diesen Morgen bezeichneten wir später als den Anfang unserer Beziehung.

Ich füge als erstes meine E-Mail-Adresse, samt Passwort, das ich aus meinem Notizbuch ablesen muss, zu meinem noch leeren Mailprogramm hinzu.

Meine Passwörter speichere ich seit einem Vorfall vor wenigen Monaten nicht mehr digital, denn ich musste befürchten, dass sich Peter Zugriff zu meinen E-Mail-Konten verschafft hatte.

Den Zeitpunkt, ab dem er meine Nachrichten mitlas, konnte ich im Nachhinein nicht genau bestimmen. Ich konnte aber genau sagen, ab wann ich erkannte, dass es nur diese eine Möglichkeit für seine detaillierten Informationen zu meinen Prüfungsterminen, Verabredungen und Einkäufen geben konnte. Statt ihn in diesem Moment zur Rede zu stellen, schwieg ich fatalerweise. Allerdings änderte ich sofort alle meine Passwörter und speicherte sie nicht mehr digital. Dadurch musste ihm letztendlich bewusst geworden sein, dass ich ihm auf die Schliche gekommen war. Aber wir taten beide so, als ob es diesen massiven Vertrauensbruch nicht gegeben hätte. Ganz nach der Devise: Was man nicht laut ausspricht, existiert auch nicht.

Nachdem sich mein E-Mail-Account verbunden hat, fliegen die ungelesenen E-Mails sofort herein und ich beginne mich durch den Berg an unnötigem Spam zu arbeiten. Das meiste sind Junkmails oder Werbungen für Rabattaktionen von Shops, in denen ich irgendwann einmal eingekauft hatte. Nachdem ich nochmal einen großen Schluck aus der Wasserflasche trinke, mache ich mich daran eine E-Mail an das Sekretariat meiner Fakultät zu schreiben. Der Anfang der Nachricht ist schnell geschrieben, denn ich kann definitiv sagen, dass ich dieses Semester an keinen Veranstaltungen mehr teilnehmen werde. Der zweite Teil der E-Mail fällt mir allerdings extrem schwer, denn ich habe ja selbst keinen Schimmer, wie es mit meinem Studium und generell mit meinem Leben weitergehen soll.

Würde ich nur eine Pause machen und irgendwann mein Studium abschließen? Würde ich nochmal das Studienfach wechseln? Würde ich nie mehr einen Fuß in eine Uni setzen? Würde ich jemals wieder nach München zurückkommen?

Tonnenschwere Zweifel machen sich in mir breit und eine Welle der Ungewissheit überkommt mich, wie ich sie noch nie in meinem Leben gefühlt habe. Ich klappe den Laptop abrupt zu, klammere mich an meine Wasserflasche und starre auf das blaue Meer.

Was machte ich hier überhaupt? Am anderen Ende der Welt! Ohne Geld, ohne Job, ohne Ideen, was ich mit meinem Leben anfangen soll!

Obwohl es sommerlich warm ist, fühle ich die eisige Kälte der Angst, die sich in meinen Eingeweiden ausbreitet. Ich ziehe meine Beine an den Oberkörper, umschlinge sie mit meinen Armen und lege den Kopf auf meine Knie. So eingeigelt sitze ich, heftig atmend, bestimmt zehn Minuten dort und versuche meine Ängste zum Verstummen zu bringen.

Dann schaffe ich es, mir das letzte Gespräch mit Nele, direkt vor meinem Abflug, in Erinnerung zu rufen. Nach weiteren Minuten des Wartens, in denen sich meine Atmung normalisiert, atme ich ein letztes Mal tief ein, schnappe mir meinen Laptop, klappe ihn wieder auf und beginne meine angefangene Nachricht zu Ende zu schreiben.

Nele und ich hatten über exakt diese Ängste gesprochen und meine schlaue Psychologie-Studentin-Freundin ist zu dem Schluss gekommen, dass ich jetzt noch nicht wissen muss, was ich eigentlich vom Leben will. Dafür würde ich hierherreisen, an das andere Ende der Welt. Hier könnte ich es in Ruhe herausfinden. Und ja, das ängstigt mich, aber das ist okay. Es ist ein Prozess, den ich gerade ins Rollen bringe und ich kann nicht erwarten jetzt schon eine Lösung zu sehen. Es würde so lange dauern, wie es eben dauert.

Entschlossen schreibe ich meine Nachricht zu Ende. Ich schreibe, dass ich nicht weiß, ob ich wieder an die Uni zurückkehre, mir meine aktuell abgeschlossenen Studienleistungen aber gerne bescheinigen lassen würde.

Mit diesem Text bin ich nun glücklich, denn falls ich jemals zurückkommen möchte, dann wären die letzten

Jahre zumindest ausbildungstechnisch nicht komplett verloren.

Zufrieden klicke ich auf den Senden-Button und will den Laptop schon mit Schwung zuklappen, als ich sehe, wie eine neue E-Mail im Posteingang aufpoppt.

Als ich den Absender lese, wird mir heiß und kalt zugleich, denn in dicken Lettern steht dort sein Name, Peter Esberg. Meine Hände fangen an zu zittern und ich drehe mich sofort nach allen Seiten um. Fast befürchte ich, dass er im nächsten Moment, in seinem markanten Stechschritt, hinter einer der Dünen hervormarschiert kommt.

„Ganz ruhig", rede ich leise mit mir selbst. „Er hat keine Ahnung, wo du bist."

Mein viel zu schneller Herzschlag verlangsamt sich etwas und ich nehme einen weiteren großen Schluck aus meiner Wasserflasche.

Schnell analysiere ich die Situation für mich. Ich habe zwei Möglichkeiten. Entweder ich lese die Nachricht oder ich klicke sofort auf *Löschen.* Ganz tief im Innersten weiß ich, dass die zweite Möglichkeit für meinen Seelenfrieden definitiv die bessere wäre. Leider bin ich aber extrem neugierig und will wirklich wissen, was Peter mir über zehn Tage nach unserem letzten Gespräch nun plötzlich mitzuteilen hat. Ein kleiner Teil meines Seins hofft vielleicht sogar auf eine Entschuldigung.

Ich klicke also auf die Nachricht, die den absolut nichtssagenden Betreff *Wichtig*! trägt, der auf mich wie ein billiger Clickbait wirkt. Vielleicht ist es ja wirklich wichtig, verteidige ich diese blöde Entscheidung vor mir selbst, während der Text auf meinem Bildschirm erscheint.

Liebe Alina,
da du auf anderem Wege nicht zu erreichen bist, musste ich dir nun eine E-Mail schreiben.

Während ich den ersten Satz lese, weiß ich schon, dass es ein großer Fehler war, die Nachricht überhaupt geöffnet zu haben. Ich kann den vorwurfsvollen Unterton in seinen Worten förmlich hören. Aber wie bei einem Unfall, bei dem man nicht wegsehen kann, schaffe ich es nicht meinen Blick von den schwarzen Buchstaben zu lösen und lese weiter.

Ich wollte dir genügend Zeit geben, damit du dich wieder beruhigen kannst und hatte gehofft, dass wir uns bei Dorit aussprechen können. Eine Woche diesen Kindergarten mitzumachen ist definitiv genug!

Als ich gestern bei deiner Mutter war, musste sie mir leider mitteilen, dass auch sie seit 5 Tagen (!!!) nichts von dir gehört hat, was wir beide unverantwortlich finden. Wir machen uns große Sorgen um dich und können dein irrationales Benehmen leider nicht nachvollziehen. Du solltest dich dringend bei Dorit und mir melden!

Es ist außerdem nicht unbemerkt geblieben, dass du in keinem einzigen deiner Kurse aufgetaucht bist! Sofern du deine Karriere nicht gefährden möchtest, kehrst du sofort wieder in deine Seminare zurück! Und bedenke bitte, wie ich, dein ehemaliger Mentor, nun vor den Professoren dastehe, wenn du dich so kindisch verhältst.

Komm zur Vernunft und melde dich,

Peter

Oh mein Gott, die Mail ist sogar noch schlimmer als befürchtet. Ich muss allerdings kurz auflachen, weil sich Peter mal wieder als mein Mentor bezeichnet. Die Begriffe *Tutor* oder *Studentische Hilfskraft* fand er schon immer abwertend und für seine Arbeit absolut nicht angemessen. Ja, er hatte mir anfangs geholfen die richtigen Seminare zu wählen. Aber nachdem er mit seiner Masterarbeit fertig war und daraufhin in die Firma seines Vaters einstieg, wurde er richtig obsessiv und ich hätte ihn nicht als meinen Mentor, sondern viel eher als meinen Sklaventreiber bezeichnet.

„Du willst keinen Job, du willst eine Karriere!“, war eines seiner Lieblingsargumente für die ständigen Zusatzkurse und Praktika, die er anschleppte.

Dass sich meine Mutter Sorgen macht, ist keine Überraschung für mich. Allerdings finde ich diese Tatsache nur mäßig schlimm. Dadurch, dass sie ganz offensichtlich in diesem Konflikt Peters Seite gewählt hat, hat sie meine Nichtbeachtung mehr als verdient. Ich nehme mir resignierend vor, sie trotzdem demnächst anzurufen.

Ansonsten fördert die E-Mail nur reinste Wut in mir zu Tage. Am liebsten würde ich aufspringen und den ganzen Strand zusammenbrüllen, um dieses eklige Gefühl hinauszuschreien. Stattdessen balle ich meine

Hände zu Fäusten und presse die Kiefer so hart aufeinander, dass meine Zähne laut knirschen.

Ich soll mich beruhigen? Ich verhalte mich kindisch? Er hatte sich mit keinem Wort entschuldigt, hatte so getan, als ob es den Vorfall gar nicht gegeben hätte! Mal wieder wollte er alle Fehler bei mir sehen. Aber diesmal würde ich ihn nicht gewinnen lassen.

Mit einem befriedigenden Gefühl führe ich den Cursor zum *Löschen*-Button und knalle den Finger so fest auf mein Touchpad, dass mir der Laptop fast von den Oberschenkeln rutscht. Dann füge ich mit einem diabolischen Grinsen seine E-Mail-Adresse zur Liste meiner blockierten Absender hinzu. Soll er sich doch die Finger wund schreiben. Ich würde ihn einfach mit Nichtbeachtung strafen. Denn ich weiß ganz genau, dass das für ihn viel schlimmer ist als jede bösartige Erwiderung, die ich zu Schreiben jemals imstande wäre.

Ich klappe den Laptop nun endgültig zu, lasse mich langsam auf meine Unterarme zurücksinken und lege, mit geschlossenen Augen, den Kopf in den Nacken. Dabei konzentriere ich mich darauf Peter aus meinen Gedanken zu vertreiben.

Die beiden Familien haben den Strand bereits verlassen und ich fokussiere mich auf das beruhigende Geräusch der Wellen und die sanfte Wärme der Sonnenstrahlen auf meiner Haut.

Es ist nun schon später Nachmittag. Um diese Tageszeit setzt mein nervöser Tatendrang ein, der durch die Wut und die Angst zusätzlich verstärkt wird.

Der Jetlag hat mich noch voll im Griff und ich überlege, wie ich den aktuellen Energieschub meines

Körpers sinnvoll nutzen kann. Ich beschließe, dass ich die weitere Umgebung von South Heads erkunden und das Ganze mit einem spontanen Abendlauf kombinieren will.

Als ich die Tür zu meinem Hostelzimmer aufstoße, sind zwei Mädels gerade dabei sich gegenseitig die Haare zu flechten. Der Rest ist wohl noch ausgeflogen. Ich begrüße die beiden kurz, ziehe mich dann aus, steige schnell in meine Running-Shorts und stülpe ein kurzes Sport-Top über. Zum Schluss schnüre ich meine Laufschuhe fest zu, stecke mir meine Bluetooth-Kopfhörer in die Ohren und nehme mein Handy in die eine und eine kleine Wasserflasche in die andere Hand.

Ich hatte mir überlegt, dass ich einfach an der Strandpromenade entlanglaufen würde. So hätte ich danach keine Probleme meinen Weg wieder zurückzufinden. Auf meinem Handy wähle ich meine Laufplaylist aus und ballere mir die Beats laut auf die Ohren.

Meine ersten Laufschritte sind noch zurückhaltend, aber schon nach den ersten Metern merke ich, wie ich unglaubliche Lust verspüre mich komplett auszupowern. Ich würde einfach rennen und dabei keine Angst und keine Wut mehr fühlen. Also laufe ich, konzentriere mich auf die Musik und meine schmerzenden Muskeln, während ich das Brennen in meiner Lunge genieße.

Zunächst renne ich am Main Beach entlang und sehe nach kurzer Zeit das Breakers vor mir auftauchen. Bis zu diesem Zeitpunkt hatte ich alle Gedanken an den Kerl von gestern Nacht verdrängen können. Aber jetzt kann ich mich nicht davon abhalten, meine Blicke durch die Fenster der Bar zu schicken. Meine Augen suchen die spärlichen Gäste nach einem blonden Haarschopf ab, werden aber nicht fündig. Als ich gleich darauf an der Hausecke vorbeikomme, an der Ryan und ich gestern wild knutschten, wird mir siedend heiß. Schlimmer wird es nur noch, als ich einen Blick in die nächste Nebenstraße werfe, wo heute Nacht noch Ryans Auto stand.

Daraufhin beschleunige ich mein Lauftempo nochmal, schalte mein Gehirn aus und renne mit langen Schritten auf das Ende des Main Beaches zu. Dort erkenne ich von Weitem einen kleinen Park mit Trainingsgeräten, an denen schon einige Jungs und Mädels zugange sind.

In München war ich in einem Fitnessstudio angemeldet. Die Mitgliedschaft war ein Geschenk von Peter zu meinem zwanzigsten Geburtstag. Er hätte es lieber gesehen, wenn ich dort Yoga oder Pilates geübt hätte. Aber ich fand bald Gefallen daran, mich an den Geräten auszupowern. Außerdem fing ich schnell an, in der zugehörigen Boulderhalle zu trainieren und liebte das Klettern ohne Seil.

Meine Recherchen hatten leider ergeben, dass Bouldern, wie ich es kenne, in Australien quasi ein Ding der Unmöglichkeit ist. In einem Land, in dem sich das komplette Leben draußen abspielt, hat eine Indoor-Sportart so gut wie keine Daseinsberechtigung. Ich würde versuchen zum Outdoorklettern am Seil zu wechseln und hatte mir fest vorgenommen das demnächst auszuprobieren.

Doch vielleicht könnte ich heute unerwarteterweise eine zusätzliche kleine Krafteinheit in mein Training einbauen. Also drossele ich das Tempo und pausiere meine Musik, als ich die Trainingsanlage erreiche.

Dann nehme ich die Kopfhörer aus den Ohren, trinke einige gierige Schlucke aus meiner Wasserflasche und begrüße die Gruppe schüchtern und schwer atmend. „Hi!"

„Hey, wie geht's? Trainierst du mit uns?", antwortet mir der Typ mit dem Manbun, der gerade noch, natürlich oberkörperfrei, Klimmzüge an der Stange gemacht hatte. Zum wiederholten Mal bin ich erstaunt, wie offen und kommunikationsfreudig die Leute hier in Australien auf Fremde zugehen.

Ich wische mir mit dem Unterarm den Schweiß von der Stirn. „Ja, das wäre super!", erwidere ich. „Ich bin Alina, schön euch kennenzulernen!"

Daraufhin werden mir einige Namen entgegengerufen. Der Langhaarige mit dem Manbun heißt Dylan, das große dunkelhäutige Mädchen, das sich gerade mitten in einer Plank befindet, ist Emily. Außerdem lerne ich eine blonde Poppy und einen Typ mit lockigem Vokuhila kennen, der mir so etwas wie Darryl oder Darren zuruft, die beide jeweils an einer Beinpresse sitzen.

Daraufhin rotieren wir alle durch die verschiedenen Gerätschaften. Dabei unterhalte ich mich locker mit

Dylan und Poppy, die meistens neben mir zugange sind. Es ist, wie auch gestern mit Ryan, sehr einfach mit den beiden zu quatschen, denn sie geben mir das Gefühl, dass sie sich ernsthaft für mich interessieren.

Ich finde heraus, dass Poppy gerade in ihrer Ausbildung zur Rettungsschwimmerin steckt und Dylan in einem Laden für Campingausrüstung im Service arbeitet. Die Frage nach dem Beruf kommt allerdings, anders als ich das aus den Gesprächen von zuhause gewohnt bin, relativ spät und scheint auch nicht sonderlich wichtig zu sein. Die beiden interessiert vielmehr, welchen Sport ich gerne mache, welche Musik ich höre und wohin in Australien ich als nächstes reisen möchte.

Zum ersten Mal habe ich keine Hemmungen zu denken - oder gar laut zu erwähnen - dass ich absolut keine Ahnung habe, in welchem Job ich gerne arbeiten würde und dass ich aktuell quasi arbeits- und völlig perspektivlos bin.

Als ich meine dritte Runde im Trainingszirkel beende, sind die Straße und die Palmen des Strandes wieder in ein warmes, oranges Licht getaucht, das mich sogleich an meinen Start in den Tag mit Ryan erinnert.

Ich blicke auf und realisiere, dass die Sonne bereits hinter den Häusern der Strandpromenade zu verschwinden droht. Hoffentlich würde ich jetzt nicht bei jedem Sonnenauf- beziehungsweise Sonnenuntergang an Ryan denken müssen. Wobei, vielleicht war das gar nicht so schlecht?

„Leute, war schön euch kennengelernt zu haben. Trainiert ihr öfter hier?“, beginne ich mich zu verabschieden, während ich meinen Kram zusammensuche.

Dylan antwortet mir. „Wir sind so gut wie jeden Abend hier. Komm doch einfach wieder vorbei, wenn du Zeit hast.“

„Super, das werde ich machen!“, freue ich mich über sein Angebot und hebe die Hand zum Abschied. „Bye!“

Dann stecke ich mir die Kopfhörer wieder in die Ohren, starte meine Playlist – diesmal in moderater Lautstärke – und laufe in gemäßigtem Tempo die gleiche Strecke wieder zurück.

Meine Wut, meine Angst und meine Zweifel sind jetzt wie weggewischt und ich setze meine Schritte voller Zuversicht und Selbstbewusstsein. Ich mochte in eine ungewisse Zukunft laufen, aber sie würde deswegen nicht weniger fantastisch werden.

Kapitel 4 – The Café

Als ich das zweite Mal am Main Beach Trainingspark war, traf ich Poppy wieder. Sie gab mir mit dem *Valley of Beans-Café* einen heißen Tipp. Eine Freundin von ihr hatte vor kurzem aufgehört dort zu jobben und die Stelle war wohl noch zu vergeben. Also versuchte ich mein Glück und siehe da, jetzt arbeite ich schon drei Tage dort und bin für die Getränkezubereitung zuständig.

Das laute, rauschende Geräusch des Milchaufschäumers stoppt abrupt, als ich das silberne Kännchen mit der Milch geschickt unter dem Dampfhahn herausziehe. Anschließend verteile ich den entstandenen Schaum auf zwei bauchige Tassen, die bereits je einen doppelten Espresso enthalten. Mit den beiden fertigen Cappuccinos in der Hand drehe ich mich anschließend zu meiner Kollegin Sue um, mit der ich nun schon seit drei Tagen zusammenarbeite.

Sue steht am Tresen, streckt mir die Hand entgegen und nimmt mir sogleich eine Kaffeetasse ab, aus der sie gierig einen großen Schluck trinkt.

„Wie wenn du noch nie etwas anderes gemacht hättest!“, lobt sie grinsend meinen Kaffee.

Ich muss lachen. „Danke Sue! So ein Lob aus deinem Mund ist ja quasi der Ritterschlag für jede Barista.“

„Du hast eben von der Besten gelernt“, antwortet sie mit einem Schulterzucken und meint es durchaus ernst.

Das *Valley of Beans* ist ein kleines, gemütliches Café mit schwarz-weißen Möbeln, die auf einem schwarz-weiß gefliesten Boden stehen. Darauf verteilen sich einige gemütliche - natürlich schwarz-weiße - Sitzecken und es gibt eine kleine, aber feine Speisekarte.

„Very instagramable", war Neles Kommentar zu einem Foto meines neuen Arbeitsplatzes, das ich ihr gestern geschickt hatte.

Sue und ich schmeißen den Betrieb vorne immer zu zweit. Sie steht am Tresen, um die Bestellungen aufzunehmen und ich rotiere zwischen der Kaffeemaschine und den Kühlschränken, um heiße und kalte Drinks bereitzustellen. Obwohl wir erst seit Kurzem zusammenarbeiten, sind wir bereits ein gut eingespieltes Team.

Ein Blick auf die – natürlich - schwarz-weiße Wanduhr verrät mir, dass es kurz vor elf Uhr ist und unsere offizielle Arbeitszeit somit in wenigen Minuten beginnt. Die beiden Mädels der Morgenschicht sind bereits durch die Küchentür nach hinten verschwunden, während Sue und ich den ruhigen Start unserer Schicht bei einem ersten Kaffee genießen.

Erst um die Mittagszeit herum wird es hier wieder voller werden und wir nutzen die Zeit bis dahin, um uns ausführlich zu unterhalten.

Sue kommt ursprünglich aus der Nähe von Brisbane. Sie ist wegen ihrem – mittlerweile - Ex hierhergezogen und arbeitet schon seit über einem Jahr in dem kleinen Café. Gerade fährt sie sich mit der einen Hand durch ihre immer zerzausten, blonden Kringellocken und stellt mit der anderen ihre halb leere Kaffeetasse auf dem Tresen ab.

„Du hast schon ein bisschen Farbe bekommen“, bemerkt sie, als sie anschließend mit dem Zeigefinger auf meinen leicht gebräunten, nackten Unterarm tippt.

Generell habe ich mich in der kurzen Zeit hier in South Heads optisch ziemlich verändert. Nicht nur meine Haut ist gebräunter. Auch meine Haare haben schon seit Ewigkeiten kein Glätteisen mehr gesehen. Nach einer kleinen Shoppingtour bestehen meine Outfits nun eher aus sportlichen und vorrangig bequemen Teilen. Heute trage ich beispielsweise schwarze, enge Trainingsshorts und ein bauchfreies, weites, weißes T-Shirt. Ein viel zu lässiges und freizügiges Outfit, das ich mich in Peter-Zeiten nie zu tragen gewagt hätte.

Auch Sue ist immer sportlich gekleidet, allerdings bevorzugt sie knallige Farben. So ist auch ihr heutiges Outfit, eine türkise Radlerhose und dazu ein lila Oversized-T-Shirt, sehr farbenfroh. Außerdem hat sie mindestens drei verschiedene, knallige Brillen, die sie ständig durchwechselt. Das tiefrote Gestell, dass sie heute nutzt, harmoniert hervorragend mit ihren ebenfalls knallroten Vans.

„Ja, das ist echt schnell gegangen. Die Sonne ist intensiver, als man bei den zwanzig Grad aktuell vermuten würde“, antworte ich ihr und nippe an meinem Kaffee.

„Die ist wirklich nicht zu unterschätzen! Aber du weißt ja, Slip, Slop, Slap“, meint Sue lachend und ein bisschen oberlehrerhaft.

Den Spruch hatte ich neulich auf einem Hinweisschild am Strandzugang gelesen und die Bedeutung glücklicherweise gleich gegoogelt, denn so stehe ich jetzt nicht komplett ahnungslos vor Sue, die mich abwartend ansieht. Um Zeit zu gewinnen, nehme ich einen großen Schluck Cappuccino.

„Warte, ich glaube ich kriege es zusammen. Also *Slip* steht fürs Shirt anziehen, *Slop* für das Auftragen von Sonnencreme und *Slap* war einen Hut oder so etwas aufsetzen, oder?“

„Du wirst noch ein richtiges Aussie-Girl!“, lobt mich Sue grinsend, schlägt mir leicht auf den Oberarm und angelt sich ihren halb ausgetrunkenen Kaffee wieder vom Tresen. Nach einem weiteren Schluck schaut sie mich mit gerunzelter Stirn an.

„Hattest du heute nicht deine erste Nacht im eigenen Apartment?“

Ich komme nicht mehr dazu ihr zu antworten, denn ein Kerl betritt das Café und steuert zielstrebig auf den Tresen zu. Er ist groß, braungebrannt und trägt ausschließlich Shorts und Flip-Flops, was uns beiden den herrlichen Anblick seines gut trainierten Oberkörpers beschert.

Das Beans liegt, genau wie das Breakers, direkt an der Strandpromenade. Dadurch besteht ein Großteil unserer Gäste aus Leuten, die direkt vom Strand kommen oder vor ihrem Strandbesuch noch einen Drink oder einen kleinen Lunch zu sich nehmen wollen. Deshalb prangt in unserem Schaufenster neben der Eingangstür ein großes Schild mit der Aufschrift *Clothes Optional*. Das hat wiederum zur Folge, dass hier laufend Kerle aus- und eingehen, die außer Badehosen nichts tragen, was Sue und mich absolut nicht stört.

Ungeniert starren wir dem Typen auf seine Bauchmuskeln, bis Sue seine Bestellung und die Bezahlung entgegengenommen hat und ich mich leider abwenden muss, um seinen Hafer Cappuccino to go zuzubereiten.

Danach beginnt auch schon der stressigere Teil unseres Arbeitstages, denn das Mittagsgeschäft läuft an. Ich wirble zwischen Kaffeemaschine und Kühlung umher und helfe Sue zwischendrin die frisch zubereiteten Mittagsgerichte aus der Durchreiche zu den jeweiligen Tischen zu bringen.

Gegen zwei Uhr wird es in der Regel wieder etwas ruhiger, was wir beide auch heute nutzen, um uns je eines der beiden Mittagsgerichte auszusuchen und es im Stehen hinter dem Tresen zu verspeisen.

Meine Gemüselasagne schmeckt hervorragend und ich bin völlig ausgehungert, so dass ich die ersten fünf Minuten nur mit Schneiden und Essen beschäftigt bin.

Sue neben mir kaut ihr Chicken Parmi noch, als sie mich mit dem Ellbogen anstößt. „Was ist jetzt eigentlich mit deinem Apartment?“, nuschelt sie undeutlich.

Ich spüle mit etwas Wasser meinen vorherigen Bissen Lasagne hinunter. „Das hattest du schon richtig in Erinnerung. Gestern bin ich in das Apartment gezogen.“

„Und? Gefällt es dir?“

„Und ob! Es war schon komisch wieder allein in einem Zimmer zu schlafen, aber ein Luxus, den ich nicht mehr aufgeben möchte." Am Ende hatte mich das Hostelzimmer mit den vielen Mitbewohnerinnen ziemlich angestrengt und ich war heilfroh, dass ich so schnell ein winziges 1-Zimmer-Apartment zur Untermiete gefunden hatte. Zu meinem Glück ist es bezahlbar und komplett möbliert und ich konnte gestern, zusammen mit meinem spärlichen Gepäck, schon einziehen.

„Leider ist es noch weiter weg vom Beans, als es das Hostel war. Jetzt brauche ich eine Ewigkeit bis hierher."

In den letzten Tagen hatte ich mir eine sehr entspannte Morgenroutine zugelegt. Ich schlief gemütlich aus, dann gönnte ich mir einen Espresso und startete anschließend zu meinem Morgenlauf. Da machte ich keine Experimente, sondern lief die mir nun schon bekannte Strecke am Main Beach entlang. Zurück von meinem Lauf, gab es eine erfrischende Dusche und dann ein kleines Frühstück, bevor ich mich auf den Weg ins Beans machte. Heute morgen war ich allerdings etwas unter Zeitdruck geraten, um rechtzeitig vor elf Uhr im Café zu sein.

Sue kennt das Problem. „Mach es doch einfach wie ich, nimm das Skateboard, dann bist du schneller." Sie zuckt mit den Schultern und legt ihr Besteck auf den nun leergegessenen Teller.

„Das mag vielleicht für dich das Einfachste auf der Welt sein, aber ich bin noch nie in meinem Leben auf einem Skateboard gestanden. Ich lande eher in der Notaufnahme als rechtzeitig in der Arbeit.“

„Darüber reden wir noch. Gleich!“, zeigt sie mit dem Zeigefinger resolut auf mich.

Ich schneide mir ein weiteres Stück von der göttlichen Lasagne ab, während Sue sich zum Tresen bewegt, um eine Bestellung aufzunehmen. Die Gabel mit der köstlichen Mischung aus Nudeln, Tomatensoße, Käse und Gemüse landet in meinem Mund, weshalb ich dem Kerl an der Theke keine Beachtung schenkte. Das ändert sich schlagartig, als Sue ihn nach der Bestellung und der Bezahlung routiniert nach seinem Namen fragt, um ihn auf den Kaffeebecher zu schreiben.

„Ryan.“

Als ich den Namen höre, erhöht sich mein Herzschlag im selben Moment um mindestens das Doppelte und ich atme erschrocken viel zu tief ein. Natürlich verschlucke ich mich prompt an meinem Lasagnestück. Heftig hustend, mit hochrotem Kopf und Tränen in den Augen versuche ich mir halb blind Wasser in ein Glas einzuschenken. Die Hälfte landet daneben, doch ich trinke unbeeindruckt von der Sauerei in riesigen Schlucken aus dem Glas. Dadurch bekomme ich meinen Hustenanfall allmählich in den Griff.

Langsam hebe ich meinen hochroten Kopf und blicke in die Gesichter von Sue und Ryan, die mich beide mit offenem Mund anstarren.

„Geht es wieder?“, fängt sich Sue als erste.

„Alles Bestens“, presse ich mühsam hervor und versuche mir möglichst unauffällig die Tränen von den Wangen zu wischen.

Ryan, der vermutlich sechzehn Jahre alt ist und mit seinen dunklen Locken und dem Oberlippenflaum absolut keine Ähnlichkeit mit *meinem* Ryan hat, schaut einfach nur irritiert zwischen uns beiden hin und her.

Bald habe ich mich wieder so weit gefangen, dass ich Sue, peinlich berührt, den Pappbecher abnehmen kann und Ryan darin den gewünschten Kaffee zubereite.

Als er die Ladentür hinter sich schließt und mit seinem Kaffee auf die Straße tritt, drehte sich Sue zu mir um.

„Okay Lina, was war das denn? Alles okay?"

Mir entfährt ein tiefer Seufzer. „Oh man Sue, ich bin so bescheuert."

Soll ich ihr von Ryan erzählen? Eventuell weiß sie etwas über ihn. Vielleicht ist sie sogar eine seiner Bett- bzw. Autobekanntschaften. Das wiederum hätte ich richtig scheiße gefunden. Ich habe ihn seit dem Morgen nach unserer gemeinsamen Nacht nicht mehr gesehen und es kann gut sein, dass er gar nicht in South Heads lebt. Aber ich will dringend irgendetwas über ihn erfahren, deshalb gebe ich mir einen Ruck.

„Ich habe da so einen Kerl kennengelernt, einen Ryan", fange ich an, während ich nervös hinter der Theke auf- und ablaufe und dabei auf meine Sneakers starre. „Wir hatten Sex und ich dachte, dass wir uns wirklich gut verstanden hätten", fahre ich zögernd fort.

„Und jetzt meldet er sich nicht mehr?", unterbricht mich Sue in scharfem Ton und verschränkt ihre Arme vor der Brust.

„Nein. Das ist es nicht. Denn eigentlich kann er das gar nicht. Wir haben keine Nummern getauscht und er weiß nicht, wo ich wohne oder arbeite“, verteidige ich Ryan, wobei ich Sue endlich in die Augen schaue.

Dann wende ich den Blick wieder ab und laufe weiter hin- und her. „Es ist so dämlich, aber ich fand ihn wirklich gut. Also den Typen. Den Sex auch, bevor du jetzt fragst. Und ich hatte noch nie Probleme mit One-Night-Stands und damit die Typen danach sofort zu vergessen. Also sollte doch alles in bester Ordnung sein. Aber ich ertappe mich dabei, wie ich nach ihm suche. Jedes Mal, wenn ich am Breakers vorbeikomme. Jedes Mal, wenn ich am Strand entlanglaufe! Das ist doch nicht normal!“, schließe ich mein Geständnis heftiger als beabsichtigt.

Sue schaut mich durchdringend an. Dann wirft sie beide Arme in die Luft. „Shit Lina, du magst den Kerl eben!”

Sie kommt auf mich zu, legt beide Hände fest um meine Oberarme und sieht mir in die Augen. „Lass es doch einfach auf dich zukommen. Es ist ja nicht das Schlechteste, wenn man den Typen mag, mit dem man ins Bett steigt. Vielleicht solltest du versuchen ihn wieder zu treffen? So findest du vielleicht heraus, was du willst und was nicht. Und natürlich, was er will. Ging mir mit meinem Ex auch nicht anders. Da habe ich allerdings herausgefunden, dass ich ihn sicher *nicht* dauerhaft behalten will“, fügt sie mit einem entschuldigenden Schulterzucken an.

Ich nicke überrumpelt und Sue wertet das natürlich als Zustimmung.

„Wie sieht er aus? Eventuell kenne ich ihn ja“, fragt sie jetzt voller Tatendrang.

„Gut?“, antworte ich ihr.

„Also ein bisschen detaillierter sollte es schon sein“, neckt sie mich.

„Er ist groß, hat blonde, sonnengebleichte Haare, die ihm ständig in die Augen hängen. In die blauesten Augen der Welt wohlgemerkt. Außerdem hat er ein ganz gutes Sixpack, aber nicht so übertrainiert. Er ist eher schlank, aber trotzdem muskulös. Sein linker Arm ist tätowiert. Aber dezent, keine Farben. Nur schwarze, feine Linien. Er surft, mag Kaffee und riecht unglaublich gut nach Kokosnuss und fährt einen weißen Truck mit Bett statt Kofferraum.“

Bei meinen letzten Worten merke ich, wie mir die Hitze in die Wangen schießt.

„Okay, das sind alles keine Eigenschaften, die ihn von den meisten anderen Leuten hier in der Gegend abgrenzen“, zeigt sich Sue mit meiner Antwort weiterhin unzufrieden.

„Ach was du nicht sagst.“ Meine Stimme trieft vor Ironie.

„Warst du am Shelly? Oder nur am Main Beach?“, fragt Sue mich nun. Sie hat scheinbar in den Detektivmodus geschaltet.

„Ich laufe morgens immer den kompletten Main Beach bis zum Leuchtturm und dann wieder zurück. Am Shelly war ich nur mal kurz, um ihn mir anzusehen. Aber dort gibt es keine Laufwege.“

„Ha! Problem gelöst!“, schreit Sue viel zu laut und klatscht in die Hände. „Meistens sind die Surfer am Shelly Beach. Ich kenne mich nicht so gut aus, das hat irgendwas mit der Windrichtung zu tun. Aber dort sind anscheinend die besten Wellen. Lauf einfach das nächste Mal am Leuchtturm vorbei und auf die andere Seite des Kaps zum Shelly“, erklärt sie mir grinsend. Dabei tut sie so, als ob ich Ryan damit quasi schon gefunden hätte.

Aber ihre Euphorie ist ansteckend. „Okay, dann werde ich morgen mal eine größere Runde laufen“, beschließe ich mit einem breiten Grinsen. „Wenn ich den Abend überlebe. Ich muss heute nämlich meine Mum anrufen und ich befürchte Tränen, Geschrei und eventuell eine Enterbung.“

Der Gedanke an das bevorstehende Telefonat wischt mir das Grinsen sofort aus dem Gesicht.

Kapitel 5 – The Mother

Kühle und Schwärze schlägt mir entgegen, als ich die hellbraune Holztür meines Apartments mit der Schulter aufstoße. In der linken Hand halte ich eine Papiertüte mit Abendessen, das ich mir aus den Resten der Auslage im *Valley of Beans* zusammengesucht habe. Mit der anderen Hand ziehe ich gerade den Schlüssel umständlich aus dem Türschloss und trete anschließend über die Türschwelle.

Bevor ich heute morgen etwas überstürzt die Wohnung verließ, hatte ich glücklicherweise noch daran gedacht, die Vorhänge zu schließen. Deshalb empfängt mich zwar ein dunkles, aber immerhin wohltemperiertes zuhause.

Die Sneakers streife ich mir im Gehen ab und lasse sie achtlos im Eingangsbereich liegen. „Extra für dich Peter!“

Als ich in mein Zimmer komme, lege ich mein Abendessen auf der Küchenablage ab, während ich die Tür hinter mir geräuschvoll ins Schloss fallen höre.

Dann öffne ich die Gardinen und lasse die letzten, warmen Sonnenstrahlen des Tages in mein Apartment. Während ich mich umschaue, stelle ich mit Genugtuung fest, dass in diesem einen kleinen Zimmer tatsächlich alles Platz hat, was man so benötigt.

Direkt nach dem Eingangsbereich befindet sich links die L-förmige Küchenzeile, die den dahinterliegenden Wohnbereich auf halber Höhe abtrennt. Rechts von der Tür grenzt ein heller Paravent das Bett vom restlichen Raum ab. Der Wohnbereich mit kleinem Zwei-Sitzer-

Sofa und niedrigem Tischchen ist für mich absolut ausreichend. Das Highlight meiner neuen Bude ist mit Sicherheit die Fensterfront, die sich über die komplette Längsseite zieht und durch die früh morgens das ganze Apartment in ein orangefarbenes Licht getaucht wird. In oranges Licht, das mich natürlich an das Aufwachen in Ryans Truck erinnert.

Es ist nicht viel. Aber als ich so auf meine erste eigene Wohnung blicke, da spüre ich leichten Stolz in mir aufwallen.

Vorher war ich nur Mitbewohnerin. Zunächst die meiner Mum und dann natürlich die von Peter. Aber jetzt gehört das alles mir allein und ich kann schalten und walten, wie ich möchte!

Und wenn ich mein Abendessen, bestehend aus einem Sauerteigbrot-Sandwich mit Hummus und einem Blaubeermuffin, ganz ohne Teller auf meinem Sofa liegend zu mir nehmen möchte, dann kann ich das tun.

Also schnappe ich mir die Papiertüte von der Ablage, nehme mir ein Wasser aus dem Kühlschrank, fläze mich auf mein Sofa und esse sogar die Nachspeise vor der Hauptspeise.

Zwei Stunden später, in denen ich meiner Netflix-Sucht nachgab und nebenbei mit Nele chattete, kann ich es nicht mehr aufschieben. Ich muss meine Mutter anrufen.

Davor blicke ich mich nochmal in der Wohnung um. Die Einrichtung ist mit ihren hellen Farben und den metallenen Akzenten relativ modern und dadurch, dass ich erst seit gestern hier bin, hat sie keinerlei persönlichen Bezug zu mir. Wenn meine Mum von einem Anruf zu einem Videocall wechseln will, dann dürfte das also durchaus funktionieren, denn so eine Wohnung könnte überall sein und jedem gehören.

Mit der Frontkamera teste ich zunächst verschiedene Bildausschnitte, bis ich mich dazu entscheide das Handy auf dem Sofatisch abzustellen und mich auf den Teppich davor zu setzen. Mit der leeren kupferfarbenen Obstschale fixiere ich mein Telefon auf dem Tisch. Gerade will ich den Anrufbutton drücken, als mir siedend heiß einfällt, dass ich die Rufnummer noch nicht unterdrückt habe. Also tippe ich mich noch schnell durch die Einstellungen und drücke dann wirklich den grünen Knopf mit dem Telefonhörer-Symbol.

„Miller?“, höre ich meine Mum nach wenigen Sekunden.

Plötzlich habe ich einen Kloß im Hals und Schuldgefühle überrollen mich in fiesen Wellen.

Ich habe mich seit über einer Woche nicht bei meiner Mutter gemeldet. Noch schlimmer, ich bin völlig überstürzt ans andere Ende der Welt geflogen und um dem Ganzen die Krone aufzusetzen habe ich nicht einmal vor, ihr das jetzt zu sagen.

Eigentlich verstanden wir uns immer super. Seit Papas Tod waren wir ein unschlagbares Mutter-Tochter-Gespann. Erst seit Peter in mein Leben trat, hat sich unser Verhältnis leider verkompliziert. Ich wünschte es wäre nicht so. Ich wünschte, wir könnten wie früher immer über alles reden. Aber die Dinge haben sich geändert, denn sie hat ihre Seite gewählt und mit diesem Gedanken schlucke ich trotzig den Kloß im Hals hinunter.

„Hi Mum. Ich bin es, Alina", flüstere ich vorsichtig in das Telefon. Als ob ich damit mein Vergehen abmildern könnte.

Von der anderen Seite der Verbindung höre ich sofort ein tiefes Einatmen.

„Alina", vernehme ich nach einer gefühlten Ewigkeit. Ihr Ton klingt absolut neutral und es verunsichert mich, dass ich ihre Stimmung dadurch nicht deuten kann.

Ist sie wütend? Ist sie verletzt? Ist es ihr vielleicht sogar egal? Bin ich ihr egal? Nervös verschlinge ich meine Beine zu einem Schneidersitz und zupfe an einem losen Faden meines linken Sockens herum.

„Hi Mum", wiederhole ich mich leise, weil mein Gehirn wie leergefegt ist und ich nicht weiß, was ich sagen soll. Ich hätte mir vorher einen Zettel schreiben sollen. Oder noch besser: Ich hätte mir den Text wie bei einem Teleprompter auf diesem überdimensionalen Fernseher vor mir einblenden lassen sollen.

Wieder ändere ich die Position meiner Beine und nestle nun an den beigen, langen Haaren des Teppichs unter meinem Wohnzimmertisch herum.

Wir schweigen beide so lange, bis mir das Schweigen zu laut wird und ich gleichzeitig realisiere, dass sie nicht auf mich zugehen wird. Es ist nun an mir, einen Schritt in Richtung meiner Mutter zu gehen.

Nach einem tiefen Atemholen lasse ich den Teppich los und spreche endlich mit zerknirscht wirkender Stimme weiter.

„Tut mir leid, dass ich so überstürzt verschwunden bin, Mum. Ich hoffe, du wusstest, dass es mir gut geht. Nele…“

„Dass du Nele alle deine Geheimnisse anvertraust und mich im Gegensatz zu ihr komplett im Dunklen tappen lässt, ist mir bereits aufgefallen“, unterbricht sie mich schroff.

Das ist zwar nicht der Kommentar, den ich mir erhofft hatte, aber wenigstens kann ich ihre Stimmung nun einschätzen. Sie ist offensichtlich verletzt. Das ist zwar nicht optimal, aber damit kann ich besser umgehen als mit einer völlig gefühlskalten Person.

„Mum“, versuche ich es nochmal in beschwichtigendem Ton.

„Bitte versteh mich doch. Ich hatte dich gebeten nicht mit Peter zu sprechen und das Einzige, was dir einfällt, ist ihn bei nächster Gelegenheit zu dir einzuladen! Da fällt es mir verständlicherweise schwer, dir zu vertrauen.“

Während ich spreche, verändert sich mein zunächst versöhnlicher Tonfall in einen anklagenden und zu spät schießt mir der Gedanke durch den Kopf, dass ich damit meinem Ziel einer Versöhnung nicht näher kommen werde.

Die bittere Antwort meiner Mutter bestätigt meine Befürchtung. „Dass du dich eine Ewigkeit nicht bei mir meldest, ist schon ein starkes Stück. Aber dass ich mir dann deine aus der Luft gegriffenen

Schuldzuweisungen anhören muss, das schlägt ja wohl dem Fass den Boden aus!“

Am Ende klingt ihre Stimme rau vor Ärger und sie muss tief Luft holen. Doch die Schimpftirade geht weiter. „Du schmeißt dein Leben weg! Deine Beziehung, deine Karriere! Und ich soll dabei zusehen?“ Jetzt hört es sich mehr wie Schreien an.

Gut, dass wir nicht, wie anfangs von mir geplant, nach der Begrüßung zur Videotelefonie gewechselt haben. Sie kann also nicht sehen, wie ich angesichts der immer gleichen Leier genervt die Augen verdrehe. Sie kann aber auch nicht sehen, wie sich meine Augen langsam mit Tränen füllen. Das Gespräch hatte ich mir komplett anders vorgestellt. Ich wollte doch nur, dass wir wieder normal miteinander sprechen! Ja, ich hätte sogar ein wenig Verständnis für meine Situation für möglich gehalten.

Also setze ich mich wieder in den Schneidersitz und wage einen letzten Vorstoß. „Mum, hat er dir gesagt, warum ich ausgezogen bin?“ Meine Stimme klingt fest. Fester als ich es selbst erwartet hätte.

„Ja. Nein. Also nichts genaues“, antwortet sie und ich höre Verunsicherung in ihrer Stimme. „Ihr scheint ein großes Geheimnis daraus zu machen“, ergänzt sie fast vorwurfsvoll.

Nach meinem Auszug bei Peter hatte ich nur kurz angebundene Andeutungen zu seinem letzten Fehltritt bei meiner Mum fallen lassen. Zu frisch war die ganze Geschichte.

„Okay, dann würde ich es dir jetzt erzählen“, gebe ich mir einen Ruck. Meine Beine entwirren sich wieder, ich streiche mir mit den Händen die Haare aus dem Gesicht und drücke den Videotelefonie-Button.

Das Schwarz des Displays verschwindet wenige Sekunden später und Mum erscheint. Obwohl es in München noch sehr früher Morgen sein muss, ist sie schon perfekt geschminkt und frisiert. Ihre dunkelblonden Haare hat Mum zu einer einfachen Frisur hochgesteckt, die Lippen leuchten in dezentem dunkelrot und nur der Kragen des weißen Bademantels am unteren Bildausschnitt verrät, dass ich sie während ihrer Morgenroutine gestört haben muss.

Sie hat mich anscheinend ebenfalls genau gemustert.

„Du siehst gut aus“, kommentiert sie überrascht. Anscheinend hat sie etwas anderes, eventuell ein trauerndes Häuflein Elend, erwartet.

Ich springe auf den Zug der positiven Vibes auf. „Du auch Mum.“

Sie lächelt leicht und ich erkenne in ihren Augen die Zuneigung, die ich bei unseren letzten persönlichen Gesprächen so schmerzlich vermisst hatte.

„Geht es dir auch gut?“, fragt sie mich anschließend ernst.

Meine Antwort wird ehrlicher als beabsichtigt. „Ich weiß es nicht, Mum“, seufze ich.

Dann muss ich tief durchatmen, nestle schon wieder an dem Sockenfaden herum und es sprudelt, auch für mich ganz unerwartet, nur so aus mir heraus. „Ich weiß, dass es die richtige Entscheidung war, die Sache mit Peter zu beenden.“

Schnell schiebe ich eine Erklärung nach. „Mein Leben war komplett geradlinig, wie eine Autobahn.

Alles war schon meilenweit vorhersehbar. Meine Karriere, mein restliches Leben. Einfach alles war bereits wie in Stein gemeißelt. Nur war nicht ich die mit den Werkzeugen, sondern Peter. Meine eigenen Interessen und Wünsche spielten für ihn keine Rolle und jedes Abweichen meinerseits von seinem Plan endete in einer Katastrophe für mich."

Die Situation nochmal laut zusammenzufassen, macht mir sehr deutlich, wie dringend ich aus seinem Einflussbereich verschwinden hatte müssen. In mir regt sich die leise Hoffnung, dass meine Mum das nun auch erkennen würde.

Da sie mich bis dahin noch nicht unterbrochen hat, werde ich mutiger und führe meinen Monolog fort.

„Aber jetzt gerade fühle ich mich wie in der Mitte eines Labyrinths. Es gibt so viele verschiedene Wege, die ich gehen könnte. Aber aus Angst den falschen zu wählen, bleibe ich einfach stehen. Ich weiß noch nicht einmal, ob ich überhaupt irgendwohin gehen will oder ob ich einfach hier stehenbleibe und es mir damit auch hervorragend gehen könnte."

Das Ende meiner kleinen Rede werde immer leiser und ich fühle mich so entblößt, als würde ich nackt vor dem Handydisplay sitzen. Solch tiefen Einblick hatte ich meiner Mutter schon seit Jahren nicht mehr in meine Gefühlswelt gewährt.

„Ach Alina", seufzt sie leise und in ihren Augen sehe ich ehrliche Zuneigung. „Ich wünsche mir doch nur das Beste für dich und diese Situation macht mir mehr Angst, als du dir vorstellen kannst."

Mum presst die Lippen fest aufeinander und ich befürchte, dass sie ihr sorgfältig aufgetragenes Make-up ruinieren könnte. Doch sie fängt sich wieder und fährt fort. „Es war unglaublich beruhigend für mich, mein kleines Mädchen in jeder Hinsicht gut versorgt zu wissen. Ein guter Job in Aussicht, keine Geldsorgen und dazu ein Mann, der ihr treu ergeben ist. Es ist auch für mich schwierig, dass das nun alles das der Vergangenheit angehören soll."

Ich nicke verständnisvoll und ziehe kurz in Erwägung in den nächsten Flieger nach Deutschland zu steigen, nur um meiner Mum die tiefen Sorgenfalten, die sich gerade auf ihrer Stirn abzeichnen, damit wieder zu nehmen.

Stattdessen flüstere ich leise, ohne sie anzublicken. „Es tut mir wirklich leid, Mum. Ich hätte mir das Ganze auch anders gewünscht. Aber bitte glaub mir, wenn ich dir sage, dass es für mich ab hier nur noch besser werden kann."

Ihre Antwort lässt etwas auf sich warten und ich blicke wieder auf das Display, wo ich ein verräterisches Glänzen in ihren Augen erkennen kann.

„Okay, mein Mädchen", bringt sie mit gepresster Stimme hervor.

Diese drei Wörter bedeuten mir in diesem Moment die Welt und sofort stehlen sich auch in meine Augen winzige Tränen. Tatsächlich sind es Tränen der Freude. Darüber, dass ich mit meiner Mama die erste ehrliche Konversation seit Jahren führen konnte und dass ich sie endlich, endlich wieder auf meiner Seite wähne.

„Danke Mum“, sage ich leise. „Ich rufe dich bald wieder an, okay?“

Sie nickt nur und hält die Lippen weiterhin fest aufeinandergepresst. Vermutlich wird sie losweinen, wenn wir aufgelegt haben.

Nach dem Beenden des Gesprächs fahre ich mir unwirsch über die Augen und lecke die eine Träne, die still und leise bis zu meinem rechten Mundwinkel hinuntergekullert war, mit der Zungenspitze auf. Sie schmeckt salzig und beinhaltet das leise Versprechen einer besseren Beziehung zu meiner Mum.

Mir fällt auf, dass meine Mutter nicht gefragt hatte, wo ich war. Vielleicht wusste sie, dass ich es ihr ohnehin nicht sagen würde. Auch bis zu dem Ereignis, das zur endgültigen Trennung von Peter geführt hatte, war unser Gespräch nicht vorgedrungen. Aber ich werte das als positives Zeichen dafür, dass sie anfängt mir und meinem Urteilsvermögen wieder zu trauen.

Kapitel 6 – The Skater

Es sind noch genau zehn Schritte und ich hole das letzte bisschen Energie aus meinen Beinmuskeln heraus. Als ich an der krummen Palme vor dem weiß strahlenden Leuchtturm ankomme, höre ich die Zwischenzeit des letzten Kilometers über meine Kopfhörer und bin, dank meines kleinen Zwischenspurts, mit den Zahlen ziemlich zufrieden.

Heute feiere ich das einmonatige Jubiläum meiner Ankunft in South Heads und meine Laufstrecke, entlang des Main Beachs zum Leuchtturm, kenne ich mittlerweile auf jeden Schritt genau.

Locker laufe ich weiter den gekiesten, schmalen Weg um den Leuchtturm herum und biege dann auf den sandigen Pfad zwischen dunkelgrünen, mannshohen Sträuchern in Richtung Shelly Beach ab.

Die kurze Zusatzrunde zu dem kleineren Strand auf der anderen Seite des Kaps baue ich mehrmals die Woche in meinen Morningrun ein. Dort habe ich im Wasser schon oft einige Surfer auf ihren Brettern dümpeln gesehen, doch Ryan war nie dabei. Sues Tipp hatte sich bewahrheitet, mir persönlich aber wenig gebracht.

Während ich laufe, gehe ich im Kopf den Plan für den restlichen Tag durch. Heute ist Montag und das Beans hat, wie die meisten Läden an der Strandpromenade, montags und dienstags geschlossen. Eigentlich sollte es ein Grund zur Freude sein, dass ich mich heute nicht mit dem perfekten Milchschaum herumschlagen muss. Doch für mich bedeutet ein freier Tag aktuell pure

Beklemmung. Zu viel Zeit zum Nachdenken, zu viel Zeit zum Zweifeln. Erst letzte Woche hatte ich an den beiden Tagen meine freien Stunden mit zugezogenen Vorhängen und Heulkrämpfen auf dem Sofa verbracht, die erst aufhörten, als ich völlig erschöpft eingeschlafen war.

Wenn mir vor fünf Wochen jemand gesagt hätte, dass ich heute ans andere Ende der Welt gezogen wäre, mein Studium geschmissen hätte, in einem winzigen Apartment wohnen, Single sein und meine Lebensaufgabe das Zubereiten von Kaffee sein würde, ich hätte über diese Lächerlichkeit meine Augen so weit verdreht, dass man nur noch das Weiß darin erkennen hätte können. Und doch bin ich nun hier.

Meine Welt hat sich um 180° gedreht und ich komme noch nicht wirklich damit zurecht. Meine aktuelle Bewältigungsstrategie ist eine möglichst akribische Verplanung all meiner freien Stunden, um keine Zeit zum Grübeln übrig zu lassen.

Deshalb stehen nach meinem Vormittagslauf einige hoffentlich lange Chats mit Nele und meinen Boulder-Mädels aus Deutschland auf dem Programm. Am Nachmittag würde ich mich mit Sue im Skatepark treffen, was mir noch eine Lücke für meine Abendbeschäftigung offenlässt. Kurz überlege ich, ob ich mal wieder mit meiner Mum reden sollte. In den letzten Wochen hatten wir zwei weitere Male miteinander telefoniert und wir näherten uns dabei immer mehr an.

Erstaunlich, wie sich zwei Menschen voneinander entfernen können, obwohl sie nur eine kurze S-Bahn-

Fahrt auseinander leben, und sich wieder annähern, wenn sie eine halbe Erdumdrehung trennt.

Während ich weiter jogge, lasse ich meinen Blick über die Surfer, die im Wasser auf ihren Brettern liegend herumtreiben, schweifen und wische mir mit dem Handrücken das Sonnencreme-Schweiß-Gemisch von der Stirn, bevor es mir in die Augen rinnt. Mitte November ist es auch am Vormittag schon richtig warm und ich denke darüber nach, meine Läufe wohl bald in die kühleren Abendstunden zu verlegen. Abrupt werde ich aus meinen Gedanken gerissen und bleibe jäh stehen.

Mein Puls schießt in die Höhe, obwohl ich gerade eben angehalten habe und sich dieser doch eigentlich beruhigen sollte. Doch, der Typ dort im Wasser könnte wirklich Ryan sein!

Auf die Entfernung sind die verschiedenen Personen sehr schwer zu identifizieren. Mehrmals hatte sich in der Vergangenheit ein erstes, vermeintliches Erkennen in eine herbe Enttäuschung verwandelt.

Doch so zuversichtlich wie dieses Mal war ich noch nie, denn blonde, wirre Haare kleben dem Vielleicht-Ryan triefnass am Kopf. Aber vor allem die auffällige Farbe des Surfbrettes, ein lila-türkiser Farbverlauf auf schwarzem Grund, lässt mich hoffen. Denn exakt so ein Brett hatte sich auf Ryans Dachträger befunden.

Mittlerweile bin ich mir sehr sicher, dass es sich bei dem Surfer um Ryan handelt und schaue ihm fasziniert zu, wie er mit der nächsten Welle anpaddelt und genau im richtigen Moment mit einer schnellen und geschmeidigen Bewegung zum Stehen kommt. Er surft die Welle, bis sie komplett bricht, fällt ins Wasser, taucht sofort wieder auf und zieht sich sein Board an der Leash zu sich heran.

Siedend heiß fällt mir auf, dass ich ihn die ganze Zeit wie bescheuert angestarrt haben muss und versuche mich unauffällig zu verhalten, indem ich mich halb hinter der Palme neben mir verstecke. Als ich kurze Zeit später vorsichtig um den Stamm herum zum Strand blicke, paddelt Ryan, auf seinem Surfbrett liegend, mit kraftvollen Zügen zurück in Richtung offenes Meer.

Enttäuscht wende ich mich ab. Was hatte ich erwartet? Dass er aus dem Wasser springen würde? Hatte er mich überhaupt gesehen? Vermutlich nicht, denn ich Idiotin musste mich ja wie ein kleines Kind hinter einem Baum verstecken.

Auf dem Weg hinter mir taucht plötzlich ein weiterer Kerl in tiefhängenden Badeshorts auf, der lässig ein Surfbrett unter dem Arm trägt. Die Leash schwingt bei jedem seiner Schritte und seine dunklen Augen mustern mich interessiert im Vorbeigehen.

Daraufhin drehe ich mich mit einem Seufzen um und laufe in Richtung Leuchtturm zurück. Da kommt mir eine, vielleicht nicht 100%ig durchdachte, Idee. Statt meinen Standardweg auf der Meerseite zu wählen, biege ich am Leuchtturm zu den dahinterliegenden Parkplätzen ab.

Und da steht er. Ryans Truck! Wegen der getönten Scheiben ist nicht zu erkennen, ob die Rückbank aktuell hochgeklappt oder *unser* Bett aufgebaut ist. Kurz lache ich mich und mein dämliches Gehirn für diesen Gedanken aus. Fahrer- und Beifahrerplatz sehen aus wie beim letzten Mal. Lediglich ein paar leere Dosen Cola Zero, die verstreut im Fußraum liegen, sind hinzugekommen. Weil die weiße Farbe des Trucks von einer gräulichen Staubschicht bedeckt ist, male ich, ohne groß nachzudenken, ein kleines Herz unter die Scheibe des Beifahrerfensters. Jetzt noch schnell ein *L.* daruntergesetzt und dann aber nichts wie weg!

Nach einer kühlen Dusche, die meine nervöse Anspannung nicht lindern konnte, beschließe ich mit Nele zu telefonieren. Allerdings fällt mir auf, dass es in Deutschland gerade einmal fünf Uhr morgens ist, weshalb ich diesen Gedanken wieder verwerfe und Nele meine Aktion, die selbst jedem Teenager peinlich wäre, in einer halb gestammelten Sprachnachricht gestehe. Wenigstens würde sie etwas zum Lachen haben, wenn sie später aufsteht. Auf meine Chat-Versuche mit meinen Boulder-Mädels reagiert so früh am Morgen leider auch niemand.

Deshalb verbringe ich die Stunde, bis ich mich mit Sue im Skatepark treffe, mit meinem guten Freund Netflix.

Erleichterung durchströmt mich, als es Zeit zum Aufbruch ist und ich eine reelle Chance sehe, heute der Montagstrauer zu entkommen.

Davor tausche ich die gemütlichen Jogging-Shorts und das Tanktop noch gegen einen Bikini, über den ich helle, ausgefranste Jeansshorts und ein weißes, bauchfreies T-Shirt ziehe. Wenn ich in den letzten Wochen eines gelernt habe, dann, dass man bei Treffen mit echten Australiern jederzeit seine Badeklamotten griffbereit haben muss. In meine Tasche wandert deshalb neben Sonnencreme, Wasserflasche und Sonnenbrille auch ein kleines Microfaser-Handtuch. Zum Schluss binde ich mir die Haare zu einem unordentlichen Dutt und schlüpfe in die ausgetretenen schwarzen Vans, die mir Sue vererbt hat.

„Du kannst nicht zum Skaten gehen, wenn du nicht die passenden Schuhe dazu trägst“, war ihr einziger Kommentar, als sie mir gestern nach der Sonntagsschicht einen Stoffbeutel mit eben diesen Schuhen in die Hand gedrückt hatte.

Da es mein erster Besuch in einem Skatepark ist, füge ich mich natürlich ihrem professionellen Rat.

Nach einer halben Stunde gemütlichen Spazierens erreiche ich mein Ziel, das ebenfalls direkt am Strand liegt. Allerdings befindet sich der Park um einiges weiter nördlich als das Beans und das Breakers, wo die Häuserzeile, die direkt an die Strandpromenade grenzt, vorrangig aus Cafés und Bars besteht. Hier dominieren Klamotten-Läden, Surf- und Tauchshops das Bild. Einige der Labels sind mir bereits aus Deutschland bekannt und bei Roxy war ich bereits vor zwei Wochen, um mir meinen lila Bikini zu kaufen, den ich gerade trage.

Als ich das kleine Metalltor zum Skatepark öffne, bin ich einfach nur überwältigt. Das Ding ist riesig! Für so etwas muss man in Deutschland vermutlich Eintritt hinblättern und das nicht zu knapp. Da ich keine Ahnung vom Skaten habe, weiß ich nicht, wie die vielen Rampen und Hindernisse genannt werden. Aber ich sehe, dass es sehr, sehr viele davon gibt und dass der Park massiv genutzt wird. Da sind nicht nur die *Coolen* mit ihren Skateboards, sondern auch Kinder mit ihren Cityrollern. Außerdem Erwachsene und Kids, die mit Rollschuhen und Inline-Skates unterwegs sind. Wie ich in dem Trubel Sue finden soll, ist mir tatsächlich ein Rätsel.

„Lina! Hier!“, hallt es quer über den Platz und ich halte meine Hand an die Stirn, um meine Augen von der Sonne abzuschirmen, während ich mich suchend auf den Zehenspitzen stehend langsam um mich selbst drehe.

Als ich ein bunt gekleidetes, wild winkendes Mädchen mit Wuschelfrisur entdecke, winke ich zurück und setze mich in Bewegung. Dabei muss ich mir erst einen Weg, um die Bahnen herum, zu Sue suchen.

„Mega, dass du gekommen bist!“, begrüßt sie mich mit einer festen Umarmung.

„Na klar! Ich wollte dich schon längst mal skaten sehen“, antworte ich Sue, während ich die Umarmung erwidere.

Dass meine einzige Alternative ein Heultag auf dem Sofa gewesene wäre, erwähne ich natürlich nicht.

Der Nachmittag mit Sue vergeht wie im Flug. Sie erklärt mir, wie die Basic-Tricks heißen und versucht mir diese mit viel Geduld beizubringen. Dass ich schon an einem Ollie grandios scheitere, stört sie dabei nicht. Ich schaue Sue und einigen anderen Skatern zu, wie sie sich die Rampen hinabstürzen, waghalsige Tricks hinlegen und nach Stürzen sofort wieder aufs Brett springen.

Während Sue gerade an einer Funbox mit Rail einige Boardslides versucht – immerhin bin ich jetzt schon ein halber Profi im Skaterslang - unterhalte ich mich mit den Jungs aus ihrer Skatecrew, die nach und nach eingetrudelt waren.

David, der nun neben mir sitzt, erklärt mir geduldig noch mehr Begriffe für Hindernisse und Tricks und mir entgeht nicht, dass er dabei ab und an zufällig mein Bein mit seinem berührt. Ich bin mir noch nicht sicher, wie ich mit der Situation umgehen soll. Auf der Haben-Seite steht, dass er auf jeden Fall ziemlich gut aussieht. Sein lässiges, schwarzes Tanktop betont seinen trainierten Oberkörper. Die schwarze, abgeschnittene Jeans legt mehrere Tattoos an muskulösen Waden frei und seine tiefschwarzen Haare hängen ihm lässig bis in die langen Wimpern. Insgesamt würde ich den Look als ein bisschen Emo bezeichnen. Zu diesem Urteil tragen seine schwarz lackierten Fingernägel, bei denen der Lack teilweise abgesplittert ist, zusätzlich bei.

Gerade hat Sue einen ihrer Runs beendet und kommt mit ihrem Board lässig auf mich zugerollt. Währenddessen öffnet sie mit der einen Hand den Verschluss ihres Helms und wuschelt sich die plattgedrückten Haare mit der anderen sogleich wieder zur altbekannten Mähne.

„Starke Fahrt!“, attestiere ich ihr beeindruckt.

Sue winkt nur ab. „Jetzt kommen gleich die krassen Skater, wart es mal ab!“

Ich reiche ihr die Trinkflasche, aus der sie gierig große Schlucke trinkt. Mit der Hand wischt sie sich über den Mund.

„Schau mal da drüben. Die sind richtig, richtig gut."

Ihre Hand zeigt nun auf die Bowl, wie ich von Sue und David bereits gelernt habe. Dabei handelt es sich um ein in den Boden eingelassenes Becken, in dem die Rider überall an den Wänden entlangfahren und Flips und Grabs performen können.

Gerade hat sich eine Gruppe an Skatern und Skaterinnen, die ungefähr in unserem Alter sein dürften, an der Bank neben der Bowl eingefunden. Einer der Jungs zieht sich einen Helm über seine schwarze Mütze und springt im nächsten Moment schon mit seinem Brett in die Bahn. Eine Weile schauen wir ihm bei seinem Ride zu und jetzt verstehe ich, was Sue meinte. Der Kerl ist richtig, richtig gut!

Er beendet seine Fahrt mit einem Sprung aus der Bowl, rollt zur Gruppe zurück und klatscht mit dem Mädchen, das als nächstes skaten wird, lässig ab. Als er sich den Helm und die Mütze vom Kopf zieht, blickt der Kerl in unsere Richtung.

In dem Moment erstarre ich, denn ich erkenne ihn. Es ist der dunkelhaarige Freund von Ryan, der ihm am nächsten Morgen den Kaffee mitgebracht hatte. Mann, wie hieß er noch? Dean! Genau! Mittlerweile hat er bemerkt, dass ich ihn anstarre. Er legt den Kopf schief, als ob er überlegen würde, ob oder woher er mich kennt. Peinlich berührt winke ich schüchtern und wende mich anschließend sofort ab. Sowohl David als auch Sue mustern mich eingehend.

„Kennst du den?“, fragen mich beide wie aus einem Mund.

Vor Sue hätte ich natürlich die Zusammenhänge erklären können, aber David geht die Geschichte nun wirklich nichts an.

„Flüchtig“, antworte ich deshalb ausweichend.

David mustert mich skeptisch und Sue schenkt mir einen ihrer Blicke der mich auffordert, ihr bei unserem nächsten Treffen unbedingt jedes schmutzige Detail zu erzählen.

Kapitel 7 – The Lighthouse

Mit einem metallisch knackenden Geräusch drückt David seine leere Bierdose zusammen, wirft sie in den Mülleimer direkt neben uns und holt sich eine weitere Dose aus seinem Rucksack. Das gestaltet sich etwas umständlich, da sein daran befestigtes Skateboard die Öffnung quasi verdeckt. Sue und ich schauen ihm lachend bei seinen erbärmlichen Versuchen zu, wobei wir uns mit je einer Dose Bier zuprosten. Während des anschließenden Trinkens lachen wir ausgiebig weiter, was leider zu verschüttetem Gerstensaft auf der Strandpromenade führt.

„Mädels, das gute Bier!“, echauffiert sich David gespielt entsetzt.

Er hat die nächste Dose endlich befreit, zieht sich den Rucksack wieder auf den Rücken und quetscht sich zwischen uns. Als er je einen Arm um unsere Schultern legt, setzen wir unseren Weg in Richtung Leuchtturm einträchtig fort.

Ich hatte mit Sues Skatetruppe noch viel Spaß im Skatepark und war deshalb nicht abgeneigt, als sie etwas von einer abendlichen Party am Leuchtturm erzählt hatten.

Zum Sonnenuntergang spazierten wir also in einen Woolworths, kauften uns einen Zehner-Pack gekühlte Bierdosen im Karton und machten uns damit auf den Weg zum Leuchtturm. Dort herrscht allerdings, wie an jedem Strand, Alkoholverbot und faszinierenderweise halten sich die Australier akribisch an ihre eigenen Regeln. Also findet der Bierkonsum kurzerhand schon auf dem Weg zur Location statt, um dort einfach eine gute Zeit mit den schon angetrunkenen Leuten zu haben.

Angetrunken bin ich im Moment definitiv. Mein Alkoholkonsum in Australien hat sich nämlich bisher stark in Grenzen gehalten und mein Körper reagiert auf das ungewohnte Gift schon mit leichtem Schwindel.

Da hat es sein Gutes, dass die anderen beiden anscheinend recht trinkfest sind und mir David durch die Umklammerung meiner Schulter eine Stütze ist.

Am Leuchtturm angekommen, lassen wir drei uns einfach neben ein paar, offensichtlich ebenfalls angetrunkene, Leute in den weichen Sand einige Meter unterhalb des Turms fallen.

Während ich mich locker mit den anderen bekannt mache - David und Sue scheinen die meisten schon von irgendwoher zu kennen - spült das Meer in sanften Wellen an die Küste und die Palmen wippen sacht im Wind. Vervollkommnet wird das bereits surreal wirkend paradiesische Bild von den letzten Sonnenstrahlen, die die Szenerie in ein dunkeloranges Licht tauchen. Das Ambiente, der Alkohol und die lockere Stimmung lassen mich ein längst verlorengeglaubtes Glücksgefühl und eine sagenhafte Leichtigkeit verspüren. Das führt dazu, dass Sue und ich uns in einem Wettbewerb verstricken, wer bei dem Versuch eines Gruppenselfies die lustigsten Grimassen schneiden kann.

„Okay Mädels, jetzt aber mal ernst, okay!“, versucht uns David zu einem weniger dämlichen Foto zu überreden.

Sue und ich denken gar nicht daran und erst beim circa einhundertsten Versuch ist David mit dem Bild zufrieden. Auf diesem Foto lachen wir alle drei ausgelassen in die Kamera. Hinter unseren Köpfen erscheint der Leuchtturm in grellem weiß und unsere Gesichter sind durch die Sonne in tieforanges Licht getaucht. Ein wirklich schönes Bild. Ich wünschte, ich würde mich immer so fühlen, wie das Mädchen, das mir von diesem Bild entgegenstrahlt.

„Wie ist euer Insta-Account?“, fragt uns David, während er auf seinem Smartphone herumwischt.

„Man, ich dachte du folgst mir?!“, beschwert sich Sue daraufhin.

David lässt sich davon nicht beirren. „Stimmt, hab dich. Und du?“, wendet er sich nun an mich.

Meinen Instagram-Account hatte ich seit meinem Abflug nicht mehr genutzt. Das letzte halbe Jahr tatsächlich nur noch, um die Stories meiner Gefolgten anzuschauen und durch den Feed zu scrollen. Peter hatte letztes Frühjahr nämlich ein kleines Problem mit meinen Aktivitäten auf dieser Plattform entwickelt.

Das Gespräch damals fing völlig harmlos an.

„Oh mein Gott, das Video musst du dir ansehen, das ist so krass!“ Ich war völlig aus dem Häuschen, als ich Peter mein Handy vor das Gesicht hielt. Auf dem Bildschirm hangelte sich ein junger Kerl in Sportklamotten mit einer unfassbaren Geschicklichkeit und Schnelligkeit an dunkelgrünen Griffen, die an einer hellgrauen Wand angebracht waren, nach oben.

Als er den obersten Boulder mit beiden Händen berührte, hörte man aus dem Off frenetischen Jubel ausbrechen, der Kerl sprang mit einem breiten Grinsen im Gesicht nach unten auf die Matte, riss beide Hände nach oben und die Filmende hörte man viel zu laut und schrill kreischen.

„Wie krass! Er hat es echt geschafft! Wahnsinn!“ Meine Stimmlage war der der Dame im Video nicht ganz unähnlich. Aber wenn jemand, dem man völlig fasziniert in der Boulderhalle ums Eck schon persönlich bei seinen Routen zugesehen hat, einen internationalen Contest gewinnt, dann darf man sich definitiv übertrieben freuen.

Übertrieben fand Peter meine Begeisterung definitiv.

„Folgst du dem etwa?“, fragte er mich eisig.

„Na klar. Der ist manchmal bei uns in der Boulderhalle. Den kenne ich quasi persönlich. Das interessiert einen natürlich.“ Ich bemerkte selbst, dass meine Stimme keine Spur meiner vorherigen Begeisterung mehr in sich trug und ich bereits in den Verteidigungsmodus geschaltet hatte.

„Kennst du Harry Stiles, Ryan Reynolds, Ian Somerhalder und Henry Cavill auch persönlich?“, fragte er mit hochgezogenen Augenbrauen. „Oder warum likst du ständig die Posts dieser Celebrities?“ Bei den letzten Worten machte er mit beiden Händen Anführungszeichen in die Luft und seine Lippen kräuselten sich angewidert.

„Natürlich nicht. Aber ich kenne auch keinen von Funk, der SZ oder der Tagesschau persönlich und da like ich auch Beiträge, die mir gefallen.“ Genervt warf ich beide Arme in die Luft.

„Deinem Image würde es auf jeden Fall nicht schaden, wenn du aufhören würdest sinnlose Banalitäten für jeden sichtbar mit einem Herzchen zu kennzeichnen.“

„Ryan Reynolds Bauchmuskeln sind definitiv keine Banalität“ konterte ich mit spöttischem Lächeln.

Oh, ich wusste, dass ich mir diesen Spruch besser nur gedacht hätte. Das Ergebnis, das mir mein vorwitziges Mundwerk eingebracht hatte, waren zwei dicke blaue Flecken an den beiden Oberarmen. An denen hatte mich Peter viel zu fest gepackt, um mich festzuhalten, während er mir zischend und spuckend erklärte, was er von dieser Aussage hielt. Auf meinem Instagram-Account beschränkte ich mich seither darauf als stiller Zuschauer meinen Feed und die Stories zu verfolgen und achtete akribisch darauf, nirgendwo ein Like zu hinterlassen.

Einige Tage nach dem Vorfall an Strand, bei dem ich Peters E-Mail gelöscht und ihn blockiert hatte, versuchte er eine Kontaktaufnahme über seinen Insta-Account. Da war ich allerdings schlauer als bei seiner Mail, denn ich hatte die Nachricht gar nicht erst gelesen und sein Profil sofort blockiert. Seitdem war es in dieser Hinsicht ruhig, aber meinen Account hatte ich auch nicht mehr genutzt.

Konnte ich David also meine Identität auf Instagram verraten? Mein Profil war auf privat gestellt. Ich müsste erst einmal eine Anfrage von ihm annehmen und bei mir würde das dann online gestellte Bild nur erscheinen, wenn ich es repostete. Und das würde definitiv nicht passieren.

„Gib her, ich tippe es dir ein“, meine ich nach kurzem Überlegen und nehme David sein Smartphone aus der Hand.

Kurz darauf scheint er mit seinem Beitrag zufrieden zu sein und steckt das Smartphone zurück in den Rucksack.

„Und jetzt? Bock auf eine Runde Mondscheinschwimmen?“ David scheint darauf nur eine mögliche Antwort zu erwarten, denn er steht während des Sprechens bereits auf, zieht sich das Shirt in einer fließenden Bewegung über den Kopf und kickt gleichzeitig die Vans von den Füßen.

In dem mittlerweile fahlen Mondlicht bemerke ich, dass sein Oberkörper in seiner Banalität dem von Ryan Reynolds in nichts nachsteht. Über diesen Gedanken muss ich kurz schmunzeln und stehe ebenfalls auf, um mich meiner Schuhe, des Shirts und der Jeanshose zu entledigen. Entgegen meinen Erwartungen entscheidet sich Sue dafür am Strand zu bleiben, aber für einen Rückzieher meinerseits ist es jetzt zu spät.

Sie zwinkert mir kurz zu, als ich mich zögernd die wenigen Meter in Richtung Meer aufmache.

David steht bereits bis zur Hüfte im Wasser, während ich es nur bis zu den Waden hineinschaffe. Am liebsten wäre es mir, wenn Badewannentemperaturen herrschen würden, aber ich muss mich mit den gut 22 °C zufriedengeben. Als meine Knie in das Salzwasser eintauchen, verspüre ich ein leichtes Brennen an der Schürfwunde, die ich mir bei einem meiner kläglichen Skateversuche heute zugezogen habe. Ich zucke unwillkürlich zurück, wovon sich David aber nicht abhalten lässt. Er schlingt seine beiden Arme von hinten um meine Hüfte und zieht mich, unter lautem Protest meinerseits, bis zum Bauchnabel ins Wasser. Seine Hände sind triefnass und viel zu kalt, weshalb ich sofort eine feine Gänsehaut bekomme. Vielleicht auch, weil er meinen Rücken fest an seine Brust gedrückt hält und ich dabei seine harten Muskeln sehr deutlich spüre.

Jetzt dreht er mich langsam zu sich herum. „Bei drei tauchen wir bis zu den Schultern ein, okay?“, fragt er etwas atemlos.

„Gott, nein, bitte nicht!“, kreische ich nur.

Er hält mich immer noch an den Hüften, wobei seine Finger bereits tiefer gerutscht sind und auf den dünnen, seitlichen Bändchen meines Höschens liegen.

Unerbittlich zählt er. „Eins, zwei, drei!“

David kennt keine Gnade, denn er drückt mich sofort mit sich bis zu den Schultern unter Wasser, wobei mir ein lautes Kreischen entfährt.

„Du spinnst!“, schreie ich völlig entsetzt, als ich meinen Oberkörper wieder aus dem Wasser drücke. Sofort habe ich überall eine Gänsehaut und das nasse, dünne, Triangeloberteil meines Bikinis kann nicht verbergen, wie kalt mir aktuell ist. Da hilft es auch nichts, dass ich die Arme vor der Brust verschränke.

David scheint meinen Oberkörper in diesem Zustand allerdings ziemlich heiß zu finden. Obwohl ich sein

Gesicht in der Dunkelheit nur schemenhaft erkenne, sehe ich, wie er sich fest auf die Unterlippe beißt. Seine Iriden wirken komplett schwarz und mit einem sanften Ruck zieht er mich an der Hüfte zu sich heran. Ein Gefühl der zarten Erregung durchfährt mich, als meine harten Brustwarzen durch den dünnen Stoff meines Oberteils seine Brust berühren. Da wir jetzt direkt aneinander stehen, spüre ich seine Härte an meinem Bauch. Die Kälte des Wassers kann seiner Erregung wohl auch nichts anhaben.

„Hey, hübsches Mädchen", raunt mir David sanft in mein Ohr, wobei mich seine langen Haare ein wenig an der Schläfe kitzeln. Seine Hände gehen auf Wanderschaft, zunächst zu meinem unteren Rücken und dann vorsichtig tiefer auf meine Pobacken. Der dünne, weit ausgeschnittene Stoff bedeckt sowieso nur das Nötigste, so dass seine Hände quasi auf meiner nackten Haut liegen.

„Hey", raune ich etwas heiser zurück und schicke, wie automatisch, auch meine Finger auf Wanderschaft, wobei ich mich zunächst auf sein gut definiertes Sixpack beschränke. Die Muskeln fühlen sich nass und hart unter meinen Fingerkuppen an. Gleichzeitig ist die Haut weich und unter dem Bauchnabel angekommen, fühle ich sanfte Härchen.

David seufzt ganz leise und lehnt seine Stirn behutsam an meine. Ich schließe die Augen und spüre, wie er eine Hand vorsichtig an meine Wange legt und mit dem Daumen langsam an meinem Mundwinkel entlangstreicht.

Es fühlt sich gut an, ich fühle mich bei David wohl und mein letzter körperlicher Kontakt zu einem anderen Menschen ist nun schon einen knappen Monat her. Ich hätte große Lust mich diesem kribbelnden Gefühl in der Magengegend vollends hinzugeben, seinen Körper näher zu erforschen, aber gleichzeitig fühlt es sich irgendwie total falsch an. Als David mit dem Daumen nun sanft meine Unterlippe berührt und anschließend näherkommt, um mit seinen Lippen dessen Platz einzunehmen, schlage ich die Augen auf und löse mich bestimmt von ihm.

„Hey… ich… nicht hier“, stammele ich leise, während ich zurückweiche und mich dabei seltsam schuldig fühle.

Natürlich weiß ich, dass dieses Gefühl völlig fehl am Platz ist. Trotzdem macht es der fast schon hilflose Ausdruck in seinen Augen nicht besser.

„Sorry“, sage ich ihm nun mit festerer Stimme, während ich langsam rückwärts von ihm weg wate und mich in Richtung Strand bewege.

Er scheint sich wieder etwas gefangen zu haben, denn sein Gesicht wird fast schon ausdruckslos. „Kein Ding. Ich bleib noch ein bisschen. Ich muss mich noch ein wenig abkühlen.“ Bei seinen letzten Worten höre ich allerdings einen bitteren Unterton in seiner Stimme. Daraufhin dreht sich David von mir weg und schwimmt einige Züge in Richtung offenes Meer.

Ich wende mich nun auch ab und gehe die letzten Meter aus dem Wasser heraus zurück zur Gruppe.

Sue ist gerade in ein Gespräch verwickelt, bei dem sie wild gestikuliert. Den Bewegungen nach geht es wohl ums Skateboarden. Ich öffne meine Tasche und nehme mir das Handtuch heraus, mit dem ich mich sofort abtrockne. Die leichte Meeresbrise sorgt in Kombination mit meiner nassen Haut nämlich dafür, dass mir gerade noch kälter ist, als es sich vorher im Wasser angefühlt hatte. Vielleicht ist es aber auch ein Resultat meiner Befürchtung, dass ich David vielleicht verletzt hatte oder, dass mir eventuell ein ziemlich heißer Abendabschluss entgangen sein mochte.

Egal, die Party ist für mich gelaufen und ich schlüpfe gerade in meine Jeansshorts, als mir eine kleine Gruppe auffällt, die nur wenige Meter entfernt steht. Die Jungs und Mädchen waren vorher noch nicht dagewesen und als das Licht des Leuchtturms bei seinen kreisenden Umdrehungen nun auf die Neuankömmlinge trifft, verharre ich in meiner Bewegung.

Der Kerl in dem schwarzen Shirt und der ausgeblichenen Jeans ist definitiv Ryan! Wenn ich meinem nun galoppierenden Herzschlag vertrauen darf, dann war es auf jeden Fall eine gute Idee die Sache mit David draußen im Meer abzubrechen. Das Gefühl, das mich gerade beim Anblick von Ryans verwuscheltem Hinterkopf überfällt, ist nämlich so viel intensiver als alles, das ich mit David je hätte empfinden können. Da ist das Verlangen unsere gemeinsame Nacht und die Gefühle, die damit einhergingen zu wiederholen. Aber auch der Wunsch wegen seiner unbeschwerten und trotzdem respektvollen und lieben Art Zeit mit ihm zu verbringen. Ihn näher kennenzulernen.

Genauso intensiv, wie mein Herz und mein Körper sich nach ihm verzehren, so bitter und schmerzhaft fühlt es sich in dem Moment an, als er dem schwarzhaarigen Mädchen neben sich einen Arm um die Schulter legt und sie ihn spielerisch in die Seite boxt.

Schnell wende ich mich ab, zerre meine Jeans über den nassen Bikini und ziehe mir mein Shirt über, das sich sofort mit dem Meerwasser vollsaugt und meine Brüste mit kreisrunden Wasserflecken betont. Mit zitternden Händen und darauf bedacht, dass mich niemand bemerkt, angele ich mir meine Tasche. Dann laufe ich wie in Trance und mit wackeligen Beinen durch die dunklen Straßen zu meinem Apartment zurück.

Kapitel 8 – The Hangover

Als ich aufwache, brummt mein Schädel so stark, dass ich es nicht wage, meine Augen zu öffnen. Fünf Dosen Bier sind einfach viel zu viel für meinen kleinen Körper. Leider quält mich, neben dem Pochen in meinen Schläfen, auch noch ein unbändiger Durst. Deshalb komme ich nach einer kurzen, imaginären Verhandlung mit mir selbst zu dem Schluss, dass ich in die Küche stolpern sollte, um dort Wasser zu trinken und vielleicht eine Aspirin zu nehmen.

Leichter gedacht als getan. Nachdem ich vermutlich noch einmal weggedöst bin und heute bereits zum zweiten Mal aufwache, öffne ich meine Augen vorsichtig und bedanke mich bei meinem gestrigen, betrunkenen *Ich*, das tatsächlich die dunklen Vorhänge zugezogen hatte. Damit hatte ich mir sowohl einen langen Schlaf ermöglicht als auch eine Kopfschmerzattacke aufgrund des grellen Lichts verhindert.

Unmotiviert schleppe ich mich in die Küche, wobei ich auf dem Weg über meine Shorts, das Shirt und den lila Bikini steigen muss. Wieder muss ich mich für meine Geistesgegenwart gestern loben. Mit den nassen Sachen wäre es im Bett irgendwann ganz schön ungemütlich geworden. Nach einem kurzen Kontrollblick stelle ich fest, dass ich meine Schlafshorts zwar falsch herum anhabe, ansonsten aber adäquat gekleidet bin.

In der Küche nehme ich mir ein Glas aus dem Hängeschrank, lasse kaltes Leitungswasser hineinlaufen und werfe eine Tablette hinterher.

Mit geschlossenen Augen lehne ich mich rückwärts an den Kühlschrank und warte, bis ich das Bizzeln der sich auflösenden Kopfschmerztablette nicht mehr höre. Dann greife ich fahrig nach dem Glas und stürze den Inhalt in einem Zug hinunter. Danach drehe ich den Wasserhahn sofort ein weiteres Mal auf und trinke ein wenig langsamer ein zweites Glas Leitungswasser. Da habe ich wohl gestern eine meiner Lieblingsregeln, immer ein Zwischenwasser zu trinken, sträflich ignoriert und muss mich nun mit den Konsequenzen herumschlagen.

Langsam tapse ich nun in das kleine Badezimmer. Der Anblick, der sich mir in dem kleinen Spiegel über dem Waschbecken bietet, erschreckt mich fast. Meine gestern noch sonnengeküsste Haut sieht fahl und wächsern aus und unter meinen Augen liegen dunkelgraue Ringe. Kleine Schweißtropfen stehen auf meiner Oberlippe und ich frage mich zum ersten Mal, ob das alles wirklich nur dem Alkoholkonsum geschuldet ist. Vielleicht habe ich mich bei meinem nächtlichen Spaziergang nach Hause, den ich in pitschnassen Klamotten hinter mich gebracht habe, erkältet? In dem Moment fällt mir siedend heiß auch der Grund meines abrupten Abgangs wieder ein. David. Und dann, Ryan. Da ich nun bedrohlich schwanke, kralle ich die rechte Hand reflexartig in den Duschvorhang an meiner Seite. Langsam lasse ich mich daran zu Boden gleiten und sitze nun mit angewinkelten Beinen halb unter dem Waschbecken. Kurz streift mich der Gedanke, dass ich hier unten mal mit dem Wischer tätig werden sollte. Dann schließe ich die Augen und versuche die gestrigen Ereignisse Revue passieren zu lassen.

David hat mich also berührt. Im Meer. Das war irgendwie heiß. Aber irgendwie war es mir auch egal. Und dann sah ich Ryan. Der war auch heiß. *Ihn* habe ich nicht berührt. Und das war mir ganz und gar nicht egal.

Leise stöhne ich auf und wische mir mit der Hand den kalten Schweiß von der Stirn. Warum zum Teufel geht mir dieser Typ so unter die Haut? Ja, er sieht gut aus, aber das tut David beispielsweise auch. Was ist es also? Warum hat es mir gestern bei dem Anblick von ihm zusammen mit dem schwarzhaarigen Mädchen den Boden unter den Füßen weggezogen?

Vielleicht, weil er der erste Mensch in Australien war, zu dem ich eine gewisse Bindung aufgebaut hatte? Weil er der erste Kerl nach Peter war? Weil er mich so genommen hat, wie ich in dem Moment war? Ganz ohne die Dinge, die mich in Deutschland ausgemacht haben. Mein Studium, meine Karriere, meine Ziele, mein soziales Umfeld. Da war nichts mehr von diesen äußeren Faktoren da. Da gab es einfach nur mich und ich habe ihm in dem Moment genügt. Das Gefühl, jemanden gefunden zu haben, der mich meinetwegen mag, war nach der Enttäuschung mit Peter überwältigend. Und jetzt muss ich mir eingestehen, dass ich wahrscheinlich zu viel hineininterpretiert habe. Er wollte vermutlich einfach mit mir schlafen.

„Fuck.“ Äußerst unelegant quäle ich mich von den Badfliesen hoch und fange an, mir mit kaltem Wasser das Gesicht und die Unterarme abzuwaschen.

Behäbig schlurfe ich durch die Küche zurück zu meinem Bett und lasse mich plump auf die Bettdecke fallen. Mit geschlossenen Augen taste ich nach meinem Handy, das neben dem Bett am Ladekabel hängt.

Als ich einen flüchtigen Blick auf das Display werfe, bleibt er an der rot hinterlegten Benachrichtigungszahl bei Instagram hängen. Irritiert tippe ich auf die App. In meinem Posteingang befinden sich mehrere Nachrichten, und ich tippe gleich die erste an.

Es ist eine Reaktion von Davids Account auf meinen letzten Storybeitrag.

DaveSkateNSW 09:03 What????

Jetzt verstehe ich noch weniger als vor einer Minute. Ich hatte doch gar keine Story hochgeladen oder gepostet. Also klicke ich mich zu meinem Profil durch und erstarre.

Tatsächlich, in meiner Story befindet sich der Repost von Davids Leuchtturm-Foto von gestern. Das ist allerdings nicht alles. Über unsere drei lachenden Gesichter zieht sich in neongelber Schrift ein einziger Satz, der mein Herz ins Bodenlose stürzen lässt.

Weil ich auch in Australien die größte Schlampe bin.

Der Zwinkersmiley hinter der Aussage schafft es natürlich nicht, dass sich mein wild pochender

Herzschlag verlangsamt. Mit unkontrolliert zitternden Fingern lösche ich die Story so schnell wie möglich und unterdrücke erfolgreich das Bedürfnis, mich hier und jetzt auf meinem Bett liegend zu übergeben.

Mir ist sofort klar, wer hinter dem Beitrag steckt. Peter. Er muss sich damals auch das Passwort zu meinem Instagram-Account besorgt haben. Scheiße, warum hatte ich daran nicht gedacht? Zu meiner Verteidigung hatte er die Blockierung seines Accounts nicht aufgehoben, als ich ihn vor zwei Wochen gesperrt hatte. Da hatte er insgesamt wohl mehr Geduld bewiesen, als ich je für möglich gehalten hätte.

Aber dieser Gedanke schafft es nicht, mich irgendwie zu beruhigen. Mein Herz hämmert immer noch wie ein Presslufthammer gegen meine Rippen und der Kloß im Hals lässt mich gequält und schwer atmen.

Okay, jetzt erst einmal Schadensbegrenzung betreiben. Nachdem der Beitrag auf Deutsch war, könnte es sein, dass David gar nicht verstanden hat, was ich geschrieben habe. Also antworte ich ihm auf Englisch.

Alinaaaa 11:20 Hey, schönes Foto von uns drei! Sorry für den blöden Repost – ich wurde wohl gehackt.

In dem Moment fällt mir ein, dass Peter auch diese Kommunikation sehen kann. Also muss ich schleunigst mein Passwort ändern und eine Zwei-Faktor-Authentifizierung einrichten. Oh man, für diese Technik-Scheiße habe ich eigentlich gerade überhaupt keinen Nerv, aber das Adrenalin sorgt dafür, dass ich konzentriert und schnell arbeiten kann. Nach der erfolgreichen Aktion checke ich gleich, wer alles meine Story gesehen hat. Zum ersten Mal weiß ich die Zeitverschiebung zu schätzen, denn aus Deutschland – und damit von Leuten, die den gehässigen Post von Peter hätten verstehen können – haben es nur eine Handvoll Personen wahrgenommen. Nele war allerdings eine von ihnen und ich bin mir sicher, dass mein Chat mit ihr gerade vor Texten nur so explodiert.

Mit etwas ruhigerem Puls switche ich zurück zu meinen Nachrichten. David hat noch nicht geantwortet. Dafür sind, wie zu erwarten war, von Nele einige Mitteilungen eingegangen.

PsychicNel 10:39 Süße?! Alles okay mit dir?

PsychicNel 10:39 Das warst doch gar nicht du, oder?

PsychicNel 10:39 Sieht auf jeden Fall sehr nice aus bei dir…

PsychicNel 10:40 Hoffe du hattest gestern viel Spaß mit dem heißen Typen!

PsychicNel 10:40 #fickdasarschlochausdeinemhirn

PsychicNel 10:40 Love you, Süße!

Wenn es nicht so bitter wäre, dann würde ich Nele gerade richtig abfeiern. Sie muss sich ziemlich schnell gedacht haben, dass der Post von dem Arschloch stammen muss, weil er meinen Account wohl gehackt hat. Und sie hat ihn mit ihrem Text sogar noch provoziert. Das hätte ich selbst nicht besser hinbekommen. Ich tippe ihr sofort eine Nachricht.

Alinaaaa 11:42 Süße, du bist die Beste! Love you!

Mit dem Handy in der Hand drehe ich mich zum ersten Mal seit dem Entdecken des Storyposts auf den Rücken, schließe die Augen und lasse mein iPhone neben mich auf die Matratze fallen.

„Fuck, fuck, fuck."

Im nächsten Moment reiße ich die Augen erschrocken auf. Hat David einen Ortstag verwendet? Oder kann man anhand von Davids Profil sehen, wo er sich aufhält? Sofort halte ich mir das Display wieder vor das Gesicht, springe in Davids Story und sehe mit Entsetzen, dass am Bildschirmrand der Geotag für das *South Heads Lighthouse* prangt. Die Galle, die mir bei dieser Entdeckung die Speiseröhre emporkriecht, schmeckt bitter. Doch nicht so bitter wie die Erkenntnis, dass Peter jetzt ganz genau weiß, wo in Australien ich mich aktuell aufhalte. In dem Moment realisiere ich endlich, dass sein verachtender Kommentar auf dem Foto auch eine unterschwellige Drohung beinhaltet, wodurch mein Herz zu einer unmenschlichen Schlaggeschwindigkeit angetrieben wird.

In dem Moment blinkt eine weitere Zahl bei meinen Instagram-Nachrichten auf. Ich tippe blindlings darauf.

PeterEsbergOffiziell 11:49 Ich werde dich sicher nicht kampflos aufgeben!!!!

Die Handgriffe, um eine Person zu blockieren, sind mir mittlerweile geläufig und ein weiteres Mal wende ich dieses Manöver auf Peters Profil an. Offenbar hat er gestern nicht nur in meinem Profil gestöbert, sondern auch gleich seine Blockierung aufgehoben.

Leider kann ich damit nicht ungeschehen machen, was nun als Wissen in Peters Kopf gespeichert ist. Er weiß, dass ich in Australien bin und sogar genau, wo ich mich aufhalte! Leider bin ich mir vollkommen sicher, dass die immense Distanz, die uns aktuell sowohl räumlich als auch persönlich trennt, kein Hindernis für ihn darstellen wird, um in den nächsten Flieger zu steigen und mich, wenn es sein muss, an den Haaren zurück nach Deutschland zu schleifen. Das hat wenig mit uns als Paar, aber ganz viel mit seinem verletzten Ego zu tun.

Ich erinnere mich an die letzte Situation, bei der Peter und ich uns persönlich gegenüberstanden. Eigentlich wollte ich an dem Abend mit Nele und einigen Mädels aus der Boulderhalle auf ein paar Drinks ausgehen. Peter sah es sowieso nie gerne, wenn ich ohne ihn etwas unternehmen wollte und noch weniger konnte er es akzeptieren, wenn ich mit einem Haufen *Notgeiler Hühner* – seine Rede – unterwegs war. Deshalb hatte ich ihm nur kurz vorher eine Nachricht geschickt, dass ich heute Abend unterwegs sein würde. Es hatte sich nämlich gezeigt, dass länger angekündigte Unternehmungen meinerseits konsequent aus sehr, sehr wichtigen Gründen abgesagt werden mussten. Peter konnte da sehr einfallsreich sein. Deshalb gab es nur eine kurze Nachricht an ihn, in der ich ihm schrieb, dass ich diesen Abend unterwegs wäre.

Merkwürdigerweise schafft er es normalerweise abends immer erst sehr spät aus dem Büro nach Hause. Aber nach dem Absenden meiner Nachricht stand er innerhalb von zwanzig Minuten völlig abgehetzt in der Haustür. Ich möchte nicht wissen, wie viele Radarfallen er bei seiner rasanten Fahrt mitgenommen hat, um mich abzupassen.

Die Diskussion, in die er mich sofort verwickelte, endete damit, dass er mich an den Haaren ins Bad schleifte, die Tür hinter mir zuknallte und den Schlüssel im Schloss umdrehte. Peter war schon öfter etwas rabiater mit mir umgegangen, aber noch nie war es derart eskaliert. Vor allem hatte er mich noch nie eingesperrt.

„Ich meine es nur gut mit dir", keuchte er erschöpft, als er sich, den Geräuschen nach zu urteilen, auf der Außenseite der Badezimmertür zu Boden gleiten ließ.

Ich lag währenddessen mit brennender Kopfhaut am Boden, die Tränen tropften leise und beständig auf die kalten Fliesen. Diese kühlten mir die Wange, wo ich mir die erste - und definitiv letzte - Ohrfeige von Peter eingefangen hatte.

Als ich nicht antwortete, klopfte er vorsichtig an die Tür. „Ich muss nochmal los, ich war mitten in einer Präsentation. Ich bringe uns später dein Lieblingsessen mit, okay?" Ich hörte, wie er sich langsam vom Boden hochhievte, noch zweimal gegen die zugesperrte Tür klopfte und wenig später nahm ich das Geräusch der Haustür wahr, die ins Schloss fiel.

Als er weg war, wurde mein Schluchzen lauter und meine Verzweiflung größer. Ich konnte hier nicht bleiben. Ich konnte nicht einmal in derselben Stadt, geschweige denn im selben Land bleiben! Ich musste unbedingt weg von diesem Arschloch! Allerdings stand ich zunächst vor dem Problem, dass ich, bevor ich weitere Fluchtpläne schmieden konnte, erst einmal aus dem gemeinsamen Badezimmer herauskommen sollte.

Meine Verzweiflung musste meinem neu erwachten Aktionismus weichen und ich zog mich am Waschbeckenrand vom Boden hoch.

Im Spiegel erschreckte ich mich nur kurz vor meinem eigenen Anblick. Die schwarze Schminke meiner Augen klebte mir verschwommen auf den Wangen. Dunkle Schlieren zogen sich von meinen Lidern bis zu den Mundwinkeln. Mein knallroter Lippenstift war verschmiert und ich sah dem Joker nicht unähnlich. Die strähnig vom Kopf abstehenden Haare, die ich eigentlich sorgfältig geglättet hatte, komplettierten dieses Bild. Auf meinem linken Jochbein zeigte sich bereits ein zarter lila Schatten, den Peters Schlag hinterlassen hatte. Vorsichtig berührte ich den beginnenden Bluterguss mit meinen Fingerspitzen. Anschließend reinigte ich mein Gesicht sorgfältig von allen Make-up-Spuren und band mir einen neuen, hohen Zopf.

„Okay, wie komme ich jetzt hier raus?“ Mein Handy lag noch in meiner Handtasche, die ich bereits auf dem Küchentresen bereitgelegt hatte. Ich konnte also niemanden erreichen und musste mir selbst helfen. Und das würde ich. Völlig ruhig begann ich erst einmal damit meine Badutensilien in ein Täschchen zu packen.

Zahnbürste, Zahnpaste, etwas Schminkkram, die Menstruationstasse, Shampoo.

Danach riss ich eine Schublade nach der anderen auf und öffnete die Schränke, um irgendetwas zu finden, mit dem ich die Tür öffnen könnte. Zunächst hätte ich an etwas wie ein Brecheisen gedacht, beziehungsweise einen Hebel, mit dem ich die Tür aufstemmen wollte. Allerdings war so etwas in unserem Bad nicht zu finden. Also Planänderung! Letztendlich benutzte ich eine Haarnadel, mit der ich den Schlüssel vorsichtig aus dem Türschloss drückte. Als er mit einem klackenden Geräusch auf der anderen Seite zu Boden fiel, schnappte ich mir eine Ecke des vorher von mir unter der Tür hindurchgeschobenen Papiers – es war die abgerissene Titelseite der Finance – und zog es vorsichtig auf meine Seite zurück. Dabei betete ich, dass der Schlüssel auch wirklich auf dem Magazincover gelandet war. Und da war er, direkt auf der Schlagzeile *Teure Fehlgriffe*, lag meine Freiheit. Ich atmete tief durch, richtete mich auf und steckte den Schlüssel ins Schloss.

Ab da rannte ich nur noch. Zunächst in das Schlafzimmer, wo ich meinen kleinen Koffer aus dem Schrank riss, wahllos Klamotten hineinstopfte und meinen Laptop und die Ladegeräte reinwarf. Dann zurück ins Bad, um meine Badtasche zu holen. Anschließend quetschte ich den Koffer gewaltsam zu und riss beim Hinausrennen meine Handtasche vom Tresen. Als ich mit dem Aufzug nach unten fuhr, fiel mir auf, dass ich den Haustürschlüssel mitgenommen hatte. Als ob ich jemals vorhätte diese Haustür wieder aufzuschließen. Unten angekommen, warf ich den Schlüsselbund zusammen mit Peters *Love-you-forever-Anhänger* in unseren, jetzt seinen, Postkasten.

Dann stand ich vor dem nächsten Problem: Wohin? Auch wenn ich mittlerweile einundzwanzig Jahre alt war, sehnte ich mich in dieser Situation nach den tröstenden Armen meiner Mutter. Also stoppte ich das nächste Taxi und stand dreißig Minuten später vor der Haustür, die zu dem Ort gehörte, den ich bis vor knapp zwei Jahren noch mein Zuhause genannt hatte.

Peter weiß nun, dass ich in Australien bin. Wie würde er reagieren? Würde er vielleicht sogar hierherkommen? Vielleicht wäre das gar nicht so schlecht. Dann würde ich mit ihm zurück nach Hause fliegen, mein Studium wieder aufnehmen, bei ihm einziehen, hätte keine Geldsorgen mehr und wüsste auch ganz genau, wie die nächsten zwanzig Jahre meines Lebens aussehen würden. Definitiv der einfachere Weg, wenn man davon absähe, dass ich keine eigenen Entscheidungen treffen dürfte und mir sehr gut deckendes Make-up zulegen sollte.

„Sicher nicht!“ Ich setze mich im Bett auf und mir ist klar, dass ich unbedingt mit Nele über die Situation sprechen muss. Sie weiß bestimmt, was zu tun ist!

Noch auf dem Bett liegend scrolle ich mich durch meine spärlichen Kontakte und drücke den Anrufbutton bei Marissa Cooper. So viel O.C. musste sein! Nele nimmt den Anruf sofort an, wobei ich auf ihrem fast durchgehend schwarzen Videobild nur wenig erkennen kann.

„Hey! Bist du da?“, beginne ich wenig intelligent.

„Es ist zwar mitten in der Nacht und ich war definitiv schon einmal wacher. Aber ja, ich bin da“, antwortet meine beste Freundin und ich höre ein leichtes Schmunzeln in ihrer Stimme.

„Oh man, es tut so gut dich zu hören“, seufze ich leise und merke, wie ich mich endlich etwas entspanne.

„Wie geht's dir?“, fragt Nele mitfühlend und ich kann mittlerweile die Konturen ihres lockigen Kopfes erkennen, der sich vor einem grauen Hintergrund abhebt.

„Beschissen trifft es vermutlich am ehesten“, ist meine resignierte Antwort. „Mach mal das Licht bei dir an, ich sehe dich gar nicht!“

Der Bildschirm leuchtet kurz grell auf und dann sehe ich endlich eine zerzauste Nele, die sich ihre müden Augen reibt.

„War es der Typ wenigstens wert?“, fragt sie nun neugierig nach.

Ich winke ab, wobei mir mit einem Blick aufs Display auffällt, wie unvorteilhaft man in so einem Videocall aussieht, wenn man sich selbst auf dem Rücken liegend von oben filmt. Aber es gibt nichts, was mir vor Nele noch unangenehm wäre. „Es ist nicht einmal etwas passiert. Wir standen im Meer, bei Sonnenuntergang und vor einem Leuchtturm. Kitschiger geht's nicht, oder? Wir waren gut auf Tuchfühlung, standen kurz davor zu knutschen, aber es hat mich insgesamt dann doch nicht so gecatcht. Ich habe es dann abgebrochen und bin heim."

Nele schüttelt verständnislos den Kopf, so dass ihre dunklen Locken wild umherfliegen. „Was ist nur mit dir schiefgelaufen? Heißer Typ, Traumkulisse und *dich hat es nicht so gecatcht*?" Den letzten Teil spricht sie langsam und betont jedes Wort einzeln. Wenn sie es so ausdrückt, dann weiß ich selbst nicht so genau, was eigentlich mit mir los war. Dann fällt es mir allerdings wieder ein.

„Ryan war auch da", beginne ich und Nele macht sofort große Augen.

„Und?"

„Und was?"

„Na, habt ihr wenigstens…"

„Man Nele, der war mit seiner Freundin da!", gebe ich unwirsch zurück.

„Ah, daher weht der Wind", antwortet sie daraufhin vielsagend und schenkt mir ein halb belustigtes, halb mitleidiges Lächeln.

„Ja, shit. Ich… Keine Ahnung! Fand ich ziemlich scheiße auf jeden Fall", beende ich meine Stammelei.

„Hat er sich von deiner Liebesbotschaft am Truck gestern morgen also nicht beeindrucken lassen." Nele stochert weiter in der Wunde.

„Haha, daraufhin hat er mich vermutlich sofort als irre Stalkerin abgestempelt. Oder er hat es gar nicht gesehen."

Das wäre mir tatsächlich ganz recht. Die Aktion war so schon peinlich genug. Noch unangenehmer wäre es erst, wenn er sich zusammen mit seiner Freundin über das *zuckersüße Herzchen* am Truck lustig gemacht hätte.

„Ja, jetzt leide ich an einer Kombination aus Herzschmerz und Hangover, ganz toll. Eventuell ist auch noch eine kleine Erkältung dabei, weil ich gestern den ganzen Heimweg in nassen Klamotten gelaufen bin. Jackpot also."

Nele seufzt und kommt dann zu dem Punkt, den ich am liebsten gar nicht ansprechen würde.

„Und als kleines Sahnehäubchen weiß das Arschloch jetzt, wo du steckst, Süße." In ihrer Stimme höre ich großes Bedauern und, wenn ich mich nicht täusche, auch ein klein wenig Angst.

„Ja…" Eine Weile senkt sich eine schwere Stille über uns beide. „Weißt du, wenn ich mir sicher wäre, dass er den weiten Weg niemals auf sich nehmen würde, dann wäre das jetzt kein Problem. Aber ich traue ihm mittlerweile einfach alles zu! Und die Vorstellung, ihm jemals wieder von Angesicht zu Angesicht gegenüberstehen zu müssen, jagt mir eine Riesenangst ein! Allein, dass die Möglichkeit besteht, dass er hier jederzeit um die Ecke biegen könnte… Ich kann hier keine ruhige Minute mehr leben."

Dadurch, dass ich es nun laut ausgesprochen habe, sickert die Erkenntnis wie ein klebriger Sirup in meine Gehirnwindungen und mir wird schlagartig wieder übel.

„Ich will hier nicht mehr weg. Ich habe mich doch gerade erst eingelebt", jammere ich mit leiser Stimme. Ich klinge wie ein kleines Kind und kann meine Tränen gerade noch zurückhalten.

„Ich weiß“, seufzt Nele und schaut mich aus großen, traurigen Augen an.

Wir wissen beide, dass es mal wieder nur eine Lösung gibt, aber wir wollen es beide nicht aussprechen.

„Wie kommst du eigentlich mit deiner Bucket List voran?“, wechselt Nele abrupt das Thema.

Ich steige dankbar darauf ein. „Mehr schlecht als recht. Nachdem es so gut angefangen hatte“ - ich muss bei den Gedanken an Ryan und mich in seinem Truck versonnen lächeln - „lief es danach eher schleppend. Das Barbecue hatte ich letzte Woche mit einigen Leuten von der Trainingsstation am Strand. Ansonsten sieht es eher düster aus.“

„Na, wie wäre es, wenn du mal die Work & Travel Angebote durchsuchst und nach etwas Ausschau hältst, bei dem du einen weiteren Punkt abhaken kannst?“

Nele ist wirklich viel zu perfide. Der vermeintliche Themenwechsel war in Wirklichkeit keiner und zielte nur darauf ab, mich so schnell wie möglich aus South Heads wegzulocken. Dazu lieferte ich ihr, neben Peters möglichem Auftauchen, einen weiteren sinnvollen Grund auf dem Silbertablett. Sie wird definitiv einmal eine grandiose Psychologin werden. Und eine manipulative.

„Mhhh“, antworte ich ihr wortkarg. „Ich schlaf jetzt noch ein Weilchen und dann werde ich mich mal umsehen.“

Ich sehe Erleichterung in den Augen meiner besten Freundin und ihre Lippen sind zu einem siegesgewissen Lächeln verzogen.

„Mach das“, antwortet sie mir und schickt noch ein Handküsschen hinterher, bevor sie den Call beendet.

Kapitel 9 – The Farewell

An den herben Geschmack eines Espresso Martinis werde ich mich wohl so schnell nicht gewöhnen. Selbst jetzt, als ich das vierte oder fünfte leere Glas dieses Kaffee-Wodka-Drinks mit etwas zu viel Schwung auf dem Tresen abstelle, schmeckt mir das Zeug noch nicht wirklich. Aber es hält wach und macht betrunken, was eine perfekte Zustandskombination für meine eigene Abschiedsparty darstellt.

Wir sind schon seit mehreren Stunden in dem kleinen Club in der Nähe des Leuchtturms, der jeden Donnerstag das verfrühte Wochenende für die feierwütige Gemeinde einläutet. Zur kleinen Party habe ich einfach alle Leute, die ich im letzten Monat in South Heads kennengelernt habe, eingeladen.

Und tatsächlich sind sie ausnahmslos aufgetaucht, was mich unglaublich gefreut hat. Poppy und Dylan, mit denen ich regelmäßig trainierte, sind zwar schon wieder verschwunden, aber Emily und Darryl, aus der gleichen Gruppe, tanzen gerade ausgelassen mit Sue und David zur lauten und packenden Neunziger-Jahre-Chartmusik.

Während die Stroboskopblitze über die Tanzfläche zucken, dabei Menschen und Gesichter wackelnd erleuchten, schwanke ich leicht, als ich mich durch erhitzte, tanzende Körper zu meinen Leuten durchkämpfe. Zwischen Emily und Darryl knistert es gerade gewaltig und ihre Tanzperformance ist definitiv nicht mehr als jugendfrei einzustufen. Deshalb halte ich mich lieber an Sue und David, die beide zu *Rockafeller*

Skank von *Fatboy Slim* abgehen. Ich versuche mich an ihrem wilden Ausdruckstanz zu beteiligen, muss aber feststellen, dass es selbst mit den Sneakers an den Füßen nicht mehr so einfach ist, mich koordiniert zu bewegen.

Die letzten beiden Tage sind an mir wie in einem Rausch vorbeigezogen.

Nach meinem Telefonat mit Nele hatte ich meine Optionen ausgelotet und tatsächlich eine Stelle im Service eines kleinen Hotels oder Campingplatzes – so genau weiß ich das noch nicht – am Kings Canyon gefunden. Der Familienbetrieb sucht schon seit Wochen nach einer Hilfskraft über das Work & Travel Portal und nach einer kurzen Konsultation von Google Maps wurde mir auch völlig klar, warum keiner freiwillig dorthin will. Der Kings Canyon ist quasi der Inbegriff des australischen Outbacks und die nächste größere Stadt liegt mehr als 400 Kilometer entfernt. Das ist schlecht für alle Partyfreunde aber ganz hervorragend für Jemanden, der sich mal eben aus dem Staub machen will. Und das will ich so schnell wie möglich, wie ich mir leider eingestehen muss. Meine Angst vor Peter ist viel zu groß, als dass ich mich weiterhin ruhigen Gewissens in South Heads bewegen könnte. Also ab zum Kings Canyon!

Morgen Nachmittag, wenn mein dann sicher vorhandener Kater es mir erlauben sollte, wird der Flug vom Sydney Airport aus ins Zentrum Australiens starten.

Deshalb verbrachte ich den heutigen Tag damit meine Sachen zu packen und mich schweren Herzens von einigen Kleidungsstücken zu trennen, die einfach nicht mehr in meinen Koffer passen wollten. Das Glätteisen ließ ich allerdings mit einer gewissen Genugtuung zurück. Peter fand meine lockige Mähne schrecklich, zwang mich förmlich dazu dieses bescheuerte Glätteisen zu nutzen, und ich würde mir ab sofort nie wieder von einem Kerl vorschreiben lassen, wie ich meine Haare zu bändigen hätte.

Mein Apartment hatte ich zwar schon bis zum Ende des Monats bezahlt, aber immerhin akzeptierte das alte Ehepaar, denen die kleine Wohnung gehört, meine kurzfristige Kündigung ohne Probleme. Am Kings Canyon müsste ich mich um keine Miete kümmern, da Kost, Logis und ein wenig Taschengeld die Gegenleistungen für meine Arbeit vor Ort wären.

Was ich die letzten beiden Tage an Alkohol eingespart hatte, was zum einen am verheerenden Kater nach der Leuchtturm-Party und zum anderen an der fehlenden Zeit zum Nachdenken und Trinken lag, das hole ich heute offensichtlich nach. Ich konnte mich glücklich schätzen, dass es vorgestern wirklich nur ein schlimmer Hangover und kein Beginn einer Erkältung war, auch wenn es sich so angefühlt hatte. Ich werde nun mal auch älter, hatte Nele diesen Umstand trocken kommentiert. Aber wenn ich nicht aufpassen würde, dann könnte ich bei meinem aktuellen Konsum in Down Under noch ein echtes Alkoholproblem entwickeln.

Bei dem Gedanken muss ich träge grinsen und tanze zusammen mit David wild zum *Take That-Klassiker Relight my fire*. Sue ist uns an einen, für meinen

Geschmack, viel zu muskulösen Kerl mit Mullett abhandengekommen. Mit dem wird sie, dem Anschein nach, wohl heute Nacht noch Körperflüssigkeiten austauschen.

Glücklicherweise bin ich bei dem Song sehr textsicher und David und ich schreien uns *your love is my only desire* förmlich ins Gesicht. Dass sich unsere Tanzbewegungen dem Text mehr und mehr anpassen, passiert quasi automatisch und David steht irgendwann nicht mehr vor mir, sondern presst seinen Körper von hinten an meinen. Seine Fingerspitzen mit den schwarz lackierten Nägeln liegen auf meiner schweißglänzenden, nackten Taille, denn ich hatte mich vorher für ein bauchfreies weißes Tanktop zum schwarzen A-Linien-Rock entschieden.

Während ich die sanfte Berührung seiner Hände genieße, grölen wir in völligem Einklang den Song zu Ende. Eventuell drücke ich meinen Hintern dabei ganz zufällig gegen sein bestes Stück und ich spüre, dass ihn das ganz und gar nicht kalt lässt. Heute würde mich nichts davon abhalten mit David all die unanständigen Dinge zu tun, die ich schon längst hätte tun wollen. Also vielleicht nicht unbedingt mit David, eher mit Ryan, aber mein Hirn ist glücklicherweise benebelt genug, dass mir dieser kleine Schönheitsfehler gerade egal ist.

Der DJ scheint die vielen Pärchen, die sich wohl am liebsten auf der Tanzfläche gleich nehmen würden, provozieren zu wollen, denn er spielt als nächsten Song *Genie in a Bottle* von *Christina Aguilera.* In dem Dröhnen der Musik, den blinkenden Lichtern, dem

Schweiß, der Bewegung und den Berührungen könnte ich mich verlieren und ich reibe mich an Davids Körper, der seine Hände über meine Taille, die Brüste und zurück an meine Hüfte wandern lässt. Er zieht mich noch näher an sich heran und beginnt sanft an meinem Hals zu knabbern und leichte Küsse darauf zu verteilen. Ich schließe die Augen, lege den Kopf in den Nacken und genieße dieses leicht schmerzhafte, prickelnde Gefühl seiner Lippen und Zähne auf meinem Hals.

Als ich die Augen wieder aufschlage, gefriert mir das vorher vor Leidenschaft kochende Blut schlagartig in den Adern. Mein Blick geht geradeaus zur Bar, wo *er* steht und mich direkt anstarrt.

Seine Lippen, die sich so gut auf meinen angefühlt hatten, sind zu schmalen Linien zusammengepresst und zwischen den Augenbrauen sehe ich eine steile Falte. Er trägt ein ähnliches Outfit, wie vor drei Tagen am Leuchtturm. Ausgeblichene Jeans, ein schwarzes Shirt, die blonden Haare lang und wirr in alle Richtungen abstehenden. Er sieht einfach viel zu gut aus. Von seiner schwarzhaarigen Freundin ist nichts zu sehen. Dafür steht Dean neben ihm, der mich nun betreten mustert.

Wie hypnotisiert löse ich mich aus Davids Griff und mache mich daran, mich durch die wogende Masse zu zwängen. David erwischt mich am Arm und ich drehe mich gezwungenermaßen zu ihm um. Meine Augen von Ryan zu lösen, fällt mir unermesslich schwer, denn zu groß ist die Angst, dass er wie eine Fata Morgana wieder verschwindet. Als ich nun in Davids dunkle Augen blicke, sehe ich nur Resignation.

„Wirklich? Du haust schon wieder ab?“, flüstert er. „Du willst mir nicht nur das Herz brechen, du willst es gründlich und für immer zerstören, oder?“

Und ja, ich fühle mich deshalb unglaublich beschissen. Ich habe ihn benutzt, schon wieder. Das hat er wirklich nicht verdient. Aber jetzt habe ich leider keine Zeit für sein Seelenheil, denn ich muss, nein ich will, an mein eigenes denken.

„Sorry…“ wiederhole ich meine eigenen Worte von Montagnacht und drehe mich langsam wieder um, wobei ich sofort nach Ryan Ausschau halte. Er steht immer noch an der gleichen Stelle, doch von Dean ist nichts mehr zu sehen. Ohne dass wir unsere Blicke voneinander lösen, steuere ich durch die Menge auf ihn zu, während Davids Griff sich von meinem Arm löst. Als ich schließlich vor Ryan stehe, ist er es, der die ersten Sekunden des Schweigens schließlich bricht.

„So kann man natürlich auch wohnen. Einfach jede Nacht mit einem anderen Kerl schlafen, dann spart man sich das Hostel. Sehr clever, Lina!“ Ryans Ton trieft vor Verachtung und ich muss mir das Gesagte zweimal durch den Kopf gehen lassen, bis mein Gehirn bereit ist, es zu verarbeiten. Selbst als ich die Worte verstanden habe, verstehe ich sie nicht wirklich. Was denkt er sich? Dass ich jeden Tag mit einem anderen Typen geschlafen habe?

„Was?“, antworte ich mit piepsiger Stimme und bin völlig perplex. Sein Gesicht zeigt keine Regung, aber die Knöchel seiner linken Hand, mit denen er die Bierflasche umklammert, treten weiß hervor.

„Du hast mich schon verstanden“, antwortet er kalt. Der Stich in meinem Herzen ist lautlos, aber heftig, und es fühlt sich an, als ob alles Leben aus mir herausfließen würde.

Ryan

Sie schaut mich aus großen, dunkelgrünen Augen an. Der Mund steht ihr leicht offen und ich sehe die Fassungslosigkeit in ihrem Blick. Oh, wie gerne würde ich diesen weichen Mund jetzt wieder küssen! Aber der Gedanke an den Typen, der ihr gerade ganz Graf-Dracula-mäßig einen fetten Knutschfleck unter das Ohr platziert hat, kühlt mein Blut und hält mich von weiteren Dummheiten ab.

„Ich…ich…“ beginnt sie nun zu stottern. Ihre Stimme ist dünner als damals im Breakers und sie wirkt viel unsicherer. Mich beeindruckte ihre fröhliche, forsche und selbstsichere Art, doch wo war dieses Mädchen jetzt? Fast tut mir meine aggressive Anschuldigung schon leid. Trotzdem ziehe ich eine Augenbraue hoch, damit sie endlich zum Punkt kommt.

Lina senkt kurz den Blick auf ihre Sneakers. Als sie dann wieder aufblickt, erinnert sie mich wieder an die Oktober-Linny. Denn sie sieht mir fast schon aggressiv direkt in die Augen.

„Ryan.“

Ihre Stimmt klingt etwas schleppend, wie von zu viel Alkohol, aber sie ist fest. Aus ihren Augen sprühen Funken und dann legt sie los.

„Ich wüsste nicht, dass ich mich vor irgendjemanden für irgendetwas rechtfertigen müsste! Und wenn ich jeden Tag mit einem anderen Typen ins Bett steigen würde, was übrigens seit der Nacht in deinem Auto nicht mehr passiert ist, dann dürfte es dich auch absolut nichts angehen! Wobei man deinen fucking Truck ja wohl nicht als Bett bezeichnen kann und mein evil Plan“ - Alina malt Anführungszeichen in die Luft - „da ja leider nicht aufgegangen ist. Kein kuscheliges Bettchen im klimatisierten Loft und schon gar kein kostenloser Kaffee zum Frühstück. Da habe ich mir definitiv den falschen Kerl für meine Übernachtung ausgesucht. Beim nächsten Mal muss ich mir vorher besser den Ausweis zeigen lassen und die Wohnadresse bei Google Earth checken, nicht dass es wieder so ein Reinfall wird, *wie mit dir*.“

Bei den letzten drei Worten sticht sie mir mit dem Zeigefinger unangenehm fest auf die Brust, genau über meinem Herzen, und ist mir plötzlich so nahe, dass ich den leichten Schimmer von Tränen in ihren Augen erkennen kann.

„Ich brauche echt nicht noch so ein Arschloch, das über mich und mein Leben bestimmen will. Fahr zur Hölle Ryan!“, endet sie zischend.

Ohne dass ich etwas erwidern kann, dreht sie sich auf dem Absatz um und verschwindet in der Menge.

„Fuck.“

Wie aus dem Nichts taucht Dean neben mir auf. „Das scheint mir nicht optimal gelaufen zu sein“, kommentiert er pragmatisch, während er an seiner Bierflasche nippt.

Mit ist die Lust auf Alkohol gründlich vergangen und ich stelle meine fast volle Flasche an der Bar ab. „Nope.“ Ich nehme die Flasche wieder vom Tresen, damit meine nervösen Hände etwas zum Herumspielen haben. „Das war ganz und gar nicht optimal.“

Dean ist der einzige meiner Freunde, der meine Obsession mit dieser Frau relativ bald gecheckt hat. Das hat er schnell bereut, denn er war mein einziger Zuhörer, wenn ich ihm mal wieder mein Leid klagte. Nach dem Abend im Breakers und der Nacht in meinem Truck konnte ich die wirklich perfekten Surfbedingungen nicht im Geringsten nutzen. Ich habe ständig den richtigen Zeitpunkt fürs Anpaddeln oder den Pop-Up verpasst und bin vermutlich seit zehn Jahren nicht mehr so beschissen gesurft, wie an diesem Tag. Meine Gedanken waren nur bei Alina, ich wollte sie unbedingt wieder sehen und das hat Dean natürlich mitbekommen.

Als ich mir eine Woche später ein Herz genommen hatte und im Hostel nach ihr fragte, hatte sie allerdings schon ausgecheckt und auch sonst war sie in ganz South Heads nirgendwo zu finden.

Am Montag hätte ich mich fast an meinem Kaffee verschluckt, als mir Dean textete, dass er sie im Skatepark gesehen hat. Außerdem war er sich ziemlich sicher, dass die Leute, mit denen sie dort war, am Abend beim Leuchtturm sein würden. Er selbst musste leider abends zu einem Essen, aber er schickte mir seine nervige kleine Schwester Zoe, die mich inklusive ihrer Clique zum Leuchtturm geschleppt hat.

Zoe und ich kennen uns schon seit Pre-School-Zeiten und wir sind wie Geschwister füreinander. Leider streiten wir auch ständig wie echte Geschwister. Allerdings war es supersüß von ihr, dass sie mit mir zu einer mir verhassten Leuchtturm-Party gegangen ist. Diese Zusammenkünfte meide ich ansonsten nämlich konsequent.

Da Lina nicht da war, bin ich nicht lange geblieben. Obwohl ich unter Zoes Freundinnen sicher etwas für eine Nacht gefunden hätte, bin ich enttäuscht allein nach Hause gegangen. Meine anfängliche Euphorie über ein mögliches Wiedersehen mit Lina musste purer Enttäuschung weichen.

Und dann sah ich sie heute. Absolut superheiß in ihrem knappen Top, dem ausgestellten Rock und den Sneakers. Sie sah noch schärfer aus, als ich sie in Erinnerung hatte. Und der Stachel der Eifersucht stach noch härter, als ich es mir hätte vorstellen können, als ich realisierte, dass sie für heute wohl schon eine Bettbekanntschaft klargemacht hatte.

„Eventuell habe ich etwas überreagiert", gestehe ich zerknirscht.

„Eventuell" pflichtet mir Dean bei und nippt nochmal an seinem Bier. Er ist mir wirklich keine große Hilfe.

„Ach fuck." Viel zu heftig stelle ich die Bierflasche nun endgültig an der Bar ab und der Inhalt schwappt aus der schmalen Öffnung.

Während *Insomnia* von *Faithless* aus den Boxen dröhnt, drücke ich mich nun ebenfalls durch die Menge in Richtung Ausgang und sehe mich halbherzig nach Alina um.

Alina

Mehr stolpernd als gehend flüchte ich mich durch die Tanzenden in Richtung Toilette. Die Tränen, die in meinen Augen schwimmen und drohen herauszubrechen, nehmen mir die Sicht und ich werde von einigen Ellbogen und Knien unsanft getroffen.

Gerade als ich die Toilettentür erreiche und erleichtert aufatmen möchte, zieht mich eine starke Hand am Arm zurück. Ich realisiere, wie ich mir trotz besseren Wissens wünsche, dass es Ryans Finger sind, die meinen Unterarm umfassen. Als ich mich umdrehe, steht allerdings Dean vor mir.

Eine Träne hat sich aus meinem Auge gelöst und rollt leise über meine linke Wange. Dean sieht sie sofort, zieht seine Hand so schnell von mir weg, als ob er sich verbrannt hätte und wirkt betroffen.

„Er mag dich wirklich“, beginnt er das Gespräch fast flehend.

Dieses Geständnis sorgt nur dafür, dass meine Tränen zu fließen beginnen. Wie bescheuert ist diese Situation eigentlich? Natürlich mag ich ihn auch, aber ich kann mich nie wieder mit einem Typen einlassen, der mir Vorschriften macht. Jetzt hatten wir uns nur einmal gesehen und beim nächsten Treffen meint er, er muss mich so blöd anschnauzen? Wie würde er sich nur verhalten, wenn wir uns besser kennen würden? Einen zweiten Peter brauche ich nun wirklich nicht. Wie komme ich nur ständig an diese Kerle? Was stimmt nur nicht mit mir?

Ohne auf Deans Aussage einzugehen, wische ich die Tränen hastig mit dem Handrücken beiseite. „Ich ziehe weg. Das war eigentlich meine Abschiedsparty“, erkläre ich ihm mit erstickter Stimme.

„Zurück nach Deutschland?“, fragt Dean erschrocken.

„Nein, ich bleibe in Australien“, antworte ich vage mit einem Seufzen. Meine Stimme klingt etwas gefasster. Das Land ist groß und wenn Peter wirklich hierherkommt und nach mir sucht, dann sollte Niemand aus Versehen meinen neuen Aufenthaltsort ausplaudern. Nur Sue weiß, wo es ab morgen genau für mich hingeht.

„Okay?“ Deans Reaktion darauf klingt wie eine Frage. Vermutlich ist daran erst einmal nichts okay.

Ich seufze wieder und gebe mir einen Ruck.

„Schön. Ich gebe dir meine Handynummer. Du kannst sie an Ryan weitergeben, aber wirklich an niemand anderen, verstehst du?“

Dean nickt und in seinen Augen sehe ich die unausgesprochenen Fragen, die er sich wegen meines geheimnistuerischen Verhaltens stellt.

Während ich mit meinem Kajal die Nummer auf Deans Unterarm kritzele, frage ich mich, warum ich das eigentlich mache. Ryan hat sich als Arschloch 2.0 erwiesen, warum kann ich es nicht einfach gut sein lassen und nicht nur ortstechnisch, sondern auch herzenstechnisch weiterziehen?

Schon wieder muss ich seufzen. Dean verabschiedet sich mit einer Umarmung, bei der er Wert darauf legt, mich so wenig wie möglich zu berühren.

„Ich mochte ihn auch wirklich“, flüstere ich so leise, dass ich mir nicht sicher bin, ob er es überhaupt gehört hat.

Als ich meinen Pandabär-Look auf der Toilette notdürftig repariert habe, lasse ich meinen Blick durch die Menge schweifen. Er bleibt an David hängen, der in zusammengesunkener Haltung auf einem Hocker an der Bar sitzt. Nicht unweit von dem Platz entfernt, an dem vorher Dean und Ryan standen. Langsam nähere ich mich ihm von hinten.

Er merkt erst, dass ich neben ihm stehe, als ich ihm vorsichtig die Hand auf die Schulter lege. Träge dreht er sich zu mir um. Seine Pupillen sind riesig und er wirkt total weggetreten. Das kann nicht nur an dem Inhalt der nun leeren Shotgläser liegen, die vor ihm aufgereiht stehen.

„Alles okay mit dir?“, frage ich überflüssigerweise.

Er grinst nur träge. „Jetzt schon“, antwortet er langsam und dreht seinen Oberkörper wieder von mir weg.

Meint er, dass ich wieder zurückgekommen bin? Oder sagt er das, weil er sich etwas eingeworfen hat? Egal was es ist, in dem Zustand schafft er es vermutlich nicht mehr selbst aus dem Laden raus. Das schlechte Gewissen brennt wie Säure in meinem Körper. Das habe ich ihm angetan. Ich mit meiner egoistischen Art. Nur weil ich mich von Ryan ablenken wollte und wohin hat es geführt? Ryan outet sich als Arschloch und David habe ich zutiefst verletzt. Super gemacht, Alina.

„Soll ich dich nach Hause bringen?“, frage ich deshalb.

Wieder dreht er sich in Zeitlupe zu mir. Er verzieht die Lippen zu einem spöttischen Grinsen.

„Eine Runde Mitleidssex mit dem guten David? Sorry, dafür bin ich mir dann doch zu schade.“ Er dreht sich wieder von mir weg und diesmal scheint das Gespräch für ihn beendet zu sein. Die Tränen des schlechten Gewissens schießen mir in die Augen und ich gehe, ohne mich zu verabschieden, raus aus der Bar und verschwinde.

Kapitel 10 – The Monolith

Trotz meiner Sonnenbrille und den getönten Scheiben von Sues Auto, sticht mir die grelle Mittagssonne unangenehm in den Augen. Ich sitze auf dem Beifahrersitz, Sue rechts neben mir am Steuer und ich versuche beim Blick aus ihrem Fenster einige letzte Blicke auf die wunderschöne Küste zu erhaschen. Zum Abschied zeigt sich South Heads in seiner postkartenartigen Schönheit. Läge mein Fokus nicht gerade darauf meinen pochenden Schädel irgendwie zu ignorieren, dann würde sich beim Anblick der mir so vertrauten Strandpromenade wohl ein Gefühl der Wehmut einstellen.

Als wir in Richtung Innenstadt abbiegen, blicke ich mit einem Seufzen wieder nach vorne.

„Vermisst du uns schon?“, fragt Sue vorsichtig.

„Na klar“, antworte ich ihr mit einem leisen Lachen. Dieser Ort und auch die Leute, allen voran natürlich die lebenslustige Sue, würden mir unglaublich fehlen.

„Vielleicht kommst du ja zurück“, meint sie mit einem Schulterzucken, während sie auf den Highway auffährt.

„Ich vermisse dich auf jeden Fall schon“, fährt sie fort. „Vorrangig natürlich deine ganz passablen Cappuccinos“, ergänzt sie mit einem dicken Grinsen.

„Tja, die sind einfach legendär. So einen guten Kaffee bekommst du nie wieder“, gehe ich auf ihr Geplänkel ein. Da ich dabei genüsslich einen von ihr zubereiteten und mitgebrachten Kaffee aus dem To-go-Becher schlürfe, wissen wir beide, dass meine Aussage totaler Quatsch ist.

„David hat es gestern noch gut nach Hause geschafft", wechselt Sue schlagartig das Thema.

Ich bin erleichtert, kommentiere das Ganze aber nur kurz angebunden. „Gut. Bist du gestern auch gut daheim angekommen? Oder seid ihr bei deinem Muskeltypen gelandet?" Spontaner Themawechsel ist eine Disziplin, die ich auch ganz gut beherrsche.

Sue grinst. „Ich bin tatsächlich erst vor circa zwei Stunden in die WG zurückgekommen. Die Nacht war also lange und anstrengend."

„Sieht man dir gar nicht an", schmunzele ich und meine es genau so.

Unsere einstündige Fahrt zum Sydney Airport vergeht rasend schnell. Als wir plötzlich am Drop-Off halten, fühle ich mich völlig überrumpelt. Wir steigen beide aus dem Auto und umarmen uns zum Abschied fest und lange. Hoffentlich würde ich Sue wieder sehen. Ein kleines Tränchen stiehlt sich aus meinem Augenwinkel und auch Sues Augen, hinter ihrer heute türkis gerahmten Brille, glänzen verdächtig.

„Safe travels, Lina."

„Danke", flüstere ich in Sues wuschelige Mähne und wir wissen beide, dass ich mich damit nicht nur für die guten Wünsche bedanke.

Mit meinem Rollkoffer im Schlepptau schlängele ich mich durch die Menschenmassen am Sydney Airport. Viele Einwohner der nördlichen Hemisphäre wollen gerade dem kalten Wetter entfliehen und den Winter lieber im sonnigen Down Under verbringen. Hin und wieder schnappe ich auf meinem Weg zum Check-in sogar deutsche Wortfetzen auf. Wie entspannt so eine Reise nach Australien sein könnte, wenn man hier nur als Tourist herkäme. Schön in Sydney erst einmal die Oper besichtigen, am Hafen entlang spazieren und noch den berühmten Manly Beach besuchen. Keines dieser klassischen Must-dos habe ich bisher getan und ich ärgere mich, nicht zum ersten Mal, dass ich von Australien und den dortigen Sehenswürdigkeiten noch nicht viel gesehen habe.

Das würde sich allerdings sehr bald ändern! Aber zunächst musste ich meinen gut dreistündigen Flug zum Connellan Airport in Yulara überstehen.

Als meine Bierdose gegen die anderen beiden Blechdosen stößt, ertönt ein dumpfes, metallisches Klingen.

„Danke, dass ihr mich mitgenommen habt“, toaste ich lächelnd dem jungen Pärchen zu.

„Danke für die kulinarische Versorgung“, antwortet die junge Frau mit dem platinblonden Bobschnitt und deutet grinsend auf den Karton mit NT Draught auf dem Autodach neben sich.

Nach meiner Landung am Connellan Airport war ich wenige Minuten mit dem Bus nach Yulara gefahren, wo ich mir für eine Nacht ein völlig überteuertes Hotelzimmer genommen hatte. Das Highlight in dieser Gegend ist natürlich der Uluru, früher Ayers Rock genannt. Selbst ich, die vor meiner Reise nach Down Under quasi nichts über Australien wusste, kannte die sphärischen Bilder des riesigen, orangeleuchtenden Monolithen und wusste, dass das quasi die ultimative Sehenswürdigkeit ist.

Durch die Zeitverschiebung zwischen Sydney und dem Zentrum Australiens habe ich 1,5 Stunden Zeit gewonnen. Bei meinem nachmittäglichen Spaziergang durch das kleine Yulara, den vermutlich touristischsten Ort in ganz Australien, bin ich in der Schlange eines Coffee Carts mit dem Pärchen vor mir ins Gespräch gekommen. Dabei habe ich gelernt, dass das Highlight bei einem Besuch des Uluru nicht die Wanderung um den riesigen Felsen herum ist. Die kann, ganz auf amerikanische Touristen abgestimmt, auf einem geteerten Rundweg sogar per Segways absolviert werden. Nein, das Highlight ist das Farbenspiel, das entsteht, wenn der Uluru bei Sonnenuntergang in den verschiedensten Facetten von orange-rotem Licht erstrahlt.

Mein Problem, wie ich ohne fahrbaren Untersatz pünktlich zum Sonnenuntergang bei einem Aussichtspunkt mit Blick auf den Sandsteinfelsen sein soll, haben die beiden schnell erkannt und auch gelöst.

Eine Stunde später traf ich die zwei an ihrem Auto auf dem Hotelparkplatz wieder und ich überreichte ihnen mein grandioses Dankeschön-Geschenk, ein Sixpack Bier. Bei der kurzen Fahrt zum Sonnuntergangs-Parkplatz erzählten sie mir, dass die beiden die knapp 3.000 Kilometer aus Sydney in einem erschöpfenden Roadtrip mit wenig Schlaf und viel Energydrinks gerade hinter sich gebracht hatten. Sie kannten sogar den Ort South Heads und ich verspürte ein glückseliges

Gefühl, wie wenn ich unverhofft Nachbarn aus meiner Heimat getroffen hätte.

Der blonde Kerl hatte seinen Truck, der dem von Ryan nicht ganz unähnlich sah, auf einem Parkplatz mit direktem Blick zum Uluru abgestellt. Wir waren ausgestiegen, hatten uns nebeneinander - glücklicherweise waren wir alle drei ziemlich schlank - auf das Dach des Autos gesetzt, ließen die Füße über die Windschutzscheibe baumeln und stießen mit unserem Bier an.

Bis zum Sonnenuntergang um circa 20:00 Uhr, sind es nur noch wenige Minuten und ich betrachte gebannt die vielen Menschen, Touristen und Australier gleichermaßen, die ihre Autos, Trucks und Wohnmobile auf den Plätzen neben uns abgestellt haben. Die meisten haben eine Dose in der Hand. Manche sitzen in Campingstühlen vor dem Auto und alle haben eine hervorragende Sicht auf den Felsen, da die Parkplätze so nebeneinander angeordnet sind, dass jeder quasi in der ersten Reihe parkt.

Die Sonne beginnt gemächlich zu verschwinden und der erdige Ockerton des Uluru weicht langsam einem intensiven Orange. Es sieht so aus, als ob der Fels von innen heraus leuchten würde und ich zücke mein Handy, um mehrere Bilder von diesem beeindruckenden Naturschauspiel zu schießen.

„Wow", entfährt es mir leise. Ein kurzer Blick zur Seite auf Kylie und Spencer verrät mir, dass auch sie andächtig das Farbenspiel beobachten. Nach dem leuchtenden Orange ändert sich die Farbe langsam zu einem hellen braun und nur noch die oberste Felskante glimmt intensiv.

„Ja, wow“, antwortet mir Kylie ebenso leise und sehr verspätet.

„Kein Wunder, dass dieser Berg für die Aborigines eine spirituelle Bedeutung hat“, fügt Spencer leise hinzu.

Bei unserer kurzen Fahrt zurück nach Yulara darf ich ein weiteres Naturschauspiel bewundern, denn der Sonnenuntergang taucht den Himmel über der Wüste gerade in ein unwirklich erscheinendes lila Licht und ich betrachte fasziniert die schwarzen Baumsilhouetten, die sich vor dieser Kulisse abheben und gerade vor dem Fenster unseres Autos vorbeifliegen. Ein melancholisches Gefühl schleicht sich zart in meine Brust. Ich durfte heute so viele wunderschöne und besondere Erlebnisse haben, kann sie aber mit so vielen Menschen, die mir wichtig sind, nicht teilen. Auch von dem Baum-Scherenschnitt vor lila Hintergrund mache ich einige Fotos, viele davon verschwommen, und schicke die schönsten, zusammen mit einigen Aufnahmen des leuchtenden Uluru, an Nele.

Kapitel 11 – The Guy

Die Nacht in meinem Hotelzimmer geht für mich früh zu Ende. Die Zeitverschiebung sorgt nämlich dafür, dass ich mir bereits um sieben Uhr die Bettdecke von den Füßen strample und eine heiße Dusche im angrenzenden Badezimmer nehme.

Als ich mit nassen Haaren und einem um den Körper gewickelten Handtuch zurück ins Zimmer komme, strahlt die Sonne hell durch einen Vorhangspalt in den Raum und erleuchtet das Foto vom Uluru, dass über dem winzigen Fernseher hängt. Es ist ein schönes Foto, keine Frage, wird dem Original aber in keinster Weise gerecht. In dem Moment fühle ich tiefe Dankbarkeit darüber, dass ich diesen besonderen Teil der Erde gestern kennenlernen durfte.

Ich muss an die Auflistung in meinem Notizbuch denken. Die Bucket List dort trieft nur von so von klischeehaften Unternehmungen, aber der orange Monolith hatte es tatsächlich nicht auf meine Liste geschafft. Das muss ich schleunigst ändern! Bevor ich mich beginne anzuziehen, kritzele ich auf die Bucket List Seite *Den Uluru bei Sonnenuntergang ansehen* hinzu. Außerdem setze ich gleich einen Haken dahinter.

Zufrieden ziehe ich mir Jeanshorts und ein kurzes, weißes Shirt über meine Unterwäsche, creme mich sorgfältig mit Sonnencreme ein und flechte meine Haare anschließend zu einem lockeren Zopf. Danach werfe ich meine gesamten Habseligkeiten in den Koffer, schlüpfe in meine Sneakers und mache mich, begleitet von dem ratternden Geräusch der Kofferrollen, auf dem Weg zum Check-out.

Dort kann ich glücklicherweise meinen Koffer zwischenlagern, bis ich heute Nachmittag von meinem neuen Chef abgeholt werden würde.

Nach einem kurzen Stopp, beim mir schon bekannten Coffee Cart, haben mich ein Blaubeermuffin und ein großer Cappuccino vom Tod durch Unterzuckerung bzw. Unterkoffeinierung bewahrt.

Danach lasse ich ein wenig meinen Charm spielen und kann den Busfahrer eines Reisebusses überreden, dass er mich mit seiner Gruppe die wenigen Kilometer bis zum Uluru mitnimmt. Während die laut schwatzende amerikanische Reisegruppe gemächlich den Bus entert, bereue ich meine Entscheidung schon fast, denn die Texaner begrüßen mich mit ekelerregenden Macho-Sprüchen.

Beim Uluru angekommen steige ich deshalb als Erste aus, verabschiede mich von dem netten Busfahrer und schreite zügig in Richtung des Wanderweges, der um den Felsen herumführt.

Nach gut zwei Stunden, in denen ich in gemütlichem Tempo um den Monolithen gewandert bin, erreiche ich wieder den riesigen Parkplatz. Ich setze mich auf eine Bank, die von einem knotigen Baum überschattet wird, und trinke gemächlich aus meiner Wasserflasche. Die Hitze in der Wüste ist mit der angenehmen Wärme an der Küste von South Heads nicht zu vergleichen und ich muss mir mehrmals mit dem Handrücken den Schweiß von der Stirn wischen. Und das, obwohl die Wanderung eher ein Spaziergang war. Allerdings ein sehr schöner Spaziergang, bei dem ich sogar einige kleine, uralte Felsmalereien der Aborigines entdecken konnte. Ja, der Sonnenuntergang war definitiv das Highlight, aber diese Wanderung bereue ich ebenso keine Sekunde.

Zurück in Yulara, nachdem ich mich wieder von einem Reisebus habe mitnehmen lassen, nutze ich die Hoteltoilette, um mich notdürftig zu waschen und den Schweiß meiner morgendlichen Wanderung loszuwerden. Ein Blick auf mein Handy sagt mir, dass ich schleunigst meinen Koffer abholen sollte, wenn ich nicht zu spät zum Treffen mit meinem neuen Chef erscheinen wollte. Ich bin ein wenig aufgeregt. Auch wenn sich alles komplett seriös angehört hat, werde ich jetzt allein in das Auto eines mir völlig unbekannten Kerls steigen und mit ihm über drei Stunden durch das australische Outback fahren, in dem es vermutlich nicht einmal Handynetz geben wird. Aber ich rede mir einfach gut zu. Ich werde das Schaffen! Also öffne ich etwas zu heftig die Toilettentür, die mit einem Krachen gegen die geflieste Wand schlägt, und schaue mich peinlich berührt in der Hotellobby um.

Die Rezeption ist unbesetzt. Dafür steht ein dürrer junger Kerl mit raspelkurzem schwarzem Haar und suchendem Blick in der Halle.

Sein verwaschenes dunkles Tanktop zeigt seine vielen bunten Tätowierungen an beiden Armen.

„Oh Gott, hoffentlich ist das nicht der Kerl, mit dem ich jetzt im Auto fahren muss!“, schießt es mir durch den Kopf.

Ich lasse mir nichts anmerken, stelle mich an die Theke der Rezeption. Daraufhin tritt ein dunkelhäutiger Mitarbeiter in einem schicken grauen Anzug aus dem Raum dahinter zu mir nach vorne. Nach einem kurzen Gespräch händigt er mir meinen Koffer aus und ich drehe mich nun mit vorsichtig suchendem Blick um.

Leider ist der Kerl, der ganz in schwarz gekleidet ist, immer noch der einzige Mensch in der gesamten Lobby. Langsam gehe ich auf ihn zu.

„Alina Miller?“, fragt er kurz angebunden. Dabei verzieht er den vollen Mund zu einem spöttischen Lächeln und zwischen seinen Augenbrauen bildet sich eine steile Falte, als er mich von oben nach unten mustert.

Unsicher streiche ich mir den zerzausten Zopf nach hinten und strecke ihm gespielt selbstbewusst meine Hand entgegen.

„Ja, die bin ich. Hi!“

Er mustert meine ausgestreckte Hand abfällig, dreht sich auf dem Absatz seiner ausgetretenen, natürlich ebenfalls schwarzen, Sneakers um, und geht mit langen Schritten in Richtung Ausgang.

Verwirrt nehme ich die unberührte Hand zurück, packe stattdessen den Griff meines Koffers und folge ihm so schnell ich kann.

Draußen auf dem Parkplatz muss ich meine Augen mit der Hand vor der grellen Sonne abschirmen. Der Himmel ist wolkenlos und hebt sich in strahlendem Blau von der orangen Erde ab.

Suchend gleiten meine Augen über die Autos, als sie an einem dreckigen, staubigen Truck hängenbleiben. Der Typ von vorhin steht neben der Ladefläche und klappt gerade die hintere Klappe nach unten. Als ich näherkomme, kann ich die Farbe des Trucks unter der dicken Schmutzschicht immer noch nicht ausmachen. Vielleicht grau oder ein sehr dunkles grün? Die Reifen dieses Autos sind auf jeden Fall gigantisch und am Führerhaus ist eine dicke Antenne befestigt, die weit über das Dach hinaus in den blauen Himmel ragt. Außerdem führt eine Art schwarzer Schnorchel von der Motorhaube bis über das Fenster des Fahrers. Vermutlich alles Dinge, die hier zur Standardausstattung gehören, wenn ich mir viele andere Gefährte auf dem Parkplatz hier so anschaue.

Ohne mich eines Blickes zu würdigen, schnappt sich der junge Mann meinen Koffer und hievt ihn mit einer schwungvollen Bewegung krachend auf die Ladefläche. Dann schiebt er ihn knirschend weiter nach hinten, wo bereits zwei Autoreifen, einige Kanister und eine Kiste liegen. Glücklicherweise habe ich meine technischen Geräte in den Rucksack gepackt, den ich gerade auf dem Rücken trage. Diese rabiate Aktion hätten sie vermutlich nicht überlebt. Mein Koffer wird styletechnisch nach dieser Fahrt wohl eher auch zur Kategorie Vintage zählen.

Nachdem der Kerl die Klappe wieder befestigt hat, geht er sofort zur Fahrertür. Er steigt ein, ohne sich umzublicken, und lässt den röchelnden Motor an. Ich stehe immer noch hinter dem Truck, löse mich endlich aus meiner Starre und beeile mich ebenfalls einzusteigen. Was für ein komischer Typ!

Die Fahrt verläuft nicht minder merkwürdig. Nachdem die Klimaanlage aus dem letzten Loch lüftet, um der knapp 40 °C Mittagshitze her zu werden, und mein Begleiter aggressive Heavy Metal Musik gewählt hat, um die AC zu übertönen, ist eine Unterhaltung kaum möglich. Alle meine Versuche eine Konversation zu starten, scheitern grandios. Immerhin habe ich herausgefunden, dass er Mat heißt. Das hat er mir nach mehrmaligem gebrülltem Fragen mit einem Augenrollen verraten. Ich vermute zumindest, dass das sein Name ist, da ich diese Information mehr durch Lippenlesen, als durch Hören gewonnen habe.

Kapitel 12 – The Job

Trotz der Hitze und der Lautstärke muss ich wohl kurz eingenickt sein, denn ich schlage erschrocken die Augen auf, als mich etwas kurz, aber sanft am Arm berührt.

Als Erstes fällt mir auf, dass es unerwartet still ist. Die laute Musik und die Klimaanlage sind aus. Ich hebe meinen Kopf und reibe mir die schmerzende Stelle an meiner Stirn, mit der ich wohl die ganze Zeit an der Fensterscheibe lehnte. Den schalen Geschmack in meinem Mund vertreibe ich mit einigen großen Schlucken aus meiner Wasserflasche. Dann erst lasse ich meine Augen zu Mat wandern. Dieser wendet den Blick sofort ab und blickt stur durch die Windschutzscheibe.

„Wir sind da", raunt er mit leiser Stimme, gibt sich einen Ruck und öffnet die Fahrertür.

Ich meine einen französischen Akzent in seiner Stimme gehört zu haben, bin mir aber nicht ganz sicher. Noch mit dieser Überlegung beschäftigt, steige ich aus, knalle die Tür zu und blicke mich nun endlich um.

Vor mir erstreckt sich ein dunkelgraues Holzhaus mit großer, überdachter Veranda. Keine Menschenseele ist dort zu sehen und ich drehe mich langsam um die eigene Achse. Rechts neben dem Holzhaus befindet sich ein kleiner Anbau mit einem windschiefen Shop-Schild über der Eingangstür, die den Farbresten zufolge wohl einmal hellgelb gestrichen war. Ein großes *Closed*-Wendeschild im milchigen Fenster neben der

Tür verrät mir, dass ich auch im Shop niemanden antreffen werde. Unmittelbar daneben sehe ich zwei überdachte Zapfsäulen, die direkt aus dem roten, staubigen Boden ragen. Auf einer windschiefen Tafel neben den Säulen ist der Benzinpreis mit weißer Kreide angeschrieben, der weitaus höher ist als alles, was ich bisher in ganz Australien gesehen habe. An einer Zapfsäule hängt ein kleines Plakat, das in bunten Lettern die Spezialität des Hauses, den Kamelburger, anpreist. Dem Plakat entnehme ich auch, dass das Restaurant um fünf Uhr abends öffnen würde. Die Fleischlieferanten der Burger entdecke ich, als ich mich ein weiteres Stück drehe. In einem Bereich, der mit dicken Metallstangen eingezäunt ist, stehen mehrere Kamele teilnahmslos in der Sonne und kauen träge vor sich hin.

Von dort kommt Mat nun geradewegs wieder zurück zu mir. Anscheinend hat er die Kiste von der Ladefläche in den kleinen Unterstand am Kamelgehege gebracht. Er wischt sich die Handflächen an den Oberschenkeln ab und zieht danach einen Schlüsselbund aus seiner vorderen Hosentasche. Mit großem Geklimper schließt der die Tür des Shops auf und bedeutet mir mit einem Rucken des Kopfes, dass ich hineingehen soll. Der Innenbereich ist geräumiger als zunächst vermutet. Links befindet sich eine kleine Kasse, an der ein moderner Laptop steht. Ansonsten sind alle Wände des Raumes bis oben hin mit prall gefüllten Regalen vollgestopft. Von Instant-Nudeln über Tampons, Cola und Motoröl gibt es hier scheinbar alles, was man so weit weg vom nächsten Woolworths auch nur im Entferntesten brauchen könnte.

Mat hat in der Zwischenzeit einen Schlüssel vom Schlüsselbrett hinter der Theke genommen.

„Komm mit."

Mittlerweile bin ich fast sicher, dass ich einen französischen Akzent höre.

„Kommst du aus Frankreich?", frage ich deshalb, um höfliche Konversation bemüht.

Er zieht nur die Augenbrauen hoch, dreht sich um und geht wieder aus dem Laden. Als ich ebenfalls draußen in der sengenden Nachmittagshitze stehe, schließt er ab. „Lyon", kommt es kratzig und völlig unerwartet für mich aus seiner Kehle, während er mir immer noch den Rücken zuwendet.

„Ah", antworte ich unbeholfen. „Da war ich noch nie. Nur mal an der Côte d´Azur", ergänze ich.

Da war ich letzten Sommer mit meinem Arschloch-Ex-Freund und den Schwiegereltern in spe. Das war eigentlich ein sehr schöner, wenn auch anstrengender Urlaub. Peters Eltern haben mich mit ihrem elitären Getue manchmal zur Weißglut getrieben. Nach mehr als einem Restaurantbesuch hatte ich deshalb blutige Abdrücke von meinen Fingernägeln auf den Oberschenkeln. Das war der einzige Weg, um mich davon abzuhalten, lautstark zu protestieren, weil mir ihr großkotziges Verhalten dem Servicepersonal gegenüber widerstrebte.

Mat schnaubt verächtlich und dreht sich mit einem spöttischen Lächeln, das ich nun schon zur Genüge kenne, zu mir um. „Fünf Sterne Standard haben wir hier leider nicht."

Bevor ich antworten kann, wirft er mir den Schlüssel vom Schlüsselbrett zu, den ich gerade noch auffangen kann, bevor er auf dem staubigen Boden einschlägt.

Wieder marschiert Mat einfach los und ich frage mich, ob das jetzt immer so ablaufen wird. Er geht irgendwo hin und ich muss ihm völlig ahnungslos hinterherrennen.

Sein Ziel ist das Haupthaus und wir steigen die Stufen zur Veranda hinauf. Ich hatte angenommen, dass wir die große Doppeltür zum Restaurant öffnen würden, gehen aber stattdessen auf einem schmalen Ausläufer der Terrasse links am Haus vorbei. Die Holzbretter unter unseren Füßen knarzen laut, während wir zur Rückseite des Hauses gehen. Dort bleiben wir vor einer Tür stehen, die beim Öffnen ebenso wenig vertrauenerweckende Geräusche von sich gibt, wie die Holzbohlen eben.

Drinnen ist es dunkel und im Lichtschein, der durch die nun geöffnete Tür fällt, sehe ich unzählige Staubkörner tanzen. Es riecht ein wenig modrig. Ich folge Mat aber den schmalen Gang entlang zur ersten Tür auf der rechten Seite. Als die Eingangstür hinter uns ins Schloss fällt, ist es mit einem Mal stockfinster. Ich bleibe sofort komplett steif stehen und warte, dass er irgendetwas tut oder sagt. Mein Herz schlägt mir in dem Moment unglaublich heftig gegen die Brust, aber ich will mir keine Blöße geben und verhalte mich cool.

Kurz darauf leuchtet das Lämpchen von Mats Handy auf und er gebietet mir mit einer Geste die Tür aufzuschließen. Umständlich fummele ich den schweren Schlüssel ins Schloss und öffne die Tür, die ebenfalls laut knarzt.

„Deins“, sagt er nur und dreht sich halb von mir weg. „Um kurz vor fünf im Restaurant“, fordert er in barschem Ton, während er sich schon zurück zur Haustür aufmacht.

Als ich das Zimmer betrete, fällt etwas Licht von Draußen herein, weshalb ich schnell erkenne, dass es nicht wirklich viel zu sehen gibt. Wände und Boden sind aus dem gleichen grauen Holz, wie wohl auch der Rest des Hauses. In der linken Ecke steht ein schmales Bett mit cremeweißem Bettzeug. Langsam trete ich ein und schließe, ohne den Blick von meinem neuen Zuhause zu nehmen, leise die Tür. Meine Augen schweifen vom Bett weiter zu dem kleinen Holzkästchen daneben, auf dem eine Lampe ohne Schirm steht. Die nackte Glühbirne wirkt genauso trostlos, wie der Rest des Raumes. Ein kleiner Schrank quetscht sich in die Ecke zwischen Nachtkästchen und Tür. Für meine wenigen Klamotten wird er aber definitiv ausreichen. Gegenüber zwängen sich Sonnenstrahlen durch die geschlossenen, aber spröden Fensterläden, weshalb sich ein skurriles Muster aus Licht und Schatten auf dem Schreibtisch unter dem

Fenster und auf den Holzdielen bildet. Wo bin ich hier bloß gelandet?

Langsam streife ich mir die Schuhe von den Füßen und tapse in Socken in Richtung Waschbecken, das sich rechts neben der Tür befindet. Das helle Porzellan ist von orangeroten Schlieren durchzogen, die mich sofort an den Wüstensand draußen denken lassen. Der Wasserhahn quietscht leise, als ich ihn mit aller Kraft aufdrehe. Das herausströmende Rinnsal Wasser kann den dunklen Ablagerungen nichts anhaben und ich prüfe vorsichtig mit einem Finger die Temperatur des Wassers. Test bestanden, denn es ist angenehm kühl. Daraufhin forme ich meine Hände zu einer Schüssel, warte lange bis sich diese mit Wasser gefüllt hat und wasche mir damit mein verschwitztes Gesicht. Da kein Handtuch griffbereit liegt, tupfe ich mich mit Hilfe meines Shirts notdürftig trocken.

Jetzt stehe ich etwas ratlos neben dem Waschbecken herum. Ein Blick auf mein Handy verrät mir, dass ich noch knapp zwei Stunden Zeit habe, bis ich im Restaurant antanzen soll. Zeit, um die Ereignisse erst einmal zu verarbeiten und meine zahlreichen Nachrichten zu beantworten, die mir bei dem Blick aufs Smartphone entgegengesprungen sind.

Seufzend setze ich mich auf das Bett, wobei mir nicht entgeht, dass ich zwar ein gemütlich aussehendes Kissen besitze, sich meine Bettdecke aber als ein superdünnes Stückchen Laken entpuppt. Hoffentlich erfriere ich darin nicht!

Während ich mich mit dem Kopf in das kuschelige Kissen fallen lasse, schweifen meine Gedanken zu Mats Kommentar bezüglich des fehlenden Fünf-Sterne-Standards.

Wehmütig muss ich an meinen letzten Winterurlaub mit Peter denken. Wir waren dem kalten Wetter entflohen und verbrachten Weihnachten und Silvester in einem eigenen Bungalow auf den Malediven. Das war wirklich Fünf-Sterne-Standard-Deluxe! Jeden Tag wurden dort die Handtücher zu kunstvollen Figuren gefaltet und das Bett zierten regelmäßig bunte Blüten. Ganz zu schweigen von dem eigenen kleinen Pool und dem Privatzugang zum Meer. Und dem Obstkorb, der sich auf magische Weise ständig neu zu befüllen schien und neben unserer Hängematte gestanden hatte! Ich geriet ins Schwärmen von diesem fantastischen und erholsamen Urlaub und konnte es kurzzeitig nicht fassen, dass ich all das gegen einen Bretterverschlag in der australischen Wüste getauscht hatte. Wenn nur der zugehörige Mann damals ein anderer gewesen wäre, dann hätte es einfach perfekt sein können. Beim Gedanken an Peter verziehe ich unwillkürlich meinen Mund und nicht einmal der Gedanke an die frisch vom Baum gepflückten Kokosnüsse auf den Malediven, können mir meine Erinnerungen an die Zeit mit ihm beschönigen.

Ich bin wirklich froh, dass ich diesen Kerl los bin! Dafür habe ich heute die Bekanntschaft mit einem neuen Typen gemacht, der mir ganz und gar nicht geheuer ist. Mat benahm sich unglaublich seltsam und ich hoffe inständig, dass sich das während meines Aufenthalts hier noch legt. Ansonsten würde das eine sehr lange und anstrengende Zeit am Kings Canyon werden.

Seufzend ziehe ich mein Smartphone aus der hinteren Tasche meiner Shorts. Aufgrund meiner Lage auf dem Bett muss ich mich dabei recht unelegant verrenken.

Nele und Sue haben mir jeweils eine Nachricht geschrieben, wobei diese quasi zweimal die gleiche Frage, nur in unterschiedlichen Sprachen, beinhaltet. Nele scheint mir allerdings etwas hysterischer zu sein, denn sie fragt nicht nur, ob ich gut angekommen bin, sondern auch, ob mein neuer Chef auch wirklich kein Axtmörder ist. Kurz überlege ich, was ich den beiden antworten soll, und belasse es letztendlich dabei ihnen ein Foto meiner neuen, kargen Bleibe zu schicken. Außerdem setze ich noch ein - *Bin da, wünscht mir Glück, dass es morgen auch noch so ist!* – mit Zwinkersmiley in zwei verschiedenen Sprachen darunter.

Nach einem weiteren tiefen Seufzer wird mir bewusst, dass meine sozialen Kontakte und Interaktionen mit anderen Menschen hier in der Einsamkeit wohl eher *keinen* Aufschwung erleben werden.

Mit einem bitteren Geschmack im Mund scrolle ich mich durch meine wenigen eingespeicherten Kontakte. Dort finde ich auch die Nummer von Mum, der ich von meiner australischen Nummer noch nie eine Nachricht geschrieben habe. Vielleicht sollte ich diesen Zustand ändern? Unsere letzten Telefonate waren zwar nicht besonders lange, aber wir hatten uns wieder angenähert und uns in fünf Minuten Gesprächszeit oft mehr zu sagen gehabt als oft an einem ganzen Abend mit Peter beim Italiener. Außerdem weiß sie mittlerweile, dass ich in Australien bin. Den Schock darüber, mich so weit weg zu wissen, konnte ihr Gesichtsausdruck im Videocall nicht verbergen. Aber immerhin machte sie mir keine Vorwürfe und nahm die Information stoisch hin.

Kurzentschlossen tippe ich auf das Nachrichtensymbol und verfasse einen kurzen Text an Mum.

Alina 15:21 Uhr: Hey Mum, ich schicke dir liebe Grüße aus Down Under! Ich bin für die nächste Zeit zum Arbeiten in der Wüste.

Ich erwarte keine Antwort, denn meine Weltzeituhren-App zeigt mir an, dass es in München noch vor sieben Uhr morgens ist und das an einem Samstag. Da schläft Mum für gewöhnlich aus.

Immer noch mein Handy in der Hand, öffne ich Instagram und klicke mich durch die Stories verschiedener Promis. Kurz bleibe ich an Davids Profil hängen, der seit dem Leuchtturm-Vorfall nichts mehr gepostet hat und sich auch durch keine private Nachricht bei mir gemeldet hat. Wieder nagt das schlechte Gewissen an mir. Ich habe mich auf meiner Abschiedsparty ihm gegenüber wie ein echtes Arschloch verhalten! Mein Daumen schwebt über der digitalen Tastatur, ich bringe es aber noch nicht über mich ihm zu schreiben und vertage meine jetzt schon überfällige Entschuldigung auf die nähere Zukunft. Das rede ich mir zumindest ein.

Von David schwenken meine Gedanken natürlich weiter zu Ryan. Ryan, der sich wiederum mir gegenüber, wie ein echtes Arschloch verhalten hat. Leider ändert dieses Wissen nichts an meiner fast schon schmerzhaften Sehnsucht nach ihm. Wie kann ein gesundes Gehirn nur so bescheuert sein? Wir hatten einmal Sex! Wir haben vielleicht fünfzehn Minuten miteinander geredet, wobei das meiste davon wildes Geflirte war, und ich weiß fast gar nichts über ihn. Und trotzdem zieht sich beim Gedanken an diese blauen Augen und diese weichen Lippen alles in mir vor teenagerhafter Schwärmerei zusammen. Wütend über mich selbst schlage ich mit dem Handy in meiner Hand auf das Bett. Noch wütender werde ich, als ich realisiere, wie sehr ich auf eine Nachricht von Ryan warte und hoffe. Hat Dean ihm meine Nummer gar nicht gegeben? Hat mein Kajalgekritzel die Nacht nicht überlebt und die Nummer war nicht mehr zu entziffern?

Immer noch wütend auf mich selbst stehe ich auf, öffne die Fensterläden und werfe einen Blick nach draußen, um mich mit dem Anwesen etwas vertrauter zu machen. Zum Rausgehen ist es mir aktuell zu heiß.

Mein Fenster geht zur Rückseite des Hauses hinaus und wenn ich mich weiter hinauslehne, kann ich die Haustür, durch die wir vorher gekommen sind, rechts neben mir erkennen. Vor mir stehen, auf einer riesigen rostroten Fläche, einige Wohnwägen zwischen den knorrigen Bäumen verteilt. Die meisten sehen absolut geländetauglich aus und auch die scheinbar planlos herumstehenden Trucks machen einen unverwüstlichen Eindruck. Camping also. Das wird es sein, worum sich mein Job die nächste Zeit drehen wird.

Meine bisherigen Campingerfahrungen beschränken sich auf das Zelten in Neles Garten, wobei ich es jedes Mal gehasst hatte. Der klamme Schlafsack und die Sonne, die einen viel zu früh aus dem endlich gefundenen Schlaf reißt. Nele liebte es allerdings und nutzte es später als gute Möglichkeit zum ungestörten Herummachen, wobei sie sogar ihre Jungfräulichkeit im heimischen Gartenzelt verloren hatte. Grinsend muss ich an ihre damaligen Schilderungen ihrer Zeltnacht denken, während ich die Fensterläden wieder schließe, um die Hitze so gut wie möglich auszusperren.

Um kurz vor fünf Uhr laufe ich, frisch gekämmt und mit einem neuen T-Shirt bekleidet, den kleinen Holzsteg um das Haus herum. Neben Mats Truck haben sich mittlerweile drei weitere Trucks - anscheinend das einzig hier legitime Fortbewegungsmittel - eingefunden und als ich die schwere Doppeltür zum Restaurant öffne, ist es drinnen überraschend belebt.

An einem Tisch am Eingang sitzt bereits ein junges Pärchen. Ich grüße sie kurz und mache mich dann auf zum Tresen. Dahinter habe ich nämlich Mat entdeckt. Doch bevor ich auch ihn begrüßen kann, schiebt sich eine fleckige Schürze in mein Sichtfeld. Als mein Blick nach oben wandert, sehe ich in das freundliche Gesicht eines grauhaarigen Herrn, der vermutlich etwas älter als meine Mutter ist. In breitem australischem Englisch spricht er mich an.

„Hey, du musst Alina sein. Herzlich Willkommen auf meiner Ranch! Ich bin William, kannst aber Will zu mir sagen!“ Während er spricht, legt er mir eine prankenartige Hand auf die Schulter, wobei mir unter dem Gewicht die Beine fast einknicken.

„Hi“, antworte ich leicht eingeschüchtert.

„Mathis hier hast du ja schon kennengelernt“, redet er unbeirrt weiter und zieht Mat dabei mit seiner anderen Hand an dessen ebenfalls fleckiger Schürze zu uns herüber.

„Ja“, lächele ich vorsichtig und frage mich, ob mich Will aufgrund meiner einsilbigen Antworten jetzt für minderbemittelt hält.

William scheint in Plauderlaune, denn er lässt sich von Mats verschlossenem Gesichtsausdruck nicht aufhalten.

„Mathis ist schon seit August bei uns. Er hilft mir in der Küche und kümmert sich um die Tiere.“ Wenn ich dachte, Mats Gesichtsausdruck könnte nicht grimmiger werden, dann hatte ich mich getäuscht. Eine steile Falte bildet sich nun zwischen seinen Augenbrauen.

„Wobei wir nun zu deinen Aufgaben kommen!“, Will klatscht enthusiastisch in die Hände und ich entspanne mich angesichts des nun verschwundenen Drucks auf meiner Schulter.

„Unser Restaurant öffnet täglich um fünf, außer am Montag, da haben wir geschlossen. Du müsstest am Tresen die Bestellungen aufnehmen, dich um die Getränke, das Abräumen und Hinterher das Sauber machen kümmern. Wir schließen um halb sieben, dann ist es zu dunkel, als dass sich noch jemand hierher verirren würde. Wenn du nicht superlangsam bist, dann solltest du also um sieben hier fertig sein.“

Vielleicht bilde ich mir seinen skeptischen Blick nur ein, doch ich bemühe mich schnell eine mehrsilbige Antwort zu formulieren. „Alles klar, das mache ich!“

„Ansonsten bräuchte ich deine Hilfe noch beim Frühstück und ab und an im Shop, wenn meine Tochter Ava – sie betreut normal den Shop – sich um andere Dinge kümmern muss. Lass uns später noch über die Frühstückssache sprechen“, beendet er das Gespräch, als ein weiteres Pärchen durch die Holztür kommt. Er dreht sich um und begibt sich mit Mat zur offenen Küche, die direkt hinter dem Verkaufstresen anschließt, wohin ich mich mit festen Schritten nun ebenfalls aufmache. Wäre doch gelacht, wenn ich diese Aufgabe nicht mit Bravour meisten könnte.

Kapitel 13 – The Spotting

Fröstelnd verschränke ich die Arme vor meiner Brust. Unter dem Stoff des dünnen Longsleeves kann ich die feinen Erhebungen meiner Gänsehaut mit meinen Fingerkuppen ertasten. Die Tatsache, dass ich total übernächtigt bin, macht meinen ersten Morgen auf der Kings Canyon Ranch auch nicht angenehmer.

Ich konnte gestern einfach nicht einschlafen und hatte mich unter dem dünnen Stofflaken hin und her gewälzt. Dabei dachte ich an zuhause, an South Heads, an Peter, an Ryan und generell an die Verkorkstheit meines Lebens. Dass mich mein Wecker bereits um 05:30 Uhr aus dem Schlaf riss, brachte das Fass dann zum Überlaufen.

Seit sechs Uhr stehe ich nun schon in dem eiskalten Frühstücksraum, der mit seinen offenen Seitenwänden viel mehr einer Halle gleicht. Hinter einem langen Tisch, der einem Biertisch ähnelt, wie er auf der Wiesn zu finden wäre, arrangiere ich verschiedene Verpackungen so, dass ihr Inhalt möglichst appetitlich aussieht. Die Frühstücksauswahl ist überschaubar. Es gibt Toast mit Marmelade oder Vegemite und zwei unterschiedliche Müslis, wobei diese mit drei verschiedenen Milch- beziehungsweise Pflanzendrinks kombiniert werden können. Ich stelle mehrere zwei Liter Kanister Orangensaft neben die ziemlich raffiniert aussehende Kaffeemaschine und lege noch mehr Weißbrotscheiben auf das Gitter des Toasters, der die Brote sogleich durchzieht und bräunt.

Ava, Wills Tochter, die wohl knapp zehn Jahre älter ist als ich, kommt gerade durch die offene Tür und schwingt einen dunkelgrauen Hoodie. Da sie auch mindestens zehn Zentimeter größer ist als ich und auch eine weitaus ausladendere Oberweite hat, versinke ich in dem Pulli, den ich mir sogleich überziehe. Trotzdem bin ich unglaublich dankbar.

„Danke Ava, du rettest mir das Leben!", bedanke ich mich überschwänglich, während ich mir die langen Ärmel bis über die Fingerknöchel nach vorne ziehe.

„Gib dem Tag noch ein Weilchen. In zwei Stunden wird es dir sogar in deinem Longsleeve viel zu heiß sein!", lacht Ava.

Sie winkt mir kurz zu, schnappt sich noch schnell einen gerade frisch gebräunten Toast und eilt kauend zurück nach draußen. Vermutlich ist sie auf dem Weg in den Shop, der ebenso ihr Büro darstellt und kümmert sich dort weiterhin um Campingplatzbuchungen und Bestellungen.

Obwohl es so früh am Morgen ist, füllt sich die kleine Halle recht schnell. Viele Camper wollen zeitig aufbrechen und ich bin mit Kaffee zubereiten, Tische abräumen und Säfte nachfüllen ganz gut beschäftigt. Mein Handy, dass ich dabei mehrmals hintereinander in meiner hinteren Jeanstasche vibrieren fühle, muss ich bei dem Gewusel leider ignorieren. Denn nur zu gerne würde ich es sofort zücken, um die Nachrichten zu lesen. Endlich Kontakt zur Außenwelt!

Um halb acht schließlich kehrt etwas Ruhe ein. Mat ist zwischenzeitlich auch zum Frühstücken vorbeigekommen und war heute ungewöhnlich auskunftsfreudig. Er erklärte mir, dass die Wanderung am Kings Canyon in den Sommermonaten unbedingt früh am Morgen angetreten werden muss, da es sonst viel zu heiß sein würde. Anscheinend unterschätzen einige, trotz der vielen Warnschilder, die Gefahr und sterben tatsächlich an Dehydrierung oder Überanstrengung.

Das ist vermutlich auch der Grund, weshalb die Mitglieder einer dreiköpfigen, deutschen Familie zu dieser „späten Stunde“ meine einzigen Frühstücksgäste sind. Deshalb schenke ich mir kurzerhand den ersten Kaffee des Tages ein und versehe ihn, mangels Entscheidungsfreude meinerseits, mit einem Mix aus Hafer- und Sojamilch.

Dann bestreiche ich mir einen Toast mit Vegemite, einem traditionellen australischen Aufstrich. Beim genüsslichen Reinbeißen muss ich allerdings feststellen, dass dieser einfach nur verdammt ekelhaft schmeckt. Ich hatte aufgrund der dunkelbraunen Farbe eine leichte Honignote vermutet und wurde von dem deftigen Geschmack nach Hefe und Malz vollkommen überrumpelt. Mit meinem Kaffee spüle ich den grausigen Geschmack aus meinem Mund und probiere es anschließend mit Plan B, einem Marmeladentoast. Der schmeckt wie erwartet klassisch nach Erdbeere und birgt keine bösen Überraschungen.

Noch kauend ziehe ich mein Smartphone aus der Hosentasche und lasse mich auf eine der Holzbänke im Frühstücksraum fallen.

Sue hat einen ganzen Berg an Nachrichten geschrieben, weshalb ich mich erst den einzelnen Textnachrichten von Nele und Mum widme.

Nele schlägt vor, dass ich ihr stündlich - auch nachts - eine Statusmeldung schicken soll. Nur zur Sicherheit und damit sie weiß, dass ich noch lebe. Ich bin mir sicher, dass sie diese Anfrage nur halb im Scherz meint. Lachend antworte ich ihr.

Alina 08:10 Uhr: Also ich lebe. Und du übertreibst maßlos. Lieb dich trotzdem! Küsschen an die Dramaqueen!

Meine Mum hat mir gestern abends bereits geantwortet, als ich wohl noch Will und Ava beim Aufräumen half, beziehungsweise ihnen dabei zusah und quatschte.

Dorit 21:40 Uhr: Hey mein Mädchen! Pass bitte gut auf dich auf! Da gibt es so viele gefährliche Tiere!!! Schlangen, Spinnen, Skorpione. Ich habe da mal einen Artikel darüber gelesen! Fass ja nichts an und geh niemals barfuß durch diese Wüste!

Dorit 21:41 Uhr: Danke, dass ich jetzt deine Nummer habe und ich dich immer kontaktieren kann. Das bedeutet mir viel.

Verdrehe ich beim Lesen der ersten Nachricht meine Augen noch genervt, schießt mir bei der zweiten Nachricht ein kleines Tränchen in die Augen. Mum ist keine Frau, die gerne über ihre Gefühle spricht und diese Offenbarung ihres Innersten nun schwarz auf weiß auf meinem Bildschirm zu lesen, das bedeutet im Gegenzug mir unglaublich viel.

Alina: 08:14 Uhr: Danke, dass du das sagst, Mum! Ich habe dich lieb.

Wenn meine Mum mit Gefühlen um sich werfen konnte, dann wollte ich dem in Nichts nachstehen.

Als ich schließlich die Nachricht von Sue öffne, lädt das von ihr mitgeschickte Bild zunächst ewig. Die Netzabdeckung hier im Outback ist quasi nicht vorhanden und man darf sich nicht zu weit vom Haupthaus entfernen, damit man vom dort platzierten LTE-Masten versorgt wird.

Endlich wird das Foto scharf dargestellt und ich verstehe erst gar nicht, warum sie es mir gesendet hat. Es ist eindeutig der Verkaufsraum des *Beans* zu sehen, wo sich mehrere Menschen, vermutlich bei Sue am Tresen, tummeln. Von denen sind aber nur T-Shirts und abgeschnittene Arme zu erkennen, denn das Hauptmotiv des Fotos ist ein Kerl, der direkt am Fenster neben dem Eingangsbereich an einem Tisch sitzt und gerade an seinem Heißgetränk nippt. Ein Kerl, der mir viel zu bekannt vorkommt. Ein Kerl, den ich eigentlich nie wieder sehen wollte. Ein Kerl, wegen dem ich bis ans andere Ende der Welt geflogen bin! Unter rasendem Herzklopfen zoome ich ihn mit bebenden Fingern etwas größer. Es ist eindeutig Peter! Ich betrachte das Bild eingehend. Seine kurzen, schwarzen Haare sind akkurat geschnitten, er ist auf jeden Fall frisch rasiert und trägt eines seiner besonders schicken, langärmeligen Hemden. Nur die dunklen Augenschatten trüben die ansonsten perfekt komponierte Darstellung seines Selbst. Aber was zum Teufel macht er im *Beans*? Während ich zittrig ein- und ausatme, beginne ich Sues Textnachrichten zu lesen.

Sue 23:04 Uhr: Nettes Zimmer! 😉 Lass uns doch am Montag einen Videocall machen, dann musst du mir alles ausführlich erzählen!

Kurz bin ich irritiert, realisiere aber schnell, dass sie mir gestern Nacht wohl noch auf meine letzte Nachricht geantwortet hatte.

Sue 07:02 Uhr: Hey du! Bin grad im Beans – muss die Frühschicht für Madlen machen *kotzsmiley* - da ist ein komischer Kerl.

Sue 07:05 Uhr: Sorry, musste Kaffee machen. Der fragt hier jeden nach dir.

Sue 07:06 Uhr: Nochmal sorry. Jetzt hat er mir sogar ein Foto von dir gezeigt. Glatte Haare stehen dir.

Sue 07:10 Uhr: Vermutlich ist er auch Deutscher, also dem Akzent nach…

Sue 07:20 Uhr: Warte, ich mach mal ein Foto für dich.

Sue 07:21 Uhr: Jetzt sitzt der da am Fenster und beäugt jeden, der in den Laden kommt und draußen vorbeigeht. Bisschen creepy…

Bei der aktuellen Wucht meines Herzschlages wundere ich mich, dass es sich noch nicht durch meinen Brustkorb nach draußen gesprengt hat. Meine Hände sind mit feuchtem Schweiß überzogen und ich versuche mir die Handflächen vergeblich an meiner Jeans abzuwischen, bevor ich zittrig eine Antwort an Sue tippe.

Alina 08:27 Uhr: OMG! Bitte sag, dass du ihm nichts über mich gesagt hast!!!!! Das ist mein Ex-Freund, der mich zurück nach München schleifen will!!!!! Ich will ihn nie wieder sehen!!!!11

Die nächsten Sekunden ziehen sich wie Kaugummi, in denen ich angespannt die Luft anhalte. Als ich an der Anzeige erkenne, dass Sue gerade tippt, atme ich in einem heftigen Stoß aus und starre gebannt auf mein Display. Bitte, bitte, Sue!

Sue 08:29 Uhr: Bist du Wahnsinnig? Ich erzähl doch keinem Wildfremden irgendetwas! Ich habe natürlich gesagt, dass ich dich noch nie hier gesehen hab! OMG! Das ist der Kerl? Was soll ich jetzt machen? Der scheint hier so schnell nicht wieder gehen zu wollen.

Der Stein, der mir gerade vom Herzen fällt, müsste so eine Wucht haben, dass er auf der anderen Seite der

Erdkugel, begleitet von einer riesigen Wasserfontäne, aus dem Atlantik herausschießen würde.

Alina 08:30 Uhr: Danke, danke, danke! Du bist die Beste!!!!

Alina 08:31 Uhr: Pass auf jeden Fall auf, der Typ ist unberechenbar… Rede am besten gar nicht mit ihm.

Ich muss mich dringend ablenken und stürze mich mit Feuereifer in die Arbeit. Mit noch immer wackeligen Beinen stehe ich auf, stecke das Smartphone wieder in die hintere Hosentasche und räume sowohl meinen als auch den Tisch der deutschen Familie, die mittlerweile ebenfalls aufgebrochen ist, ab. Anschließend packe ich die übrigen Lebensmittel weg, wische die Tische und fege den Boden. Zum Schluss nehme ich mir die riesige Box mit dem dreckigen Geschirr und trage sie in die Küche des Restaurants hinüber, wo ich alles per Hand abspüle und abtrockne. Kurz begegne ich dabei Mat, der mit teilnahmsloser Miene eine große Kiste mit Salatköpfen an mir vorbei in den Kühlraum trägt.

Nach getaner Arbeit schmiere ich mir in der Restaurant-Küche noch einen Hummus-Bagel und mache mich damit auf den Weg nach draußen.

Avas Pulli über den Armen tragend, steuere ich den Shop an, wo ich ihn seiner Besitzerin dankend zurückgebe. Ein wenig plaudere ich mit Ava über die aktuelle Auslastung des Campingplatzes.

„Die Sommermonate sind immens wichtig für uns. Im Winter können wir uns mit den laufenden

Einnahmen kaum über Wasser halten, deshalb müssen wir jetzt so viele Leute wie möglich auf dem Campingplatz unterbringen und gleichzeitig unsere Ausgaben minimieren“, erklärt sie mir.

„Kann ich mir vorstellen. Es war bestimmt nicht einfach den Laden zu dritt am Laufen zu halten!“

„Mat ist ja schon seit dem Winter bei uns. Aber ja, dass meine Mum im März abgehauen ist, hat es schwer gemacht. Ihre Arbeitskraft fehlte an allen Ecken und Enden.“ Ava wirft mir einen resignierten Blick zu und ihre Miene hellt sich sogleich auf.

„Aber jetzt bist ja du hier und greifst uns unter die Arme! Mann bin ich froh, dass ich diesen elendigen Frühstücksdienst los bin.“ Sie zwinkert mir zu und boxt mich gleichzeitig freundschaftlich an die Schulter.

Dass Avas Mum irgendwie verschwunden oder abgehauen ist, hatte ich in dem Gespräch mit Will und Ava am ersten Abend schon herausgehört. Natürlich interessierte mich brennend, was damals vorgefallen war, doch ich wollte in kein Fettnäpfchen treten und fragte deshalb nicht nach.

„Na dann werde ich mich mal kurz erholen, damit ich euch ab dem Nachmittag meine unglaublich wichtige Arbeitskraft“ – ich zwinkere Ava zurück – „wieder bereitstellen kann. Bis dann!“ Mit diesen Worten verlasse ich den Shop und schlendere gemütlich in Richtung Haupthaus.

Mein Blick wandert zu den Kamelen, die gerade in Reih und Glied an den Futtertrögen stehen und gemächlich kauen. Mat steht daneben und hantiert mit einer riesigen Mistgabel. Er bewegt damit trockenes

Gras von einem kleinen Hänger in die breiten Futterboxen. Trotz der Mittagshitze trägt er schon wieder ausschließlich schwarze Klamotten. Die bunten Tattoos an seinen muskulösen Armen glänzen schweißnass in der Sonne. Ich gönne mir eine Minute, in der ich ihn, im Schatten der Überdachung des Haupthauses stehend, ungeniert beobachte. Die geschmeidigen Bewegungen, die arbeitenden Muskeln, die langen Wimpern. Die langen Wimpern, unter denen er mir heraus nun einen fragenden Blick zuwirft. Hupsi, komplett beim Starren erwischt.

Verlegen winke ich kurz, als ob nichts passiert wäre, drehe mich auf dem Absatz um und gehe ums Haus herum, um in mein Zimmer zu gelangen.

Avas Kommentar zu ihrer Mum lässt mich nicht los. Ich bin froh, dass ich mit meiner Mutter noch Kontakt haben kann und beschließe spontan sie anzurufen.

Es klingelt lange, mein Daumen schwebt schon über dem roten Hörer-Symbol, als meine Mum endlich abhebt. Ihre Stimme klingt belegt aber trotzdem in Alarmbereitschaft.

„Mädchen! Was ist passiert?“, begrüßt sie mich schrill, während ich auf dem Display nur Schwärze erkennen kann.

Ein schneller Blick auf meine Weltzeituhren-App verrät mir, dass es in München noch mitten in der Nacht ist. Mist, nachdem ich schon so früh aufgestanden war und quasi schon einen halben Arbeitstag herumgebracht hatte, wäre ich im Leben nicht darauf gekommen, dass es eigentlich noch keine Zeit für einen Anruf ist.

„Oh Gott, sorry Mum! Ich habe mich mit der Zeitverschiebung vollends vertan! Oh, es tut mir so leid! Habe ich dich geweckt? Ja, natürlich habe ich dich geweckt. Soll ich dich später nochmal anrufen?“

Auf meinem Display blitzt es kurz auf. Mum muss wohl ihre Lampe angeschaltet haben. Anschließend blickt sie mir unter zerrupften dunkelblonden Strähnen müde entgegen. Dass ich meine Mutter ohne perfekt aufgetragene Schminke gesehen habe, ist bestimmt Jahre her und kurz erschreckt mich der unerwartete Anblick. Die Falten an Stirn und am Mund sind tief geworden und ganz ohne Make-up wirken ihre Augen klein und verquollen. Schnell fange ich mich wieder. Hoffentlich hat sie meinen Schrecken nicht bemerkt.

„Nein, alles gut mein Mädchen. Ist also nichts passiert?“, fragt meine Mum, während sie sich im Bett aufsetzt und ich die Bettdecke laut rascheln höre.

„Eigentlich wollte ich nur hören, wie es dir geht“, ignoriere ich ihre Frage.

„Ach du weißt ja, es läuft so dahin“, weicht sie mir ebenfalls aus. Kurz tritt Stille ein. Dann gebe ich mir einen Ruck.

„Peter ist gestern in South Heads aufgetaucht. Das ist der Ort, an dem ich bis vor zwei Tagen noch war“, schiebe ich erklärend hinterher.

Mums Blick wird starr. „Er ist bis nach Australien geflogen? Was wollte er da?“ Sie wirkt nun alarmiert.

„Anscheinend sucht er nach mir. Er zeigt allen möglichen Leuten Fotos und fragt, ob sie mich kennen“, erkläre ich mit tonloser Stimme.

„Also irgendwie ist er mir mittlerweile nicht mehr ganz geheuer“, antwortet Mum nach einer längeren Pause. Dann fährt sie fort. „Er war letzte Woche nochmal hier und hat nach dir gefragt. Ob ich wüsste, wo du bist und mit wem und so weiter. Am Ende war er richtig aggressiv. Er hat mehrmals mit der Faust gegen den Türstock geschlagen, als ich ihm nichts sagen konnte und ist dann grußlos und stinkwütend abgezogen. So habe ich ihn noch nie erlebt!“

Der Gedanke, dass Peters Zorn auch meine Mutter treffen könnte, kommt mir in diesem Moment zum ersten Mal und macht mir sofort eine Heidenangst.

„Mum, du darfst ihn echt nicht mehr in dein Leben lassen. Ich habe Angst, dass er dir auch etwas antut!“, rede ich intensiv auf sie ein.

Dass ich gerade das Wörtchen *auch* verwendet habe, lässt Mums Augen groß werden.

„Nimm dich vor ihm in Acht!“, flüstert sie nur.

Kapitel 14 - The Attack

Unter lautem Klappern stelle ich die dreckigen Teller auf den Tresen in der Küche. Gerade haben unsere letzten Gäste das Restaurant verlassen und ein Hauch Feierabendstimmung macht sich sogleich in mir breit.

Damit mich kein hungriger Camper um meine Freizeit bringt, weil er noch einen abendlichen Kamelburger verspeisen möchte, schließe ich die große Doppeltür schnell ab.

Sofort dreht Will auch schon die Musik auf volle Lautstärke und *November Rain* von *Guns'n'Roses* schallt blechern von den Edelstahl-Armaturen zurück.

Während Mat pflichtbewusst vier Bierdosen aus der Kühlkammer holt, räumen Will und ich das Geschirr in die nun endlich reparierte Spülmaschine. Ava, die vor zehn Minuten den Shop zugemacht hat und nun ihr Abendessen im Stehen am Küchentresen verspeist, nimmt dankbar eine kühle Dose entgegen und wartet mit dem Antrinken erst gar nicht auf uns. Schließlich öffnen Will, Mat und ich unsere Dosen mit einem synchronen Zischen und stoßen schwungvoll an. Das herbe Bier fließt kühl meine Kehle hinunter und ich trinke mit großen Schlucken. Während sich alle gemächlich in Richtung Gastraum bewegen, wo wir normalerweise bei einem Feierabendbier zusammensitzen, bleibe ich stehen und mustere die Truppe.

Ich bin nun seit knapp einer Woche auf der Kings Canyon Ranch. Will und Ava sind super aufgeschlossen und zeigen sich sehr dankbar dafür, dass ich sie hier im Outback unterstütze. Wenn sie wüssten, dass sie mich als Gegenleistung für meine Arbeit vor meinem Psycho-Ex verstecken, wären sie vermutlich nicht so euphorisch. Mat beteiligt sich selten an den Gesprächen und auch heute nippt er stumm an seinem Bier und zieht jedes Mal, wenn sich unsere Blicke treffen, die Augenbrauen zusammen. Er ist irgendwie merkwürdig.

„Ich habe gleich noch einen Videocall mit meiner Freundin, ich muss mich deshalb leider schon verabschieden“, rufe ich entschuldigend gegen die 90er-Jahre Rockmusik an.

Will und Ava nicken beide. Die absolute gleiche Bewegung lässt keinen Zweifel an einer Verwandtschaft der beiden.

„Viel Spaß“, erwidert Ava mit einem Lächeln auf den Lippen.

„Die hier nehme ich mit. Gute Nacht!“ Auf meine Bierdose deutend schlendere ich zur Tür.

Mats knappes Nicken ist so minimal, dass ich mir nie sicher bin, ob es überhaupt existiert. Vielleicht ist er auch einfach wütend, weil heute Freitag ist und er deshalb an der Reihe ist die Tische zu wischen und im Gastraum zu fegen. Bei ihm weiß man nie. Aber dieser mysteriöse Touch macht ihn auch ein bisschen heiß. Vielleicht ist genau das einfach seine Masche? Keine Ahnung. Das kann ich ja jetzt mit Sue besprechen, mit der ich es endlich, endlich geschafft habe mich zu einem Videocall zu verabreden.

Ich schlendere in Richtung Campingplatz und setze mich auf das rostige Klettergerüst hinter dem Shop, das eigentlich für die kleinen Campingplatzbesucher gedacht ist. Faktisch kommen fast keine Kinder auf die Kings Canyon Ranch und der Zustand des Gerüstes ist bereits so marode, dass die meisten Eltern ihren Kindern die Benutzung sowieso gar nicht erlauben würden.

Ich ziehe mich an der Metallstange nach oben und setze mich im Schneidersitz auf die Holzbretter. Von dort oben habe ich einen wunderbaren Ausblick über die Ranch und einen Teil der angrenzenden Wüste. Ich sehe bis ans Ende des Campingplatzes und bewundere einmal wieder den Anblick eines wunderschönen, dunkellila Sonnenuntergangs. Davon könnte ich niemals genug bekommen.

Versonnen nippe ich an meinem Bier und rufe endlich Sue an.

„Hey-Ho Frau Weltenbummlerin!“, begrüßt mich Sue überschwänglich. Heute trägt sie ihre wuscheligen Haare offen und ihr Brillengestell hat eine türkise Farbe, wozu das dunkellila Batikshirt, soweit ich es in dem Bildausschnitt erkennen kann, perfekt passt.

„Hey!“, begrüße ich sie mindestens genauso erfreut.

„Schau dir mal diesen Sonnenuntergang an!“, muss ich ein wenig angeben, stehe auf und drehe mich mit dem Handy weit vor mir in die Luft gestreckt um die eigene Achse.

„Wahnsinn, oder?“

Sue lacht. „Sieht hammermäßig aus! Ich kann dir leider nur Flutlicht bieten."

Sie dreht sich mit der gleichen Bewegung, wie ich vorher, wodurch ich den belebten Skatepark gut erkennen kann, da er in grelles Licht getaucht wird. Dahinter herrscht anscheinend schon dunkelste Nacht. Jähe Sehnsucht durchfährt mich bei dem Gedanken an die vielen schönen Momente mit Sue und ihren Freunden in diesem Park.

„Wie geht's dir?", frage ich Sue, um mich auf andere Gedanken zu bringen.

„Ach, bei mir gibt es nichts Neues. Hier eine Party, dort ein bisschen skaten, am Leuchtturm abhängen. Das Übliche eben."

„Wobei, da wäre doch noch etwas", schiebt sie hinterher.

„Also der Typ, der mich im Café nach dir gefragt hat. Der war die letzten drei Tage wieder jeden Tag da. Langsam gruselt er nicht nur mich, sondern auch die anderen aus dem Beans. Immerhin quatscht er jetzt niemanden mehr an. Aber sein scannender Blick scheint jedes Staubkörnchen nach dir zu durchleuchten."

Ich atme scharf ein. Gut, Peter war noch nie einer von der Sorte, die schnell aufgibt. Doch diese Wendung war mehr als bedenklich.

„Vielleicht solltest du mal mit ihm reden?", schlägt Sue vor.

„Auf gar keinen Fall!", antworte ich heftig.

„Naja ich meinte ja eher, dass du ihm klarmachst, dass da nichts mehr laufen wird oder so“, rudert sie zurück.
„Ich weiß nicht, wie man eine Beziehung deutlicher beenden kann, als das man in ein Flugzeug steigt und um die halbe Welt fliegt“, schnaube ich ungläubig.

„Ach du scheiße!“, schreit Sue plötzlich und lässt ihr Handy fallen. Zumindest sehe ich nur noch schwarzen Himmel, der von einer grellen Flutlichtsonne durchbrochen wird.
„Sue? Alles okay?“
„Sue?“, frage ich nach einer kurzen Wartezeit leicht nervös.
Im Hintergrund höre ich Stimmengewirr. Es ist plötzlich sehr laut und ich kann nur Wortfetzen verstehen, aus denen ich nicht schlau werde.
„Sue???“, brülle ich nun panisch in das Telefon. Ein Campingplatzbewohner, der gerade mit seinem Kulturbeutelchen aus dem Wohnwagen steigt, blickt sich erschrocken suchend nach der Quelle dieses Schreis um.
Jemand scheint endlich das Handy aufzuheben, denn nun bedeckt hellrosa Farbe die Hälfte meines Bildausschnitts. Es raschelt und rauscht und endlich sehe ich wieder Sue auf dem Display.
„Was ist los?“, frage ich sofort.
Sues Gesichtsausdruck wirkt wütend und gleichzeitig tief betroffen.
„Sieh selbst“, antwortet sie mit einem vorwurfsvollen Unterton in der Stimme und wechselt von der

Frontkamera weg. Das Bild ist zunächst verwackelt, doch dann erkenne ich David. David, der auf den Stufen der Treppe sitzt, den Kopf nach vorne gebeugt, während ihm Blut, in Rinnsalen, aus der Nase und von der Schläfe auf die Steinstufen tropft. Um ihn herum stehen bestimmt zehn andere Jungs und Mädchen, unter denen ich kein bekanntes Gesicht erkenne, und reden auf ihn ein.

„Was ist los?“, schreie ich immer noch verwirrt. Mehrere Taschentücher werden David gereicht und ein gut ausgestatteter Skater drückt ihm ein hellblaues Kühlpad mitten ins Gesicht.

Aus den lauten Wortfetzen werde ich genau so wenig schlau wie aus dem Bild, das sich mir bietet. Hat er sich beim Skaten verletzt? Ein kleines Grüppchen an Jungs, die neben David gestanden haben, stürmen nun mit grimmigen Mienen an Sue vorbei und ich kann nicht erkennen, wohin sie verschwinden.

„Herrgott Sue! Ich checke es nicht! Was ist passiert???“, schreie ich nun völlig gestresst.

Die Kamera wechselt wieder auf Sue und sie spuckt die Worte nur so aus.

„Dein scheiß Stalker hat ihn erwischt!“

Mein Stalker? Welcher Stalker? Doch nicht etwa Peter?

„Was?“, frage ich völlig neben der Spur.

„Dein Stalker, dein Ex, dieser Irre, der immer im Beans hockt!“

„Wie jetzt?“, frage ich ohne jegliche Spur von Eloquenz.

„Er hat David anscheinend von irgendeinem Insta-Posting erkannt und ist auf ihn losgegangen. Direkt vorm Skatepark! David konnte sich rein retten, da ist dein Typ dann abgehauen. Aber die Jungs sind stinksauer. Wenn die ihn erwischen, dann wird das nicht schön für dieses Arschloch ausgehen!"

Dass Sue ihn als meinen Typen bezeichnet hat, nervt mich in dieser Sekunde mehr als alles andere. Er ist schon lange nicht mehr *mein* Typ.

Aber dieser Gedanke lenkt mich nur kurz von dem eigentlichen Unfassbaren ab. Peter hat David geschlagen. Er blutet, weil er ein Bild auf Insta gepostet hat, das uns beide zeigte! Die Sache ist langsam mehr als besorgniserregend und sie macht mir eine Heidenangst.

Die Angst und die Schuldgefühle drohen mich in dem Moment zu überwältigen und ich schluchze schwer verständlich ins Telefon.

„Oh Gott! Wie geht es ihm? Was kann ich tun?"

Sue hat wieder die Kamera gedreht und ich sehe, wie David den Kopf hebt. In seinen Augen sehe ich reine Wut. Wut die anscheinend nicht nur Peter, sondern ebenso mir gilt. Er hat wohl meine Frage gehört.

„Ich habe ihm gesagt, dass du nicht mehr da bist", bringt er erstickt heraus. Anschließend spuckt er in einer heftigen Kopfbewegung einen Schwall Blut aus. Aus seiner Nase quillt weiterhin dunkelrote Flüssigkeit, die er mit dem Kühlpad über sein gesamtes Gesicht verschmiert. Er sieht absolut erschreckend aus.

„Hat ihn nur leider nicht interessiert", endet er dumpf.

Die Jungs kommen zurück und ich kann an ihren enttäuschten Gesichtern erkennen, dass sie Peter nicht in die Finger bekommen haben. Das kurze Gefühl der Erleichterung darüber verbiete ich mir sofort. Rational hätte ich es hervorragend gefunden, wenn sie es Peter mal so richtig gegeben hätten. Am besten an den Haaren irgendwohin schleifen, ein blaues Auge verpassen und anschließend noch einsperren. Er hätte es verdient.

Kapitel 15 – The Walk

Den Schock über Peters Attacke auf David habe ich das komplette Wochenende nicht verarbeiten können. Wie unfassbar ist allein die Tatsache, dass Peter einmal um die halbe Welt fliegt, um nach mir zu suchen? Noch unbegreiflicher wird es dadurch, dass er komplett ausrastet, wenn er den Typen sieht, der einfach nur ein gemeinsames Foto mit mir gepostet hat. Wie übertrieben und gleichzeitig wie beängstigend! Peter ist plötzlich unberechenbar und erinnert mich nicht mehr im Entferntesten an den kultivierten und gutaussehenden Typen, in den ich mich vor knapp zwei Jahren verliebt hatte.

Sues gestriges Update hat weder meine Angst noch meine Schuldgefühle lindern können. David trug wohl eine gebrochene Nase davon und laut Sues Schilderungen sah er mit seinen lila-blauen Blutergüssen im Gesicht noch viel schlimmer aus als am Freitag.

Die ätzenden Schuldgefühle sind der Hauptgrund, warum ich mich an meinem freien Montag um sechs Uhr morgens aus dem Bett quäle und bereits fünfzehn Minuten später abfahrbereit vor dem Kamelgehege stehe. Nachdem ich bereits eine Woche auf der Kings Canyon Ranch arbeite und den Kings Canyon selbst noch kein einziges Mal gesehen habe, wird es heute endlich so weit sein und sich mir nebenbei als willkommene Ablenkung erweisen. So zumindest der Plan.

Angespannt lehne ich an den kühlen Metallstreben des Kamelgeheges, als Mat schlurfend um die Hausecke biegt. Er trägt eine weite schwarze Hose und, wie immer, ein schwarzes ausgeleiertes Tanktop. Dazu schwarze Sneakers, ein schwarzes Cap und einen dunkelgrauen Rucksack. Während ich mir seinen Ärger vorstelle, als er verzweifelt einen schwarzen Rucksack gesucht hat und dann aus mir unerfindlichen Gründen mit einem dunkelgrauen Vorlieb nehmen musste, kann ich mir das Grinsen nicht verkneifen. Mats Gesichtsausdruck hingegen verrät keine Gefühlsregung. Ob er seinen gestrigen Vorschlag für diesen Ausflug heute schon bereut?

Als er bei mir angekommen ist, mustert er mich abschätzend von oben nach unten und ich gehe im Geiste mein Erscheinungsbild durch. Die Haare habe ich mir zu einem lockeren Pferdeschwanz gebunden. Dazu trage ich ein weites T-Shirt, das ich mit einem Knoten in der Taille etwas figurbetonter gestaltet habe. Außerdem kurze Laufshorts, denn die Wanderung heute soll nicht ganz ohne sein, da sind bequeme Hosen sicher nicht unklug. Da ich keine Wanderschuhe besitze, müssen meine Laufschuhe herhalten, die leider schon bessere Tage gesehen haben.

„Hast du dich eingecremt?“, fragt Mat als Erstes.

„Guten Morgen!“, antworte ich halb belustigt. Dass Mat kein Mensch vieler Worte ist, durfte ich in der letzten Woche bereits mehrfach erleben.

„Klar habe ich mich eingecremt“, antworte ich ihm dann doch auf seine Frage.

„Und hast du Wasser dabei?“, legt er sofort nach.

„Zwei Liter. Außerdem einen Apfel und eine Banane“, antworte ich brav auf seine Frage, während ich auf meinen kleinen Rucksack deute.

„Gut. Du brauchst einen Hut“, stellt er daraufhin fest.

„Habe ich leider keinen“, antworte ich verunsichert.

„Warte.“

Ich schaue ihm zu, wie er sich abrupt umdreht, um das Haus verschwindet und wenige Minuten später mit einem leicht speckig aussehenden, schwarzen Hut in der Hand wiederkommt.

Im Vorbeigehen setzt er ihn mir fast schon vorsichtig auf und schließt bereits die Fahrertür seines Trucks auf, als ich noch völlig perplex am Kamelgehege stehe.

„Na, der wird ja wohl nicht doch eine nette Seite haben?“, raune ich dem kauenden Kamel neben mir leise zu. Dann stoße ich mich von der Metallstange ab und setze mich in Bewegung, um auf den Beifahrersitz zu klettern, während ich mir mit der freien Hand den zu großen Hut auf dem Kopf festhalte.

Die Wanderung am Kings Canyon erweist sich um einiges anspruchsvoller als alles, zu dem mich meine wanderbegeisterten Unikollegen jemals in die bayrischen Alpen gezerrt haben. Der erste Aufstieg ist steil und schier endlos, doch ich genieße das Brennen meiner Muskeln bei jeder weiteren Treppenstufe, die ich erklimme. Seit South Heads war ich nicht mehr laufen und die intensive Bewegung tut mir unglaublich gut. Mat hat für uns natürlich nicht den kürzesten der möglichen Wanderwege ausgesucht, da er mir den

Kings Canyon selbstverständlich in voller Pracht zeigen möchte. Ich weiß nicht, welchen Eindruck ich auf ihn gemacht habe, aber dass ich meine erste Pause erst am Ende des steilen Anstiegs einlege, damit hat er anscheinend nicht gerechnet. Ich drehe mich zu ihm um, lass meinen Blick schweifen und genieße bereits den ersten weitläufigen Ausblick über rot-orange Felsen, Klüfte und dem stellenweise knorrig wucherndem Grün dazwischen.

„Faszinierend, oder?“, fragt er, als er sich neben mich auf den ersten Gipfel stellt.

„Schon beeindruckend!“, erwidere ich.

Wir trinken beide schweigend aus unseren Wasserflaschen und ich komme nicht umhin zu bemerken, dass es trotz des frühen Morgens schon ziemlich heiß ist. Der Schweiß steht mir, trotz des schützenden Hutes, auf der Stirn und auch an den Armen bildet sich langsam ein durchsichtiger Film.

Die Wanderwege um uns herum sind gut besucht und wir setzen uns nach einem Kopfnicken von Mat gemeinsam wieder in Bewegung. Nach dem ersten treppenartigen Anstieg ist der flache Wanderweg nur durch kleine Metallplättchen mit Pfeilen an Felsen oder an kleinen Pfosten markiert. Deshalb genießen wir die Freiheit dort zu gehen oder zu klettern, wo es uns gerade gefällt. Mit einem Forstweg durch die Alpen hat dieser Weg absolut nichts gemeinsam! Wir müssen teilweise steile Hänge erklimmen und uns sogar durch eine Felsspalte manövrieren.

Ich gehe die ganze Zeit hinter Mat und beobachte ihn genau. Er scheint mir ganz gut trainiert zu sein, denn die Anstrengung der Wanderung ist ihm nicht anzumerken. Ein leichter Schweißfilm bedeckt seinen Oberkörper, was seine bunten Tattoos an den Armen zum Glänzen bringt. Fasziniert sehe ich einem Tropfen zu, wie er sich in seinem Nacken sammelt und dann langsam den Weg unter sein Tanktop findet. Ein irrationales Bedürfnis durchzuckt mich und ich kann mich gerade noch zurückhalten meine Finger auszustrecken und den Weg des Tropfens nachzufahren. Um mich davon abzuhalten und nicht darüber nachzudenken, wo sonst noch Schweißtropfen auf Mats Körper ihre Bahnen ziehen, versuche ich mich in Konversation.

„Und, wie gefällt es dir bisher so auf der Ranch?“, stelle ich ihm die Frage, die er besser mir stellen könnte. Vermutlich wirft er mir deshalb einen verständnislosen Blick über die Schulter nach hinten zu. Ich erwidere ihn mit einem hoffnungsvollen, leicht übertriebenen Lächeln.

„Ist okay.“ Nach mehreren Sekunden des nun unangenehmen Schweigens setzt er nach. „Ava und Will sind super. Ich helfe ihnen gerne.“

„Ja, ich auch. Wahnsinn, wie sie das alles früher nur zu zweit geschafft haben.“ Jetzt einfach die Konversation am Laufen halten!

„Hm.“

Mist. War es das jetzt schon wieder? Doch nach einer kurzen Pause redet Mat weiter.

„Seit August helfe ich ihnen ja. Aber davor war es einige Monate richtig hart. Helen…“ Er stockt.

„Das war Wills Frau, oder? Avas Mum?“

Mat schnaubt, dreht sich um und hält mir die Hand hin. Ich ergreife sie fest, woraufhin er mich mit sich über einige große Felsbrocken zieht, die allesamt gefährlich wackeln.

„Riskante Stelle“, murmelt er geistesabwesend und lässt meine Hand sofort wieder los. Es bleibt ein kleines Kribbeln an meinen Fingerspitzen, weshalb ich mir die Hand unauffällig an den Laufshorts abwische.

„Helen ist immer noch Wills Frau. Nur leider hat sie das wohl vergessen, als ihr so ein Tauchlehrer den Kopf verdreht hat.“

„Oh. Ich dachte anfangs, sie wäre gestorben oder so“, antworte ich verlegen.

Mat schnaubt erneut. „Für mich wäre sie das, aber Will und Ava nehmen es ziemlich gechillt. Ist mit einem Touri abgehauen und hat alles stehen und liegen gelassen.“

„Oh.“ Jetzt bin ich es, die zu doof zum Kommunizieren ist.

„Will ist es, glaub ich, ziemlich egal. Ihm fehlt vorrangig Helens Arbeitskraft und nicht sie selbst als Person. Ava nimmt es manchmal noch mehr mit.“

Noch nie habe ich Mat solche langen Sätze sprechen hören, geschweige denn eine einfühlsame Seite an ihm wahrgenommen. Ich frage mich unwillkürlich, ob zwischen ihm und Ava etwas läuft, während ich meinen Blick nachdenklich über sein Gesicht wandern lasse. Die langen schwarzen Wimpern, die vollen Lippen, der Tropfen, der ihm von der Schläfe über die steilen Wangenknochen langsam über die Haut fließt.

Mat erwidert kurz meinen Blick, wendet sich dann abrupt ab und deutet zur Seite.

„Lass uns ein Stück zur Klippe gehen, von dort können wir einen guten Blick auf den Canyon bekommen!"

Ich folge ihm sofort, wobei ich mich langsamer und vorsichtiger als er auf die ungesicherte Kante zubewege.

„Da möchte ich jetzt nicht unbedingt runterfallen", kommentiere ich den sich mir schließlich bietenden Ausblick. Unter mir spannt sich ein weitläufiges Tal, dessen steil abfallende, orangerote Felswände mit dem intensiven hellblau des Himmels um die Wette strahlen und der Szenerie eine besondere Intensität verleihen.

Ich bin schon drauf und dran mich auf den felsigen Boden zu setzen, um den Ausblick noch länger zu genießen, als Mat kurz lacht und mich vorsichtig am Unterarm fasst.

„Komm, das sehen wir jetzt die ganze Zeit! Der Weg führt entlang der Kante des Canyons."

„Okay", murre ich. „Aber ein Foto will ich noch machen!"

Als ich mein Smartphone aus der seitlichen Tasche der Laufshorts ziehe, sehe ich eine Nachricht von Sue auf dem Display. Angespannt tippe ich sie an.

Sue 07:36 Lina, du kostest mich meinen wertvollen Schönheitsschlaf! David war gerade bei mir! Um diese gottverlassene Uhrzeit! Dein Stalker (!!!!) hat ihn gestern schon wieder abgefangen. Keine Angst, diesmal ohne Handgreiflichkeiten. Aber jetzt wird es komisch: Er hat David einen Brief für dich mitgegeben. Anscheinend muss er heute wieder nach Deutschland zurückfliegen. Der Typ ist so ein Creep. Aber ich vermute, wir sind ihn erst einmal los! Wollte dir die gute Nachricht nicht vorenthalten!!!

Sue 07:40 Ach ja, soll ich dir den Brief schicken?

Mat muss an meinem Gesichtsausdruck sehen, dass etwas Einschlägiges passiert ist, denn er sieht mich alarmiert und aus weit aufgerissenen, dunklen Augen an. „Was ist los?“

Ich kann mir ein breites Grinsen nicht verkneifen.

„Mein Ex ist los. Also ich bin ihn los. Ich habe gerade eine Nachricht bekommen, dass er wieder nach Deutschland verschwunden ist. Gott, das ist die beste Nachricht seit einer Ewigkeit!“ Vor Freude vollführen meine Beine kleine Hüpfer, wobei Mat mich sofort an der Schulter fasst und vom gähnenden Abgrund wegzieht.

Die restliche Wanderung absolviere ich in einem übersprudelnden Zustand aus Freude und Ausgelassenheit. Ich spaziere wie auf wattigen Wolken über die felsigen Klippen, singe völlig schief und ausgelassen ein deutsches Wanderlied aus meiner Kindheit, tanze dazu einen lächerlichen Tanz mit meinem davor aufgehobenen Wanderstock und bewundere die atemberaubende Aussicht. Mat zieht dazu nur eine irritierte Miene, wobei er sich sogar dazu herablässt sich mit mir auf einem Kings Canyon Selfie ablichten zu lassen. Sein grimmiger Gesichtsausdruck in Kombination mit dem faszinierenden Ausblick und meinem Honigkuchenpferd-Strahlen ringt mir jedes Mal ein lautes Lachen ab, wenn ich das Foto anschaue.

Kapitel 16 – The Kitchen Shelf

Mit immer noch hervorragender Laune schwebe ich quasi in die Küche, wo ich das dreckige Geschirr des heutigen Frühstücks in die Spülmaschine einräume. Dabei beeile ich mich, denn ich will gleich noch mit Sue telefonieren, bevor sie zu einer Frühstücksverabredung aufbrechen muss.

Da sich außer mir gerade keiner im Gastraum oder der Küche aufhält, drücke ich sofort, nachdem ich das Wasser in die Maschine einströmen höre, den Anrufbutton. Während ich mich lässig an die Küchentheke lehne, stelle ich mein Handy auf die Ablage mir gegenüber. Sue nimmt den Anruf bereits entgegen, als ich mir noch die zerzausten Haare glattstreiche.

„Morgen Lina!“, winkt Sue in die Kamera. Sie hat sich die Lippen in einem leichten Rosaton geschminkt, der super zu ihrer goldumrandeten Brille passt.

„Morgen Sue, du Überbringerin der besten Nachrichten seit Langem!“, begrüße ich sie theatralisch und grinse breit.

„Ja, dem schließe ich mich an. Nicht nur du bist froh, dass dieser Typ endlich aus South Heads verschwunden ist!“ Sue verdreht beim Gedanken an Peter genervt die Augen und ihre Lippen werden zu schmalen Strichen.

„Aber lass uns nicht über den Stalker sprechen, sondern über sein Abschiedsgeschenk an dich“, redet sie weiter und wedelt dabei mit einem weißen, kleinen Briefumschlag vor ihrer Kameralinse herum.

„Hey, ich glaube es wäre besser, wenn wir den einfach wegwerfen und gar nicht erst lesen“, versuche ich Sue zu überzeugen.

„Ach quatsch, dann fragst du dich immer, was wohl in dem Brief gestanden hat. Ne, ne. Den müssen wir jetzt lesen!“ Sue strotzt vor Entschlossenheit und vermutlich einer nicht zu verachtenden Portion Neugier.

„Ja, okay. Dann lies mal vor“, gebe ich klein bei.

Das ist leichter gesagt als getan. Sue, die neben Englisch keine weitere Sprache spricht und keine Ahnung von der deutschen Aussprache hat, verknotet sich beim Lesen quasi die Zunge und ich verstehe absolut gar nichts vom Inhalt des Briefs. Das könnte natürlich auch an meinem superlauten Lachanfall liegen, in den ich seit dem zweiten Wort von ihr hineingeraten bin. Glücklicherweise findet Sue das Ganze ähnlich amüsant und wir lachen beide, bis die Tränen in Sturzbächen über unsere Wangen fließen.

„Okay, ich glaube, so wird das nichts“, unterbreche ich Sue schließlich heftig atmend, wobei es mich ein Maximum an Anstrengung kostet, nicht wieder loszulachen.

„Hm, das muss ich wohl einsehen. Deutsch scheint ziemlich schwierig zu sein, oder?“ Auf diese Feststellung folgt ein weiterer Lachanfall meinerseits.

„Ja, kann man so sagen“, bringe ich schließlich hervor. „Vielleicht machst du einfach ein Foto vom Brief und schickst mir das?“

„Bleibt uns wohl nichts anderes übrig. Aber du musst mir versprechen, dass du mir sagst, was dieses ganze

Kauderwelsch da bedeutet, okay? Man ist das frustrierend!“

„Klaro!“

„Ich muss jetzt sowieso los. Aber ich schicke es dir gleich, wenn wir aufgelegt haben, okay?“

„Ja, perfekt. Danke dir und ganz viel Spaß beim Breaky!“

„Werde ich haben! Bye!“ Sues Zwinkern sehe ich nur noch halb, da sie den Anruf bereits beendet hat.

Wenige Sekunden später vibriert mein Smartphone und Sue hat mir ein Bild des Briefes geschickt. Kurz überlege ich, ob ich meinem eigenen Rat folgen soll und ihn einfach *nicht* lese. Durch das viele Gelächter von vorhin erscheint mir das aber als merkwürdig übertrieben. Ich tippe also die Nachricht an, öffne das Bild und lese.

Hey Kleines,

sehr schade, dass wir uns nicht persönlich begegnet sind. Die letzten Tage meines Jahresurlaubes hätte ich gerne mit dir zusammen verbracht. So waren diese wertvollen Urlaubstage sinnlos verschwendet.

Aber du kannst mir nicht ewig aus dem Weg gehen. Sicher hast du schon erkannt, was für einen riesigen Fehler du begangen hast.

In wenigen Wochen steht der traditionelle Weihnachtsempfang in Vaters und meinem Office an. Da dies mein erstes Jahr als Firmenteilhaber ist, kann ich natürlich nicht ohne Begleitung erscheinen. Alle Blicke werden auf mich gerichtet sein und du wirst, wie geplant, an meiner Seite sein. Wenn du rechtzeitig zurückkommst, dann sollen alle deine Verfehlungen der letzten Monate vergeben und vergessen sein. Solltest du bis zum 20. Dezember nicht hier sein, dann werde ich dich allerdings persönlich abholen müssen, um einen reibungslosen Veranstaltungsverlauf gewährleisten zu können. Meine Eltern erwarten dich ebenso.

In Liebe, Peter

Wütend und hasserfüllt sind die zwei Begriffe, die meinen jetzigen Gemütszustand wohl am besten beschreiben. Und doch kommen sie nicht annähernd an die Realität heran, denn ich fühle so viel mehr als einfache Wut und Hass. Ich fühle sogar mehr als abgrundtiefen Hass und ungezügelte Wut auf Peter. Wegen seiner Arroganz und wegen der gar nicht mal so versteckten Drohung, dass er mich holen würde. Ich fühle mich vom Leben betrogen, das mich einen ganz Tag lang in Sicherheit gewogen hatte, nur um mich am nächsten Tag mit einem D-Zug, bis unters Dach beladen mit Angst, hinterrücks zu überfahren.

Ich muss mich dringend ablenken und beschließe, zu Ava in den Shop hinüberzugehen, um ihr ein wenig Gesellschaft zu leisten. Das erweist sich als gute Idee, denn sie ist gerade mit irgendeinem Computerproblem beschäftigt und nickt mir dankbar zu, als ich sie spontan unterstütze und das Abkassieren übernehme. Um diese Tageszeit verlassen viele Besucher den Campingplatz, um entweder nach Yulara oder nach Alice Springs aufzubrechen. Sie müssen ihre Platzgebühr bezahlen, tanken ihre Fahrzeuge auf oder holen sich noch einige Snacks und Getränke für die Fahrt im Laden. In bin hinter der Kasse also gut beschäftigt.

Doch langsam lichtet sich das Feld, Ava ist bereits wieder draußen am Campinglatz und ein letzter Kunde kommt durch die Tür in den Shop. Als ich kein Fahrzeug an der Zapfsäule sehe, er aber Sprit bezahlen will, recke ich den Hals und bin sogleich milde überrascht.

„Ein Motorrad? Du bist mit dem Motorrad hier?"

Er lacht laut, was zwei niedliche Grübchen in sein Gesicht zaubert. „Schöne Lady, ich fahre mit diesem Crossbike überall hin. Uns kann nichts trennen!“ Er schüttelt lässig die langen blonden, vom Helm etwas plattgedrückten, Wellen und lockert sein Halstuch. Dadurch sieht er ein bisschen so aus, wie ich mir einen modernen Cowboy vorstelle.

Schöne Lady hat er mich genannt. Normalerweise ein Grund, um ihn für seinen platten Spruch in die Schublade der Idioten zu schieben. Aber heute wäre mir eine Ablenkung und vielleicht ein bisschen Rache der sexuellen Art ganz recht und dieser blauäugige Motorradfahrer scheint mir eine nur zu einfache Gelegenheit zu bieten.

„Nimmst du es auch mit in dein Bett?“, frage ich ihn also ganz unverblümt.

Er grinst mich frech an. „Nein, da lasse ich nur schöne Ladys hinein.“ Daraufhin zwinkert er mir nonchalant zu.

Ich grinse nun ebenfalls. „Na, wenn das so ist“, antworte ich flüsternd und ziehe die Unterlippe langsam zwischen die Vorderzähne, während ich mit meinem Blick in seinen blauen Augen versinke.

„Macht dann 42 Dollar“, höre ich eine laute Stimme, die mich hochfahren lässt. Keine Ahnung, wann Mat hereingekommen ist, aber er steht hinter mir und blickt den Motorradfahrer herausfordernd an. Der wendet den Blick von mir ab und zieht seine Kreditkarte über das Lesegerät. Dann macht er sich lässig auf den Weg nach draußen, allerdings nicht ohne sich an der Tür nochmals umzudrehen und mir frech zuzuzwinkern.

Irritiert drehe ich mich zu Mat um, der nur wenige Zentimeter hinter mir steht, und werfe ihm einen fragenden Blick zu.

„Du hättest nur ein Wort sagen müssen und ich hätte dir gegeben, was du brauchst“, bringt er gefährlich leise zischend hervor. Sein französischer Akzent ist dabei deutlich zu hören und sein intensiver Blick brennt sich in meine Iris.

„Okay“, stammele ich aufgewühlt.

„Okay, verstanden, oder okay, dann schlaf mit mir?“

Seine Stimme ist nun fast unhörbar leise, während mein eigener Herzschlag dafür umso lauter in meinen Ohren pocht.

„Beides, denke ich“, antworte ich genauso leise, wobei ich mir über die Konsequenzen meiner Antwort noch nicht im Geringsten klar bin.

Nach weiteren unerträglich langen Sekunden, in denen er meine Lippen mit seinem Blick fixiert, dreht sich Mat weg und schlendert ebenso lässig wie Mr. Motorrad-Cowboy bei der Tür hinaus. Oh shit. Was habe ich getan?

An entspanntes Arbeiten ist heute Abend nicht zu denken. Mehrfach musste ich nun schon um eine Wiederholung der Bestellung bitten, weil mein Gehirn sofort zu Mat abschweift. War es klug seinem Vorschlag so unüberlegt zuzustimmen? Würden wir in sein oder in mein Zimmer gehen? Was wäre, wenn es supermerkwürdig läuft? Dann könnten wir uns die nächsten Wochen vielleicht nicht mehr in die Augen sehen! Wäre es besser die Sache noch abzublasen? Hatte er überhaupt an Kondome gedacht? Ist das jetzt meine Rache an Peter? Sofort mit einem anderen Kerl zu schlafen? Und was ist mit Ryan? Könnte ich ihn dabei überhaupt ausblenden? Könnte ich aktuell mit jemand anders schlafen und mich dabei entspannen? Ich muss es wohl einfach ausprobieren und mich darauf einlassen. Zurück kann ich aktuell sowieso nur noch schlecht.

Nachdem die letzten Abendessens-Gäste gegangen sind, holt Mat wie immer vier Bierdosen aus dem Kühlraum. Ich beginne schon einmal damit den Gastraum zu fegen, während ich mit den anderen mehr verkrampft als locker ein belangloses Gespräch führe. Als sich Ava und Will schließlich in Richtung Bett aufmachen, bringe ich unsere leeren Bierdosen in die Küche. Ich mache mir nicht die Mühe das Licht anzumachen, denn durch die beiden Fenster fällt weiches, weißes Mondlicht herein, so dass ich genug erkennen kann.

An der Edelstahltheke stehend tritt Mat plötzlich hinter mich.

„Bist du dir sicher?“, raunt er mir in mein Ohr. Sein Körper, den er hart gegen meinen Rücken presst, verrät mir, dass er sich selbst sehr sicher ist.

Eine feine Gänsehaut der Vorfreude breitet sich, vom Ohr ausgehend, über meinen gesamten Körper aus und ich nicke leicht. Ich bin mir sicher. An Peter oder Ryan würde ich jetzt einfach nicht denken. Daraufhin schiebt er seine Hände gemächlich unter mein Shirt und lässt sie langsam, aber zielstrebig über meinen Bauch nach oben wandern. Sein Griff um meine Brüste ist unerwartet fest und ich keuche leise auf. Seine Finger massieren sofort meine Brustwarzen durch den dünnen BH-Stoff, woraufhin sie augenblicklich steinhart werden und elektrisierende Wellen durch meinen Körper schicken. Ich seufze leise, als ich sein hartes Glied an meinem Rücken spüre. Dann drücke ich Mat erwartungsvoll meinen Hintern gegen den Schritt.

Ruckartig dreht er mich um, so dass ich die Kühle der Theke an meiner Rückseite fühle. Die harte Beule in seiner schwarzen Jeans presst er nun gegen meine Shorts und beißt, durch den Stoff meines Shirts und des BHs, sanft in meinen Nippel. Gott, das fühlt sich so gut an! Aber ich würde ihn gerade so gerne küssen! Seine vollen Lippen an meinen spüren und seine Zunge in meinem Mund schmecken. Ich versuche seinen Kopf zu heben, doch er scheint andere Pläne zu haben, denn er beißt und saugt an meinen Brüsten, so dass mein dünnes, weißes T-Shirt von seinem Speichel bereits schwer und durchsichtig wird.

„Mat“, stöhne ich leise, während ich meine Hände um seinen Hinterkopf schlinge und ihn damit animiere, noch fester an meinen Brustwarzen zu saugen, um dieses pulsierende Gefühl zu verstärken.

Schließlich blickt er nach unten und öffnet den Knopf meiner Shorts im selben Atemzug. Einen weiteren Atemzug später hat er mir die Hose inklusive meines Slips über die Knöchel gezogen. Der Knoten meines weißen Oversized-Shirts hat sich längst gelöst, weshalb meine Nacktheit teilweise davon bedeckt wird.

Er fackelt nicht lange und hebt mich mit einer spielerischen Leichtigkeit auf die Küchentheke, so dass ich nun vor ihm sitze. Die Edelstahlplatte kühlt meine erhitzte Haut. Gerade will ich ihn zu mir ziehen, als er auch schon mit den Händen von meiner Taille bis zu meinen Knöcheln abwärts wandert und nun zwischen meinen Beinen kniet.

Seine Augen sind dunkel und die langen Wimpern werfen noch längere Schatten auf seine Wangen, als er genüsslich mit beiden Daumen durch meine feuchte Mitte fährt. Ich keuche laut auf und genieße das Kribbeln, dass sich in jede Zelle meines Körpers auszubreiten scheint. Vorsichtig, aber bestimmt schiebt er mit den Händen meine Beine auseinander, legt mit beiden Daumen meinen empfindlichsten Punkt wunderbar frei und beißt sanft in meine Klitoris. Der Stromstoß, der dabei durch meinen Körper geschickt wird, fühlt sich gigantisch an und ich kann ein lautes Aufstöhnen nicht unterdrücken. Als er nun mit seiner Zunge durch meine Mitte gleitet, kreisende Bewegungen ausführt und dabei den Druck an meinem Kitzler stetig erhöht, ist es mir bereits egal, wer mich schreien hört. Diesen Zustand, dieses Wahnsinnsgefühl, kann ich nicht leise ertragen, eher würde ich sterben müssen.

Kurz bevor ich komme, zieht er seine Hände und seinen Kopf etwas zurück. Sofort stöhne ich frustriert auf. Doch als ich das Kondom-Päckchen in Mats Hand sehe, wird der Frust sofort von Vorfreude und noch mehr Lust abgelöst. Ich beobachte ihn bedächtig, wie er seine Jeans öffnet und sie zusammen mit seinen Boxershorts gemächlich abstreift. Dann rollt er sich das Kondom über und tritt, nur noch mit seinem Tanktop bekleidet, langsam zu mir an die Theke. Er sieht mich nicht an, fasst mich mit beiden Händen an der Taille, zieht mich von meiner erhöhten Position herunter, dreht mich hart um und schiebt, völlig unerwartet, von hinten zwei Finger in mich hinein. Erstaunt stöhne ich laut auf. Seine Finger ziehen sich zurück, um einen Augenblick später von seiner Härte ersetzt zu werden. Nun sind wir es beide, die gleichzeitig laut aufseufzen. Ich muss mich kurz an das ausgefüllte Gefühl in mir gewöhnen und genieße den plötzlichen Druck zwischen meinen Beinen. Auch Mat scheint sich kurz zu sammeln, bevor er langsam beginnt sich in mir zu bewegen. Eine seiner Hände wandert über meine Rippen nach vorne, um sich um meine Brust zu schließen und meine Brustwarze sanft zu kneifen. Oh Gott, das fühlt sich viel zu intensiv an. Seine andere Hand schiebt sich gemächlich über meinen Hüftknochen nach vorne zwischen meine Beine, wo Mat beginnt die Feuchte mit sanften Bewegungen zu verteilen. Ja, das hier wird mich definitiv umbringen. Dieser Kombination aus seinem harten Schwanz, den er in mir bewegt, den elektrisierenden Berührungen an meiner Brust und den immer schnellen und härter werdenden Kreisbewegungen an meiner Klitoris habe ich nichts entgegenzusetzen. Mein Körper steht in Flammen, ich schreie und stöhne und bettele und komme schließlich mit einem hilflosen, lauten Schrei. Einen weiteren Stoß später spüre ich, wie Mat in mir zuckt, er die Hände hart in meine Haut gräbt und lautlos seinen Höhepunkt erlebt.

Kurz senke ich meine Stimme, da sich mal wieder ein Campingplatzbewohner auf den Weg zu den Toiletten macht und dabei nicht unweit an meiner altbewährten Position auf dem Klettergerüst vorbeikommt. Da ich mit Nele telefoniere und deshalb Deutsch spreche, wäre das vermutlich gar nicht nötig. Außerdem ist Nele am anderen Ende der Leitung alles andere als diskret und zischt viel zu laut ins Handy, so dass der Typ ohnehin alles hört.

„Ich krieg die Krise! Was habe ich alles verpasst?! Das Arschloch war in South Heads, hat einen Kerl zusammengeschlagen, weil der ein Foto mit dir gepostet hat und dann hat er dir auch noch einen völlig irren Brief hinterlassen?! Ja was ist denn eigentlich mit ihm falsch gelaufen? Und mit dir, dass du mir das nicht sofort schreibst? Sind denn jetzt alle völlig verrückt?!"

„Nele, sorry, ich weiß, dass alles total bescheuert gelaufen ist! Die Sache mit Peter ist sowas von creepy, aber ich bin einfach nur froh, dass ich nicht dort war, als er dort aufgetaucht ist."

„Ja, das kann ich mir vorstellen. Jetzt wäre es natürlich gut, wenn er da bleibt, wo er gerade ist und dich nicht weiter behelligt."

„Also danach hat es in seinem Brief ja leider nicht geklungen. Ich mache mir ehrlicherweise schon ein bisschen Sorgen."

„Verstehe ich. Aber immerhin dauert so ein Flug nach Australien erstens superlange und zweitens kostet er auch dementsprechend. Das wird er nicht unendlich oft durchziehen können."

„Ein Licht am Ende des Tunnels", seufze ich theatralisch.

Nele lacht. „Aber sonst hast du mir hoffentlich nicht noch mehr wichtigen Gossip verschwiegen?"

Verlegen grinse ich. „Also vielleicht hatte ich gestern völlig unerwartet so etwas wie Rachesex."

„No way! Auch das noch! Wer, wo und wie? Ich will alles wissen!" Neles Stimmt überschlägt sich fast vor Aufregung.

„Mat, gestern Abend in der Küche und wie genau möchtest du das *wie* wissen?"

„Ich fass es einfach nicht!" Nele schüttelt ununterbrochen den Kopf, so dass ihre braunen Locken wild fliegen „Einmalige Sache oder eher etwas mit Wiederholungspotenzial?", fragt sie mich.

„Okay, jetzt sei nicht sauer, aber ich kann dir definitiv sagen, dass die Sache dringendes Wiederholungspotential besaß. So dringend, dass ich heute Nachmittag nicht einmal die Kartons in den Kamelschuppen tragen konnte, ohne dass Mat eine Minute später auch schon mit heruntergelassener Hose hinter mir stand und kurz darauf sein gutes Stück in mir versenkte."

Nele schaut mich aus großen Augen ungläubig an. „Heilige Scheiße."

„Ja, das kannst du laut sagen."

„Was soll man dazu noch sagen?" Mit dieser Information habe ich Nele definitiv geschockt.

Ich grinse daraufhin nur frech.

„Peter wird nicht begeistert sein."

„Das wird er selbstverständlich niemals herausfinden. Allerdings wäre es vermutlich egal, denn noch beängstigender kann sein Verhalten sowieso nicht mehr werden."

„Stimmt. Jetzt solltest du erst einmal eher auf normale Typen setzen, statt auf die Seltsamen."

„Also so ganz ist mir das mit Mat nicht unbedingt gelungen", schnaube ich.

„Oh Gott! Hören denn diese Cliffhanger nie auf? Was ist denn mit Mat verkehrt?"

„Verkehrt ist wahrscheinlich ein übertriebener Ausdruck. Aber es ist schon irgendwie komisch, dass er mir beim Sex nie in die Augen sieht. Er küsst mich ja nicht einmal! Das finde ich wirklich merkwürdig. Sex ohne Küssen! Hatte ich auch noch nie", ende ich nachdenklich.

„Gibt wahrscheinlich für alles ein erstes Mal", antwortet Nele achselzuckend.

„Vermutlich. Trotzdem schon verrückt und definitiv ein bisschen seltsam."

Nele lacht daraufhin. „Ich bin ja froh, dass es dir gut geht. Bist du also über Ryan hinweg?"

Bittere Galle beginnt mir in der Speiseröhre nach oben zu steigen. „Um ehrlich zu sein, verdränge ich einfach jeden Gedanken an ihn. Sonst könnte ich das hier nicht durchziehen. Das mit Mat ist in keinster Weise so, wie mit ihm. Ein ganz netter Zeitvertreib, ein ausgestreckter Mittelfinger an Peter, aber sonst fühle ich da nichts."

Nele nickt langsam. „Dann genieß die Momente mit Mat, solange es geht."

„Das werde ich wohl einfach machen", antworte ich und will nun endlich von Nele Neuigkeiten aus der Heimat erfahren. „Wie war dein letztes Wochenende so?", frage ich sie also mit einem erwartungsvollen Grinsen. „Oder gibt es in der Uni irgendwelche neuen süßen Jungs?"

Meine beste Freundin stöhnt dramatisch auf und ich mache es mir auf dem Klettergerüst so gemütlich wie möglich, um ihren teils lustigen und teils tragischen Männer-Abenteuern der letzten Tage zu lauschen.

Kapitel 18 – The Decoration

Völlig entnervt steige ich wieder von der Leiter, um die Lichterkette zum gefühlt einhundertsten Mal zu entwirren. Als mir Will aufgetragen hat, dass ich die Weihnachtsdeko im Frühstückraum anbringen soll, da hatte ich mich noch wie ein kleines Kind über diese Aufgabe gefreut, denn Weihnachten und die zugehörige Weihnachtsdeko wurden in der Vergangenheit von mir und meiner Mum richtiggehend zelebriert.

Leider habe ich bei meiner heutigen Aufgabe die schiere Größe des zu dekorierenden Bereichs nicht bedacht, so dass ich nun schon seit Stunden zugange bin und es mir mittlerweile echt reicht. Wieder und wieder hänge ich Lichterketten auf, platziere Kugeln und bringe grüne Girlanden an, die wie Tannenbaumzweige aussehen. Sofort nach dem Frühstück hatte ich mit der Aufgabe begonnen. Mittlerweile ist es allerdings fast Mittag und damit so heiß, dass ich mich zwischendrin umziehen musste und schwitze, trotz Top und Shorts, immer noch ausgiebig.

Konzentriert entwirre ich den Knoten der Lichterkette, als Mat durch die Tür hereinkommt. Sofort versteift sich mein Körper und meine Augen wandern schnell und prüfend durch den Raum. Außer uns beiden ist keiner anwesend, was mich mehr in Alarmbereitschaft versetzt, als es sollte.

Seit unserem kleinen Tête-à-Tête in der Küche ist kein Tag vergangen, an dem wir nicht mindestens einmal Sex hatten und mittlerweile wird es mir -

vorsichtig ausgedrückt – etwas zu viel. Vor allem scheint Mat eine Vorliebe für möglichst spontane Aktionen an möglichst ungewöhnlichen Orten zu haben. Es bleiben nur noch wenig versteckte Orte auf der Ranch übrig, die wir die letzten Tage nicht für unsere Zwecke genutzt hätten. Was der ganzen Sache anfänglich einen gewissen Kick verliehen hat, ist mittlerweile eine echte Belastung geworden. Gefühlt kann ich auf der Ranch nirgendwo mehr hingehen, ohne dass sich daraus eine schnelle Nummer mit Mat entwickelt.

Keine Frage, der Sex an sich ist wirklich gut, wir kommen beide immer auf unsere Kosten. Doch anscheinend brauche ich dabei wohl doch etwas mehr als den obligatorischen Orgasmus.

Dass es Mat kategorisch ablehnt mich zu küssen stört mich an unserer Situation vermutlich am meisten. Gleich dahinter folgt die Tatsache, dass er es nicht schafft, mir beim Sex ins Gesicht zu sehen. Egal wie und wo wir unser Gefummel beginnen, es endet damit, dass er mich von hinten nimmt. Mir war von Anfang an klar, dass ich für ihn nur ein Mittel zum Zweck bin - was auf Gegenseitigkeit beruht - aber diese offensichtliche Ablehnung macht mir doch mehr zu schaffen, als ich es zu Beginn erwartet hätte.

Mat kommt auf mich zu und wie immer sieht er ziemlich heiß aus. Sein schwarzes, viel zu weites Tanktop hängt ihm lässig am Körper, wodurch seine bunten Tattoos an den Armen zu sehen sind und teilweise auch die an seinem Brustkorb hervorblitzen. Er verzieht seine vollen Lippen zu einem leicht spöttischen Grinsen und ich kann nur daran denken, wie gerne ich diese Lippen auf meinen fühlen würde. Vielleicht wären sie so weich wie Ryans.

„Will meinte, dass du nachher mal bei ihm vorbeischauen sollst. Wir müssen noch eben eine Schlange wegbringen, aber danach hätte er Zeit“, beginnt Mat ohne Umschweife und formalem Geplänkel das Gespräch.

„Okay“, antworte ich ihm kurz angebunden. Die verknotete Lichterkette halte ich dabei wie einen Schutzschild vor mich. Und das, obwohl ich weiß, dass Mat sowieso gleich los muss, um sich um die Schlange zu kümmern.

„Wo habt ihr sie gefunden?“, frage ich dann doch.

„Toiletten. Hat sich unter den Waschbecken verkrochen.“

„Oh. Gut, dass nichts passiert ist!“ Die Besorgnis in meiner Stimme ist echt. Hier im Outback gibt es einige hochgiftige Tiere, deren Biss man mit dem Leben bezahlen kann. Wenn Schlangen im Bereich der Farm entdeckt werden, dann fängt Will sie deshalb ein und bringt sie über staubige Stichstraßen, die die Bezeichnung Straße gar nicht verdient haben, einige Kilometer in die Wüste.

„Ja.“ Jetzt ist es wieder an Mat die einsilbigen Antworten zu geben. Mit einem letzten nachdenklichen Blick auf meinen Lichterketten-Schild dreht er sich auch schon wieder um und geht. Erleichterung durchströmt mich, als er schließlich durch die Tür tritt und nicht mehr zu sehen ist.

Wieder kehrt meine Aufmerksamkeit zur Lichterkette zurück. Die letzten Jahre war die Weihnachtszeit für mich und meine Mum durchwegs eine besondere Zeit. Selbst Peter konnte es uns nicht nehmen, dass wir Stunden zusammen verbrachten, um das Haus zu dekorieren, den Baum zu schmücken und auch Heiligabend zusammen zu feiern. Mit Peter musste ich zwingend auf dem jährlichen Weihnachtsempfang erscheinen, aber darüber hinaus war Weihnachten mit ihm ziemlich unspektakulär. Dieses Jahr würde meine Mama, zum ersten Mal seit Papas Tod, das Weihnachtsfest allein verbringen müssen. Das verursachte mir mehr Schuldgefühle, als es vermutlich sollte. Ich war schließlich erwachsen, hatte mein eigenes Leben und war nicht für Mums Glück verantwortlich.

Vorsichtig steige ich wieder auf die Leiter, um die nun entwirrten Kabel der Weihnachtsbeleuchtung nicht wieder zu verheddern. Sorgfältig bringe ich die einzelnen Lämpchen an den künstlichen Tannenzweigen an.

Natürlich würde auch ich das Weihnachtsfest mit Mama vermissen und die Besuche bei Nele und ihrer Mum. Da das Drumherum im Moment absolut nicht der von mir gewohnten Vorweihnachtszeit entspricht, bin ich von der passenden Stimmung allerdings meilenweit entfernt und kann mir gar nicht vorstellen, dass in wenigen Wochen schon Weihnachten sein soll. Das Wetter ist viel zu heiß, der Himmel zu wenig grau, die Straßen zu wenig nass und Wintermärkte hatte ich auch noch keinen Einzigen entdeckt, geschweige denn besucht. Ich hatte weder Glühwein getrunken noch Plätzchen gebacken oder Baumstriezel mit Zimt und Zucker genascht.

Doch ich würde dieses Jahr einfach ein komplett anderes Weihnachtsfest feiern. Wie das konkret aussehen wird, ist mir allerdings selbst noch ein Rätsel. Will würde später bestimmt mit mir über meine Zukunft auf der Ranch sprechen wollen. Kurz vor Weihnachten wäre ich einen Monat hier und ich muss mich bald entscheiden, ob ich es bei diesem einen Monat belassen oder mein Arbeitsverhältnis verlängern will. Wenn ich hierbliebe, dann würde ich Weihnachten mit Ava, Will und Mat verbringen. Je nachdem, wie sich die Situation mit Mat entwickelt, könnte das sehr angenehm oder sehr unangenehm werden.

Wenn ich allerdings gehen würde, dann wüsste ich erst einmal gar nicht wohin. Nach Deutschland zurückzufliegen käme gar nicht in Frage, da das Peter mit Sicherheit als Sieg werten würde. Vermutlich denkt er dann, dass ich wegen ihm und diesem lächerlichen Empfang zurückgekommen bin. Oder noch besser, dass ich wieder mit ihm zusammen sein will. Dabei will ich nichts mehr, als ihn nie wieder zu sehen.

Eine Begegnung mit ihm könnte mir allerdings nicht nur in Deutschland, sondern auch bei einer Rückkehr nach South Heads bevorstehen. Sollte ich also meiner bisherigen Strategie treu bleiben und wieder flüchten? Irgendwohin, wo ich noch nie war und er mich nicht findet? Wieder einen kleinen Neuanfang wagen? Oder sollte ich mich endlich meiner Angst stellen? Einfach das tun, was ich will und mich nicht weiterhin von ihm einschränken lassen. Er hat mir mein Leben in München vorgeschrieben, hat mich dazu gebracht Hals über Kopf aus South Heads zu flüchten und auch jetzt scheint er mir aus der Ferne meine Entscheidungen zu diktieren. Diesen Zustand sollte ich schleunigst beenden.

Kapitel 19 – The Toilette

Ryan

Ich stolpere ungeschickt über den Fuß des Barhockers und kann mich gerade noch, trotz meiner verlangsamten Reflexe, an der klebrigen Holztheke vor mir abfangen. Eigentlich habe ich den Pegel, an dem es höchste Zeit wäre, den Partyabend gut sein zu lassen, schon längst erreicht. Trotzdem bestelle ich einen weiteren Gin Tonic beim Barkeeper, der mich aus zusammengekniffenen Augen mustert, mir aber wenig später anstandslos meinen Drink reicht.

Nach zwei tiefen Schlucken drehe ich mich langsam um und mustere träge die tanzende Meute. Neben den Lichtreflexen der Diskokugel und den bunten Stroboskopblitzen leuchtet und blinkt mir aus allen Ecken die völlige übertriebene Weihnachtsdekoration entgegen. Hier eine bunte Lichterkette, dort Weihnachtskugeln und selbst unter den Partygästen finde ich kleine Tannenbaumhaarreife, Christbaumkugelketten und Lebkuchenmann-Handtaschen. Die Weihnachtsstimmung hat South Heads vollends im Griff und mir könnte es nicht egaler sein.

„Hey man, wie geht's dir?", fragt mich Dean besorgt, der plötzlich neben mir steht.

Ich nicke nur gleichmütig. Im Moment kann ich ihm nämlich gar nicht sagen, wie es mir geht. Gerade fühle ich außer einer angenehmen Kopfschwere, die anhand der vielen gedankendämpfenden, weichen Watte in meinem Hirn völlig paradox ist, nämlich gar nichts.

Dean kommt vorsichtig etwas näher, um seine nächsten Worte eindringlich und deutlich direkt an meinem Ohr loszuwerden. „Ich dachte, du hättest diese Phase hinter dir gelassen?“

Wieder nicke ich und lasse mich zu einem gleichmütigen Brummen herab, bevor ich zwei weitere große Schlucke aus meinem Glas nehme.

„Vielleicht schreibst du ihr doch mal?“ Dean, dieser Verräter, gibt einfach nicht auf.

„Man, jetzt lass mich. Ich weiß, was ich tue!“, schnauze ich ihn an. Ich höre selbst, wie schleppend und undeutlich meine Worte klingen, was ihnen gänzlich die Schärfe nimmt.

Deans Hand landet auf meiner Schulter und er drückt ziemlich fest zu. „Pass einfach auf dich auf, ja? Ich habe keinen Bock auf noch so eine Scheiße, wie mit Sarah.“

Dieser Wichser. Klar, dass er jetzt mit Sarah um die Ecke kommt. Ruckartig schüttele ich seine Hand ab.

Es ist ungefähr einen Monat her, seit ich Alina mit diesem Typen in dem Club gesehen habe. Und doch hat die Intensität des erstickenden Gefühls, dass sich bei jedem Gedanken an diesen Abend wie flüssiger Teer um meine Lunge legt, seither kein bisschen nachgelassen. Wenn ich ehrlich bin, dann ärgere ich mich maßlos über mein chauvinistisches Verhalten Lina gegenüber. Noch mehr ärgert es mich allerdings, dass ich mich darüber ärgere, wenn das irgendeinen Sinn ergibt. Aber über Dean ärgere ich mich gerade am Meisten. In Gedanken vergebe ich deshalb den Platz für meinen neuen besten Freund an den Gin Tonic in meiner Hand.

Ohne Dean eines Blickes zu würdigen, trinke ich den Rest meines Drinks auf Ex aus, knalle das Glas auf den Tresen und schwanke in Richtung Tanzfläche.

Zehn Minuten später finde ich mich, immer noch schwankend, in einer engen Toilettenkabine wieder. Mit beiden Händen spreize ich mich rechts und links gegen die vormals grauen, jetzt mit Tags und Sprüchen beschmierten, dünnen Toilettenwände. Das lindert meinen Schwindel minimal, so dass ich fast fokussiert auf Milena - oder Marlena, oder Marlene - hinabblicken kann. Ihr Gesicht ist nicht zu sehen, denn ihre langen, dichten, braunen Haare verdecken es vollständig, während sie ausgiebig meinen Schwanz mit dem Mund bearbeitet. Leider fühle ich dabei so gut wie gar nichts.

Wie bin ich nur in diese Situation geraten? Früher, nach Sarah, war das hier monatelang genau mein Ding. Ausgehen, sich mit Alkohol wegschießen, um dann belanglosen Sex zu haben. In meiner Erinnerung hatte sich diese Art der Abendgestaltung besser angefühlt und ich bereue es, dass ich mich zu einem Partyabend habe überreden lassen. Dean hat es sicher nur gut gemeint. Dass die Sache - mal wieder - so eskaliert, war ihm wahrscheinlich nicht in den Sinn gekommen. Jetzt gerade will ich es eigentlich nur noch zu Ende bringen und nach Hause.

So wird das allerdings nichts. Ich weiß gar nicht, ob ich in meinem betrunkenen und bitteren Zustand überhaupt kommen kann. Den Versuch, Melissas Kopf mit meiner Hand ein wenig zu dirigieren, gebe ich sofort auf, als ich merke, dass ich mich dringend mit beiden Händen festhalten muss, um nicht nach hinten überzukippen. Scheiße. Dann wohl doch im Sitzen. Ich brauche nur einen Versuch, um mich so auf den geschlossenen Klodeckel zu setzen, dass mein Hintern von meinen Boxershorts bedeckt wird und ich vorneherum einsatzbereit bleibe. Gelernt ist gelernt. Aus der Tasche meiner Jeans hole ich ein Kondompäckchen, das ich sofort aufreiße und mir das Gummi zügig überrolle. Sie steht jetzt vor mir und wischt sich mit dem Handrücken über die geschwollenen Lippen. Vermutlich fände ich das normalerweise ziemlich sexy. Jetzt lässt es mich total kalt und ich erinnere mich wieder daran, dass ich die Sache einfach zu Ende bringen sollte. Zielstrebig fahren also meine Hände an den Oberschenkeln des Mädchens - wenn ich nur ihren Namen wüsste - nach oben unter ihren Rock. Das dünne Höschen schiebe ich grob beiseite, um mit meinen Fingern ihre Nässe zu spüren. Fast einsatzbereit. Mit geübten Bewegungen massiere ich ihre Klitoris und schiebe zwischendrin einen oder auch mal zwei Finger in ihre warme Feuchte. Das Programm spule ich wie mechanisch ab, während sie leise beginnt nach mehr zu stöhnen.

Vorsichtig, aber zielstrebig ziehe ich sie auf meinen Schoß und dringe sofort in sie ein. Wir halten beide kurz inne und sie beginnt ihre Hände in den Haaren an meinem Hinterkopf zu vergraben. Wie Lina. Ich schließe die Augen. Bedacht berühre ich mit meiner Zungenspitze ihre Lippen und wir küssen uns zärtlich.

So zärtlich, wie Lina und ich uns damals im Oktober in meinem Truck geküsst haben. Dass sie nicht wie Lina schmeckt, ignoriere ich gekonnt. Dann beginnt sie sich zu bewegen, während ich meine Hände an ihre Taille lege, um die Kontrolle zu behalten. Meine Augen bleiben geschlossen, während sich ein leises Gefühl, wie elektrische Spannung, in meinem Körper auszubreiten beginnt.

Ich sehe sie. Wie sie unter mir liegt. Die langen, dunkelblonden Haare halb auf dem Kissen, halb auf meinem ausgezogenen Shirt. Sie trägt nur noch ihren schwarzen Spitzen-BH, ihre Mitte glänzt feucht und einladend von meinem Speichel und ihrer Lust. Ich stöhne auf, als ich an den Moment denke, in dem ich schließlich in sie eindrang und ich fühle, fühle, fühle endlich grenzenlose Erregung. Ich erinnere mich an ihren heiseren Atem, an die köstliche Enge, das elektrisierende Gefühl der Lust und als ich an ihre geflüsterte Bitte an mich denke, an die darauffolgende gemeinsame Erlösung, kann ich den Orgasmus nicht mehr verhindern. Ich stöhne leise ihren Namen und lass meine Stirn gegen ihre sinken.

„Manuela“, dringt es laut an mein Ohr. „Nicht Lina!“

„Tschuldigung“, murmele ich völlig erschöpft und schlage die Augen auf, was mich leider sofort in die Gegenwart zurückkatapultiert. Stimmt, Manuela war es. Touristin aus irgendwo in Europa. Spanien oder so.

„Bist du wenigstens gekommen?“, frage ich vorsichtig nach.

Sie schnaubt. „Ich wüsste nicht wann!“

Als ich daraufhin meine Finger zwischen ihre Schamlippen schieben will, um schuldbewusst meinen Teil zu unserer kleinen Eskapade beizutragen, stemmt sie sich allerdings hoch, rutscht ihr Höschen und ihren Rock zurecht, schließt die Kabine auf und geht, ohne mich eines weiteren Blickes zu würdigen.

Seufzend entsorge ich das Kondom im Mülleimer neben mir, stehe auf, ziehe meine Hose unelegant nach oben und beschließe, dass es endlich Zeit wird, um nach Hause zu gehen.

Allerdings komme ich nur bis zum Waschbecken, denn die Ereignisse gerade und Deans Worte von vorhin hallen in meinen Gedanken nach. Ich wasche meine Hände, nehme mein Handy heraus und scrolle in meinen Kontakten zu Linas Nummer. Wie oft habe ich sie die letzten Wochen angestarrt? Die Zahlenfolge kenne ich mittlerweile auf jeden Fall auswendig. Und doch habe ich ihr nie geschrieben, habe der Versuchung sie anzurufen jedes Mal widerstanden. Auch wenn mein Daumen nur noch Millimeter vom grünen Hörer entfernt schwebte, ich war immer standhaft. Vielleicht mag es die Kurzschlussreaktion eines Betrunkenen sein, aber endlich tippe ich eine Nachricht in mein Smartphone und schicke sie an Lina.

Kapitel 20 – The Decision

Erschöpft lasse ich mich auf den wackeligen Hocker sinken, der vor dem Toiletten-Häuschen im staubigen orangen Sand steht. Gerade habe ich meine dreckige Wäsche in einer der beiden Waschmaschinen untergebracht, die in einem kleinen, abgetrennten Bereich in dem Haus hinter mir stehen.

Letzte Nacht war an Schlaf nicht zu denken, denn in meinem Kopf herrschte das reinste Chaos. Als Will von seinem kleinen Ausflug mit Mat wieder zurück war, hatte er mich tatsächlich um eine baldige Entscheidung hinsichtlich meines Arbeitsverhältnisses gebeten. Ich versprach Will, dass ich ihm spätestens heute Abend Bescheid geben würde. Die darauffolgenden Grübeleien hielten mich die ganze letzte Nacht wach, wobei ich einfach zu keiner sinnvollen Lösung meines Problems gekommen war und nun unter enormem Entscheidungszwang stehe.

Die wichtigste ergrübelte Erkenntnis ist vermutlich, dass ich South Heads aktuell mehr vermisse als meine Heimatstadt München und ich mich, wenn ich ehrlich zu mir selbst bin, auch keinen weiteren Monat am Kings Canyon sehe. Die Abgeschiedenheit, einer der wichtigsten Gründe, warum ich überhaupt hierhergekommen war, macht mir langsam zu schaffen. Ich will endlich wieder in ein Café gehen, andere Gesichter sehen, am Strand den Sand zwischen meinen Zehen fühlen, laufen gehen und mit lieben Menschen eine gute Zeit haben.

Die altersschwache Waschmaschine höre ich bis nach draußen rumpeln und ich ziehe mein Smartphone aus der hinteren Hosentasche, um die Wartezeit zu überbrücken. Natürlich könnte ich auch in mein Zimmer gehen, aber hier ist der Empfang dank der Nähe zum Sendemast besonders gut. Außerdem bringe ich es nicht übers Herz die Hälfte meines aktuell gesamten materiellen Besitzes für längere Zeit unbeaufsichtigt zu lassen.

Mein Handy zeigt mir den Eingang einer neuen Nachricht an. Die Nummer kenne ich allerdings nicht, weshalb mir das Herz sofort bis zum Hals schlägt. Ein Blick auf die Uhrzeit verrät mir, dass ich diese Nachricht bereits gestern Nacht erhalten habe. Durch die morgige Hetzerei zum Frühstück, die vielen Gäste dort und das Aufräumen komme ich tatsächlich jetzt das erste Mal zur Ruhe.

Nervös tippe ich die Nachricht an. Mein Körper kann sich nicht entscheiden, ob er mir in Befürchtung einer Nachricht von Peter einen kalten Schauer bescheren oder ob er mir, in der Hoffnung eine Nachricht von Ryan erhalten zu haben, das Blut explosionsartig in den Kopf pumpen soll.

+61 493 513 965 01:20 Uhr: Sie waren gut, aber viel lieber hätte ich dir einen kostenlosen Kaffee in meinen fucking nicht klimatisierten Truck gebracht.

Wenn ich nicht schon sitzen würde, dann müsste ich mich jetzt setzen. Stattdessen atme ich tief ein und schließe die Augen, während sich ein breites Lächeln in mein Gesicht stiehlt. Ryan, es ist tatsächlich Ryan.

Ich öffne die Augen, lese die Nachricht nochmal und dann gleich noch ein drittes Mal.

Er kann sich anscheinend noch an meine peinliche Verabschiedung nach unserer gemeinsamen Nacht vor dem Hostel erinnern. Eine leichte Röte schießt mir ins Gesicht, als ich daran denke, wie ich ihm damals gute Surfwellen gewünscht hatte. Es wäre wirklich schlauer gewesen, wenn ich ihn stattdessen nach seiner Nummer gefragt hätte. Ob er mir mit dem zweiten Teil seiner Nachricht zu verstehen geben will, dass er weiß, dass er sich am Abend meiner Abschiedsparty total danebenbenommen hat? Den Wortlaut meiner Antwort auf seine abstruse Anschuldigung hat er offensichtlich nicht vergessen.

Immer noch mit einem dicken Grinsen im Gesicht lehne ich meinen Hinterkopf gegen die Hauswand und betrachte den strahlend blauen, wolkenlosen Himmel. Was soll ich jetzt bloß tun? Dann tippe ich eine kurze Antwort.

Alina 10:35 Uhr: Den hätte ich lieben gerne genommen.

Alina 10:36 Uhr: Vielleicht können wir den Kaffee ja irgendwann nachholen?

Einige endlose Minuten, in denen ich mein Handy wie hypnotisiert anstarre, passiert gar nichts. Dann werden die Nachrichten endlich als gelesen markiert und ich sehe sofort an der Anzeige, dass Ryan etwas schreibt. Nervös springe ich von meinem Stuhl auf und fange an vor dem Häuschen auf und ab zu laufen. Als das Vibrieren in meiner Hand den Eingang einer Nachricht ankündigt, muss ich mich zunächst sammeln, bevor ich mich traue die Nachricht zu lesen. Nach einigen tiefen Atemzügen schaffe ich es das Symbol hastig anzutippen.

Ryan 10:40 Uhr: Na klar.
Ryan 10:40 Uhr: Wann bist du wieder in SH?

Wieder ein dickes Grinsen, das kurz verrutscht, denn er stellt die Frage aller Fragen. Vermutlich wäre eine Erkundigung nach dem *ob* angebrachter als eine nach dem *wann*.

Allerdings kommt es mir aktuell ziemlich dumm vor, dass ich mir wegen einem Kerl die Rückkehr an einen Ort verwehren soll, an dem ich mich so wohl gefühlt habe. Genauso dumm erscheint mir andererseits auch die Vorstellung, dass ich nur wegen einem anderen Kerl nach South Heads zurückkehren würde. Ich sollte einfach mal meine eigenen Entscheidungen treffen! Also fasse ich mir ein Herz und antworte.

Lina 10:43 Uhr: Ich arbeite noch bis zum 16.12. auf der Kings Canyon Ranch. Danach wollte ich gerne einige Dinge auf meiner Touristen-Bucket List abhaken.

Diese Entscheidung fühlt sich rundherum richtig an. Australien hat so viel Spannendes zu bieten! Wenn ich meine knapp zwei Monate, die ich bisher hier verbracht habe, aus touristischer Sicht rekapituliere, dann fallen mir die wirklich atemberaubenden Erlebnisse am Uluru und am Kings Canyon ein. Meine Bucket List ist doch aber viel länger und ich will sie vollumfänglich erleben. Und das würde ich nach meiner Zeit am Kings Canyon nun endlich in Angriff nehmen. Und ich würde mich nicht von irgendwelchen Männern in meinem Leben davon abhalten lassen, das zu tun!

Ryan 10:45 Uhr: Falls du noch nicht in Sydney warst, dann kann ich dir gerne die Stadt zeigen. Kaffee gibt's dort übrigens auch.

Ich weiß nicht, was ich erwartet hatte, aber diese unverhoffte Antwort könnte nicht perfekter sein. Vielleicht könnte ich einfach alles haben. Ryan, Australien und dabei komplett selbst über mein Leben bestimmen.

Mit einem dicken Grinsen im Gesicht setze ich mich wieder auf den wackeligen Hocker.

Lina 10:46 Uhr: Den Flughafen von Sydney kenne ich mittlerweile ganz gut, für den Rest müsste ich dann tatsächlich deine Dienste in Anspruch nehmen.

Ryan 10:47 Uhr: Sie stehen dir jederzeit zur Verfügung. Schreib mir einfach, wenn du hier bist.

Das fette Grinsen will einfach nicht aus meinem Gesicht verschwinden. Ich möchte mein Glück allerdings nicht überstrapazieren und am Ende Ryan total nerven. Deshalb stecke ich das Handy wieder in die Hosentasche zurück.

Zwei Sekunden später ziehe ich es auch schon wieder heraus und suche bei Google Flights nach günstigen Flügen zurück nach Sydney. Tatsächlich könnte ich bereits am Abend des 18. schon dort landen. Bevor ich den Flug nun Hals über Kopf buche, will ich allerdings Neles Meinung zu der ganzen Situation hören.

Alina 10:49 Uhr: Hey Nele, wie war deine Klausur? Und was würdest du davon halten, wenn ich dir schreiben würde, dass ich darüber nachdenke, zurück an die Ostküste zu fliegen?! Und mir dort ganz eventuell Ryan (DER Surferboy) Sydney zeigen würde?

Ungeduldig starre ich den Nachrichtenverlauf an. Allerdings wird mein Text auch Minuten später nicht als gelesen markiert. Ein prüfender Blick auf die Uhr verrät mir auch, warum. In Deutschland ist es mitten in der Nacht und bis ich auf eine Antwort von Nele hoffen kann, werden noch einige Stunden vergehen.

Ein resigniertes Brummen entschlüpft meiner Kehle, während ich ungeduldig mit den Fingern auf das Handy-Display trommele. Trotz meiner Müdigkeit fühle ich mich gerade so aufgedreht, als ob ich mehrere Liter Espresso intus hätte.

Ich will irgendetwas tun und muss meinen blinden Aktionismus irgendwie im Zaum halten, bevor ich etwas komplett Unsinniges und Unüberlegtes mache. Am liebsten würde ich in meine Laufschuhe springen und loslaufen. Das ist bei der Hitze und den nicht vorhandenen Laufwegen hier allerdings nicht ratsam.

Also rufe ich den Chat mit Sue auf und beschließe, dass ich mir nun ihre Meinung zu dem Ganzen einholen werde.

Alina 10:56 Uhr: Hey Sue! Wie läufts im Beans? Und sonst so? Was würdest du sagen, wenn ich zurück nach Sydney kommen würde? Ryan (ja, der) hat angeboten mir die Stadt zu zeigen…

Erneut starre ich auf das Display und fange sofort wieder mit meinen unruhigen Klopfbewegungen an. Als ich sehe, dass Sue etwas schreibt, springe ich schnell auf und laufe abermals auf und ab. Mittlerweile dürfte ich schon einen kleinen Graben in den orangen Sand gelaufen haben. Als die Nachricht eintrifft, lehne ich mich gegen die kühle Mauer des Toilettenhäuschens und öffne sie sofort.

Sue 10:58 Uhr: Hey Lina! Man, das wäre so mega, wenn du wieder hierherkommst! Im Beans läuft alles. Allerdings haben wir letzte Woche deine Stelle neu besetzt. Also wegen Job müsstest du zunächst woanders schauen, sorry! Und solange Ryan nicht annähernd so ein Idiot ist wie dein Ex, habe ich nichts dagegen, wenn du dir von ihm „die Stadt zeigen“ lässt. ;)

Ich muss unwillkürlich lächeln. Im hintersten Eck meines Gehirns hatte sich nämlich die Befürchtung versteckt, dass mir Nele oder Sue ins Gewissen reden.

Dass sie mir sagen, dass ich meine weiteren Pläne nicht schon wieder von einem Kerl abhängig machen soll. Wenn ich ehrlich zu mir bin, dann freue ich mich aktuell nämlich mehr darüber, dass ich mit Ryan Zeit verbringen werde, als darüber die Sehenswürdigkeiten von Sydney zu sehen.

Gerade beginne ich eine Nachricht an Sue zu tippen, als Mat aus dem Kamelunterstand heraustritt, mich an die Mauer gelehnt entdeckt und zielgerichtet auf mich zugeht. Er trägt wie immer ausschließlich schwarze Kleidung, an der ich einige helle, anhaftende Grashalme erkennen kann. Vermutlich hat er gerade die Kamele gefüttert. Er bleibt auf Höhe der Tür vom Toilettenhäuschen kurz stehen.

„Hey", begrüßt er mich mit rauer Stimme. Dann ruckt er kurz mit dem Kopf in Richtung Tür, wartet keine Antwort meinerseits ab und ist schon durch den Eingang verschwunden, bevor ich auch nur den Mund öffnen kann.

Sollte ich ihm folgen, dann ist die Wahrscheinlichkeit hoch, dass es auf eine schnelle Nummer auf der Waschmaschine hinauslaufen wird. Zumindest ist exakt das letzte Woche passiert. Mit einem Seufzen stoße ich mich von der Wand ab, stecke mein Handy in die Hosentasche und folge Mat nach drinnen. Ich muss das jetzt klären.

Fünf Minuten später sitze ich wieder auf dem wackeligen Hocker und höre der noch immer rumpelnden Waschmaschine weiter zu. Sollte es Mat emotional berührt haben, dass ich unser kleines Arrangement gerade für beendet erklärt hatte, dann hatte er es mit keiner Regung seines Gesichtes oder Körpers gezeigt.

Nach den Nachrichten, die ich mit Ryan ausgetauscht hatte, den Empfindungen, dem Kribbeln, der Vorfreude, der Aufregung, die ich dabei gefühlt hatte, wäre es mir mehr als falsch vorgekommen, wenn ich jetzt mit jemand anderem intim gewesen wäre. Es fühlt sich gerade alles genau richtig an und ich liebe es, dass ich endlich zu der Erkenntnis gekommen bin, dass ich Entscheidungen nur nach dem Gesichtspunkt treffen sollte, ob sie gut für mich sind. Und zwar für mich allein.

Zwei Stunden später fühle ich mich deswegen gar nicht mehr so euphorisch. Die Wäsche hängt mittlerweile auf der Leine und trocknet in der Mittagshitze. Ich stehe vor dem Haupthaus neben Will, der mit dem Oberkörper in der geöffneten Motorhaube seines Trucks verschwindet. Gerade habe ich ihm gesagt, dass ich in wenigen Tagen die Ranch verlassen will und bin froh, dass ich seinen enttäuschten Gesichtsausdruck gerade nicht mehr sehen muss.

„Und wenn du nur noch einen Monat bleibst?“, kommt es dumpf aus dem Motorraum von Will.

Bis er eine neue Aushilfe findet, könnten wieder Monate vergehen und ich drohe unter der Last dieser Verantwortung einzuknicken. Wie war das damit, dass ich ab jetzt nur noch Entscheidungen treffen will, die für mich ganz allein funktionieren? Ohne Rücksicht auf andere? Das ist tatsächlich schwerer als gedacht.

„Ich will euch wirklich nicht im Stich lassen, aber ich kann, nein ich möchte, ehrlich nicht noch länger bleiben“, antworte ich zerknirscht. Zumindest bin ich aufrichtig.

Will stemmt sich unter Stöhnen aus dem Motorraum nach draußen, wobei er sich fast den Kopf an der Haube stößt. Dann sieht er mir mit einem resignierten Blick in die Augen.

„Gott, ich versteh´ dich ja Mädchen. Hier kann es einem schon sehr langweilig werden. Ich mag es eben so.“ Er zuckt halb entschuldigend die Schultern. „Aber Helen, oder du, ihr braucht die Action“, schließt er seinen Satz. Als er die Motorhaube anschließend mit Schwung heruntersausen lässt und sie mit einem lauten Knall einrastet, zucke ich heftig zusammen. Das schlechte Gewissen ist quasi greifbar und liegt mir wie ein schwerer Stein im Magen, weshalb ich mich schleunigst allem entziehen will und zurück in mein Zimmer gehe.

Weitere zwei Stunden später erwache ich aus meinem Mittagsschlaf und taste mit noch geschlossenen Augen nach meinem Handy, das ich irgendwo neben meinem Kopfkissen abgelegt hatte. Die Helligkeit des Displays blendet mich sofort, als ich das Handy entsperre. Mit zusammengekniffenen Augen versuche ich die noch verschwommen erscheinende, ziemlich lange, Nachricht zu lesen. Nach mehrmaligem schnellem Blinzeln klappt es schließlich.

Nele 15:04 Uhr: Guten Morgen Süße! Oder soll ich besser sagen guten Mittag? Die Klausur war ganz okay. Sicher nicht meine beste Leistung aber bestanden haben sollte ich.

Wie ich dich kenne, willst du jetzt meine Erlaubnis, dass du mit Surferboy durch Sydney ziehen darfst, oder? Meinen Segen hättest du. Aber ich weiß nicht, wie das mit dem Arschloch weitergehen soll. Ich habe echt Schiss was passiert, wenn er dich oder – Gott bewahre – Surferboy in die Finger kriegt. Pass bloß auf, okay? Ich versuche hier ein bisschen auf ihn zu achten. Das muss ja irgendjemand mitbekommen, wenn er in den Flieger steigen sollte und nicht in der Arbeit ist. Mehr kann ich aber vermutlich nicht tun. Pass einfach auf dich auf, okay? Lieb dich Süße!

„Du bist die Beste, Nele. Ich vermisse dich.“ Natürlich kann Nele meine geflüsterten Worte nicht hören. Das Herz wird mir schwer bei dem Gedanken an meine beste Freundin, die mir so sehr fehlt und mir trotz dieser riesigen räumlichen Distanz zwischen uns eine so große Unterstützung ist.

Kapitel 21 – The Hotel

Mein Blick wandert über die grünen Wälder unter mir und ich fühle eine ungemeine Erleichterung darüber, dass ich endlich etwas anderes als den ewigen orangen Wüstensand sehe. Mit einem Lächeln auf den Lippen und einem positiven Nervositätsgefühl lehne ich mich im Flugzeugsitz zurück und höre damit auf, aus dem Fenster zu starren.

Die letzten Tage auf der Kings Canyon Ranch verliefen absolut unspektakulär. Nachdem es mit Mat keine weiteren Zwischenfälle sexueller Natur gab, hat er mir gegenüber wieder zu seiner spöttisch-distanzierten Art zurückgefunden.

Wir hatten sowieso nie viel miteinander geredet und bis auf unsere gemeinsame Wanderung am Kings Canyon auch nichts gemeinsam unternommen. Deshalb fühlt sich der Verlust dieser Bekanntschaft moderat schmerzhaft an. Ava und Will würden mich, oder vielmehr meine Arbeitskraft, vermutlich auch mehr vermissen als ich sie. Wir hatten eine gute Zeit miteinander und sollte ich sie wieder sehen, dann würde ich mich darüber sehr freuen. Doch mehr war da nicht.

Den gestrigen Tag hatte ich genutzt um den Wanderweg um den Kings Canyon ein weiteres Mal, diesmal allerdings ohne Mat, zu begehen. Zum einen, weil vorgestern mein offiziell letzter Arbeitstag war und ich deshalb gestern nichts zu tun hatte und zum anderen, weil ich mich auch von dieser spektakulären Naturschönheit adäquat verabschieden wollte. Außerdem vermisste ich die Bewegung. Ich hatte mir fest vorgenommen, dass ich an der Ostküste wieder mehr laufen würde!

Will persönlich hatte mich heute Mittag zum Flughafen nach Yulara gefahren, von wo ich den Flieger nach Sydney nahm. Dank der Zeitverschiebung würde ich relativ spät landen. Das hatte Ryan allerdings nicht davon abgehalten, mir anzubieten, dass er mich abholt. Da wir für morgen unsere Sightseeing-Tour in Sydney geplant hatten, würden wir heute Abend gleich in der Stadt übernachten.

Dieser Gedanke macht mich mehr als nervös, besonders weil Ryan alles geplant hat und ich keine Ahnung habe, wie die nächsten vierundzwanzig Stunden ablaufen werden.

Zwei Flugstunden später bin ich das reinste Nervenbündel. Mein Herz schlägt in einer mit Sicherheit sehr ungesunden Geschwindigkeit und meine Bewegungen sind so fahrig, dass ich mich fast selbst mit meinem Rucksack K.O. schlage, als ich ihn unbeholfen aus dem Gepäckfach im Flugzeug heraushole. Selbst als ich am Gepäckband stehe, hat sich meine Atmung noch nicht beruhigt und meine Hände zittern leicht, als ich meinen derangierten Koffer vom Band nehme.

Auf wackeligen Beinen trete ich schließlich durch die Glasschiebetür aus dem klimatisierten Flughafen auf die Straße.

Obwohl Sommer ist, steht die Sonne bereits ziemlich tief und versieht die Autos im Abholbereich vor mir mit langen Schatten. Ryans Truck ist eines dieser Autos und ich meine an einem Herzinfarkt sterben zu müssen, als ich ihn lässig an die Fahrertür gelehnt sehe. Er sieht irgendwie noch besser aus, als ich ihn in Erinnerung hatte. Wenn das überhaupt möglich ist. Seine blonden Haare sind etwas länger, aber stehen immer noch in alle Himmelsrichtung davon. Ein einfaches weißes Shirt schmiegt sich an seinen Körper. Dazu trägt er eine dunkle Jeans mit Löchern und Flipflops an den Füßen. Er sieht einfach nur lässig aus und vor allem so, als ob er sich keine Sekunde Gedanken über seine Klamotten gemacht hätte.

Ich hingegen habe gestern mindestens zwei Stunden gebraucht, um das perfekte Outfit für unser erstes Wiedersehen zu finden. Ich hatte mich für eine enge helle Jeans, Sneakers und ein weites schwarzes Shirt entschieden, das am Bauch ein wenig Haut hervorblitzen lässt. Beim Gedanken an den Stress deswegen muss ich fast über mich selbst lachen. Als ich auf ihn zugehe und er mich entdeckt, breitet sich ein Lächeln auf seinem Gesicht aus. Er kommt mir sofort entgegen und mir fällt auf, wie anziehend ich allein sein selbstbewusstes Auftreten finde.

„Hey Linny“, begrüßt er mich leise, wobei sich sein Lächeln bis zu seinen Augen ausbreitet und er mich gleichzeitig kurz und ohne viel Körperkontakt umarmt. Gott, ich hoffe, das ist nicht der Moment, in dem er mich in die Friendzone verbannt.

„Hey Ryan“, antworte ich trotzdem mit einem ebenso freudigen Lächeln.

Er greift mit der einen Hand nach dem Griff meines Koffers und legt die andere auf meine Taille, um sich mit mir in Richtung seines Trucks in Bewegung zu setzen. Als seine Finger in der Bewegung die nackte Haut an meinem Bauch berühren, zieht er seine Hand ruckartig zurück und fährt sich damit durch die strubbeligen Haare. Kurz wirft er mir einen Seitenblick zu und ich meine nun doch so etwas wie Nervosität in seinen Augen zu erkennen.

„Hattest du einen guten Flug?“, fragt er mich, während er den Kofferraum öffnet und meinen Koffer darin verstaut. Ich bemerke, dass er aufgeräumt hat und keine Bettwäsche im Truck herumliegt. Da werden wir heute Nacht also nicht schlafen und ich weiß nicht, ob mich diese Erkenntnis enttäuscht.

„Ja klar. Er war ja nicht sonderlich lange“, antworte ich nervös. Anschließend gehen wir beide um das Auto herum zu unserer jeweiligen Tür.

„Ich sehe, du weißt mittlerweile auf welcher Seite du einsteigen musst“, neckt er mich grinsend, als wir im Innenraum Platz nehmen.

Daraufhin schüttele ich nur belustigt den Kopf und beobachte ihn halbwegs unauffällig von der Seite. Wie er routiniert den Gurt schließt, lässig den Gang einlegt und mit einer Hand am Lenkrad, die andere hat er am offenen Fenster abgelegt, aus der Parklücke fährt.

Als wir Fahrt aufnehmen und keiner von uns beiden etwas sagt, dreht Ryan schließlich das Radio auf. *Cruel*

Summer von *Taylor Swift* schallt uns entgegen und er verringert die Lautstärke sofort.

„Verrätst du mir, wo wir hinfahren?“, frage ich schließlich. Komisch, dass ich vorab keinen einzigen Gedanken daran verschwendet hatte, dass ich mal wieder in das Auto von einem Kerl steigen würde, den ich so gut wie gar nicht kannte.

„Wir fahren noch circa zehn Minuten.“ Er wirkt komplett entspannt und souverän. So als ob es keine große Sache wäre, dass wir gleich irgendwo ankommen, wo wir die Nacht zusammen verbringen werden.

„Das beantwortet meine Frage nicht, Ryan“, bohre ich weiter nach.

Er lacht. „Ich habe uns ein Hotel klargemacht. Es liegt ziemlich zentral. Von dort aus können wir morgen direkt zu Fuß durch Sydney ziehen.“

Unbehaglich rutsche ich auf meinem Sitz herum. „Ryan, das ist superlieb von dir, aber ich bin momentan eher knapp bei Kasse und kann mir wirklich nur eine günstige Unterkunft leisten“, gebe ich zu.

Für den Flug nach Sydney musste ich schon meine eisernen Reserven antasten, weshalb ich aktuell bei jeder erdenklichen Möglichkeit Geld einsparen sollte.

„Na, da hast du Glück, dass wir beide für das Hotel nichts bezahlen werden.“ Ein entspanntes Lächeln umspielt seinen Mundwinkel.

„Weil?“, frage ich sofort mit ernster Miene nach. An der Sache muss es einen Haken geben.

„Weil mein Job verlangt, dass ich ab und an nach Sydney komme, um die Herrschaften im Office mit meiner Anwesenheit zu beehren. Das mache ich aber weitaus seltener, als mir eben diese Herrschaften ein Hotelzimmer für meine Besuche zur Verfügung stellen. Deshalb habe ich noch einiges an Kontingent übrig, von dem ich sehr gerne heute etwas mit dir verprasse."

Beruhigt lehne ich mich im Autositz zurück. „Das ist nicht die Antwort, die ich erwartet hatte, aber sie gefällt mir sehr gut."

Eine Frage nach seinem Job liegt mir bereits auf der Zunge, als er langsamer wird und in die Auffahrt eines breiten weißen Gebäudes mit verglastem Eingangsbereich fährt.

Wenig später stehen wir mit unserem Gepäck, Ryan hat lediglich einen Rucksack dabei, auch schon an der Rezeption des Hotels.

„Hey! Zwei Zimmer auf Ryan Carter", beginnt er das Gespräch und legt seinen Führerschein auf die Theke.

Mein Lächeln verrutscht leicht, als uns der Rezeptionist jeweils ein Papiermäppchen mit der Keycard für unser Zimmer reicht. Scheiße. Irgendwie hatte ich fest damit gerechnet, dass wir uns ein Zimmer teilen würden. Meine Befürchtungen hinsichtlich der Friendzone verfestigen sich.

Wir hatten die letzten Tage sporadisch miteinander geschrieben, aber dabei nicht wirklich geflirtet. Hätte ich offensiver sein sollen? Hätte ich meine Absichten deutlicher machen sollen?

Mit einem frechen Seitenblick werfe ich einen Blick auf Ryans Führerschein, der gerade auf den Tresen zurückgelegt wurde.

„Süß“, kommentiere ich das Foto eines deutlich jüngeren Ryans mit einem süffisanten Grinsen.

„Selber“, antwortet er trocken, zieht einen Mundwinkel zu einem schiefen Grinsen nach oben und steckt den Führerschein zurück in sein Portemonnaie. Diese Bemerkung verursacht bei meinem Herz einen ungesunden Aussetzer.

Mit der einen Hand schnappt er sich daraufhin den Griff meines Koffers, wirft mir einen kurzen, prüfenden Blick zu und greift mit der anderen Hand nach meiner eigenen, bevor er sich mit mir in Richtung Aufzug in Bewegung setzt. Der sanfte Kontakt seiner weichen, warmen Haut sendet Hitzewellen durch meinen kompletten Körper und ich spüre die leichte Berührung bis in die Zehenspitzen. Eventuell bin ich doch nicht in der Friendzone gelandet.

Als Ryan mich loslässt, um den Knopf für den Aufzug zu drücken, nimmt er meine Hand danach nicht wieder, was mich ein weiteres Mal total irritiert. Ein Blick in die verspiegelte Innenseite des Aufzugs verrät mir, dass meine Wangen rosa glühen. So einfach bin ich also aus dem Konzept zu bringen, bravo.

Im dritten Stock steigen wir aus dem Fahrstuhl und gehen hintereinander einen kurzen, mit dunkelrotem Teppich ausgelegten, Gang entlang. Am Zimmer 312 angekommen, dreht sich Ryan zu mir um und deutet auf die Tür.

„Das hier wäre dann deines.“ Er lächelt und zeigt anschließend auf die Tür gegenüber. „Und hier ist mein Zimmer.“

Weil mir nichts Besseres einfällt, teste ich meine Keycard am Lesegerät. Mit einem Klacken öffnet sich meine Tür.

„Jep, funktioniert“, wende ich mich mit einem Blick über die Schulter an Ryan.

„Gib Bescheid, wenn du noch etwas brauchst, okay?“ Seine Miene ist dabei unergründlich. Bei dieser Aussage muss ich an Mats Worte denken. An das, was daraufhin folgte und daran, was ich von Ryan jetzt brauchen könnte. Wieder spüre ich die Hitze in meinen Wangen und weil ich meiner Stimme nicht traue, nicke ich ihm einfach nur zu.

Mit einem Klickgeräusch fällt die Zimmertür ins Schloss. Ich lehne mich sofort mit dem Rücken dagegen, schließe die Augen und atme tief durch. Scheiße. Das lief alles irgendwie anders als erhofft. Langsam rutsche ich an der Holztür nach unten, bis ich auf dem Boden sitze und meine Beine lange vor mir ausstrecken kann.

Ein Blick auf mein Handy verrät mir, dass es hier an der Ostküste schon fast elf Uhr ist. Darauf hätte ich angesichts der fast kompletten Dunkelheit in meinem Hotelzimmer auch kommen können. Durch die weißen Gardinen dringt schwaches Licht, vermutlich das eines Nebengebäudes, und beleuchtet das gemütlich aussehende Einzelbett mit der bauschigen, weißen Bettwäsche spärlich. Das kuschelige Bett sieht so verlockend aus und ist vermutlich ein echtes Upgrade zu meiner harten Pritsche am Kings Canyon. Generell macht das Hotel einen schicken und sehr gepflegten Eindruck und ich nehme mir vor, dass ich Ryan morgen unbedingt nach seinem Job fragen muss. Die Aussicht auf eine Dusche ohne rote Sandreste und eine Nacht in diesem weich aussehenden Bett motiviert mich dazu, mich ungelenk vom Boden hochzustemmen.

Gerade als ich das spärliche Licht neben dem Bett eingeschaltet und mein Shirt auf den kleinen Sessel daneben abgelegt habe, klopft es an der Tür.

In Jeans und BH öffne ich diese einen Spalt, wobei ich mit dem Oberarm meinen Oberkörper so gut es geht bedecke. Durch den Schlitz erkenne ich Ryan vor mir, entspanne mich sofort und öffne die Tür vollständig. Schließlich sieht er nichts, was er nicht schon einmal gesehen hätte. Und vielleicht könnte ich ihm damit zeigen, wie ich zu ihm stehe.

Was auch immer Ryan erwartet hatte, dieser Anblick war es definitiv nicht, was seine weit aufgerissenen Augen verdeutlichen. Ich folge seinem Blick, als er mich langsam von oben bis unten mustert. Dann ist es an mir die Augen weit aufzureißen, als er sich an den Kragen seines weißen T-Shirts fasst, es mit einem Ruck über den Kopf zieht und es mir am lang ausgestreckten Arm hinhält.

„Kannst du das bitte anziehen? So kann ich mich nicht konzentrieren", bittet er mit rauer Stimme, während er stur den Gang hinunterstarrt. Wie ich mich im Gegenzug bei dem Anblick seines nackten Oberkörpers auf irgendetwas anderes konzentrieren soll, ist mir ein Mysterium. Wie er es vorhin bei mir getan hat, mustere ich ihn ebenso von Kopf bis Fuß.

Ich nehme die feinen Linien seiner Tattoos am linken Arm wahr, die an der Schulter in filigranen Strichen auslaufen. Dann mustere ich ausgiebig seinen gut trainierten Oberkörper mit den athletisch breiten Schultern eines Surfers, den definierten Bauchmuskeln und dem verführerischen V, das in dem tiefsitzenden Bund seiner Jeans verschwindet.

„Linny, bitte“, unterbricht er meine Musterung heiser, während er mit dem immer noch unangetasteten Shirt herumwedelt und weiter den Gang hinunterstarrt.

Ich reiße mich von dem Anblick los, greife nach dem weichen Stoff und ziehe mir sein T-Shirt in einer fließenden Bewegung über. Es riecht ein bisschen nach Kokos und ein bisschen nach Ryan und ich beschließe in dieser Sekunde, dass ich es nie wieder hergeben werde.

Er räuspert sich. „Danke.“ Dann grinst er schief.

Verlegen tritt er von einem Bein auf das andere, während er seine Hände in den Hosentaschen versenkt. Auf den Boden blickend beginnt er zu reden. „Ich wollte mich bei dir entschuldigen. Das, was ich an dem Abend in dem Club gesagt habe,“ – jetzt blickt er mir fest in die Augen – „das war nicht in Ordnung.“

Und wieder überrascht er mich. Das hatte ich nicht erwartet. Ich hatte diesen Streit aufgrund seiner ersten Nachricht an mich eigentlich schon als erledigt abgetan. Ich sollte ihm antworten, doch er spricht hastig weiter.

„Ich reagiere manchmal etwas über, wenn ich das Gefühl habe ausgenutzt zu werden. Das hat absolut nichts mit dir zu tun. Wie gesagt, ich habe völlig überreagiert und das tut mir aufrichtig leid." Erwartungsvoll blickt er mir in die Augen, während er weiterhin von einem Bein auf das andere tritt.

„Danke." Erleichterung durchströmt mich und ich lächele ihn vorsichtig an. Allerdings gibt es an der Sache noch einen großen Haken. „Ich möchte allerdings darauf hinweisen, dass ich dich gerade massiv ausnutze. Ohne dich könnte ich mir dieses Hotel nie leisten", gebe ich zu.

Er lacht laut auf. „Ja, stimmt. Allerdings verbuche ich das unter Selbsttherapie. Ich sollte wieder mehr Vertrauen in das Gute im Menschen fassen."

„Das klingt nach einigen schlechten Erfahrungen", antworte ich bedauernd.

Er nickt abgehackt und sein Gesichtsausdruck verhärtet sich sofort.

„Willst du reinkommen?", biete ich ihm schließlich an, während mir mein Herz bis zum Hals klopft.

Er lächelt bedauernd. „Wollen und sollen könnten gerade gegensätzlicher nicht sein." Er mustert mich aus seinen unglaublich hellblauen Augen, in denen ich auf der Stelle versinken könnte.

„Ich will nicht, dass du denkst, dass du mir hierfür etwas schuldest." Mit der Hand vollführt er eine vage Bewegung in Richtung unserer Zimmer, wobei ich sowieso nur Augen für das Muskelspiel an seinem Oberkörper habe. „Wir sollten es diesmal langsam angehen lassen", ergänzt er mit einem amüsierten

Grinsen. Definitiv hat er mich gerade beim Starren erwischt.

Das enttäuschte Seufzen kann ich mir gerade noch verkneifen und antworte ihm möglichst unbeeindruckt. „Sehe ich auch so." Und das, obwohl ich ihn am liebsten sofort an seinem unverschämt tiefen Hosenbund in mein Zimmer gezogen hätte, um ihm endlich meine Zunge zwischen die Lippen zu schieben.

Stattdessen besprechen wir, wann wir uns morgen treffen wollen und wünschen uns anschließend eine gute Nacht. Als ich bedauernd die Tür hinter mir schließe, bin ich mehr als froh, dass ich zumindest Ryans Shirt mit in mein Bett nehmen kann.

Kapitel 22 - The City

Ich nippe vorsichtig an meinem Kaffee, um nichts von dem wertvollen Getränk zu verschütten, während wir entlang an der Hafenpromenade schlendern. Der Himmel erstrahlt in einem wolkenlosen Blauton, weshalb wir beide sogar in Shorts und Shirt ein wenig schwitzen. Gerade hatten wir uns in einem kleinen Café unseren Morgenkaffee To-go geholt und ich merke, wie wir uns beide beginnen zu entspannen, angesichts des nun eingetretenen und dringend benötigten Koffeinschubs.

„Also, hier wären wir an der Hafenpromenade“, fährt Ryan in gespielt übertriebenen Fremdenführerton fort. „Bemerken Sie den faszinierenden Ausblick auf die modernen Hochhäuser Sydneys, die sich hinter historisch bedeutenden Bauten aus dem 19. Jahrhundert befinden. Schick anzusehen sind außerdem die Segel- und Kreuzfahrtschiffe, die im Hafen von Sydney ein- und ausgehen. Wobei, meistens fahren sie natürlich.“ Daraufhin müssen wir erst einmal beide lachen und ich beobachte Ryan dabei verstohlen von der Seite. Ich glaube, es gibt keinen schöneren Menschen auf dieser Welt als einen lachenden Ryan.

Pflichtbewusst schieße ich mit meinem Handy einige Fotos der Umgebung. Mich juckt es in den Fingern auch ein Bild von Ryan zu schießen, doch ich halte mich zurück.

Als wir weiterschlendern, hält mich Ryan sanft an der Schulter fest, damit ich stehenbleibe.

„Und jetzt, meine Damen und Herren,“ – er macht eine Kunstpause - „folgt die Sensation Sydneys!“ Dabei deutet er übertrieben nach vorne und klingt dabei wie ein Zirkusdirektor. „Ich präsentiere Ihnen“ – es folgt wieder eine Pause – „die Oper!“ Mit der Hand, die er an meiner Schulter hat, schiebt er mich vorsichtig nach vorne, so dass die Oper nun in meinen Sichtbereich kommt. Mit der anderen Hand gestikuliert er wild in Richtung des Gebäudes.

„Du Spinner!“ Ich muss laut lachen und kann nur den Kopf schütteln.

„Was? Dieses Wahrzeichen Sydneys oder vielmehr ganz Australiens sollten wir wirklich anständig würdigen“, antwortet er mir mit gespielter Empörung.

Als wir auf das Gebäude zugehen, fällt mir auf, dass die Fassade in Wirklichkeit gar nicht aus glattem, weißem Material besteht, wie ich immer dachte. Vielmehr sind die charakteristischen Vorsprünge mit hellgrauen, symmetrischen Platten versehen, die ein raues Muster erzeugen. Bei dem Anblick wird mir plötzlich viel zu bewusst, wo ich eigentlich bin. Ich bin ernsthaft in Australien! In Sydney und stehe mit einem Kaffee in meiner Hand vor der berühmten Oper!

„Ich kann nicht fassen, dass ich wirklich hier bin“, flüstere ich leise, während wir uns auf den Stufen vor dem Gebäude niederlassen.

„Ich finde es sehr schön, dass du hier bist“, antwortet mir Ryan genauso leise. Mein Herz hüpft kurz, woraufhin ich einen nervösen Schluck aus meinem Kaffeebecher nehme.

Als ich anschließend meinen Blick schweifen lasse, fällt mir die Harbour Bridge ins Auge. Ich kenne die Bilder und Videos der berühmten Brücke in Sydney, die jedes Silvester zum Lichtspektakel wird.

„Die Harbour Bridge", lässt mich Ryan unnötigerweise Wissen, als er meinem Blick folgt.

„Das wusste ich sogar. Bist du Silvester schon einmal hier gewesen?", frage ich ihn.

Er lächelt. „Klar."

„Klar", wiederhole ich langsam.

„Wo feiert man denn in Deutschland das neue Jahr?", fragt er mich daraufhin.

„Hm, manche fahren nach Berlin. Aber ich war bisher meistens in München. Oder auch mal in Österreich, in den Bergen. Vorletztes Jahr war ich in der Schweiz. So mit Schnee, Käsefondue und allem."

„Das klingt schön. Und ganz anders als hier. Vermisst du es?"

Ich lache laut auf. „Nein, überhaupt nicht."

Bevor ich weiterspreche, atme ich tief ein. „Weißt du, im letzten Jahr sind einige Dinge in meinem Leben richtig scheiße gelaufen. Und ich bin einfach froh, dass ich heute hier sitze und dieses Leben hinter mir lassen kann."

Dabei lächele ich ein trauriges, kleines Lächeln. Denn nicht von allen Dingen, oder vielmehr allen Menschen, konnte ich mich bisher komplett befreien.

Ryan schweigt lange, verstrubbelt seine Haare noch unordentlicher und dann fragt er doch mit ruhiger Stimme nach.

„Ich habe mich schon länger gefragt, warum du eigentlich nach Australien gekommen bist, Linny. Und im speziellen natürlich nach South Heads. Ist ja nicht so, dass es besonders bekannt wäre.“ Er zieht beide Schultern entschuldigend nach oben.

Daraufhin lache ich erst einmal wieder sehr laut. „Also für South Heads hat sich vielmehr ein Erdnussflip entschieden und nicht ich.“ Ryans verwirrtem Blick zufolge, muss ich das nun näher erklären.

„Ich habe mit meiner besten Freundin den Plan geschmiedet, dass ich nach Australien abhauen könnte. Nur wohin genau wussten wir nicht. Also haben wir unseren Schulatlas aus der 5. Klasse hervorgeholt und einen Erdnussflip auf die Australien-Seite geworfen. Und zack“ – ich klatsche laut mit der Hand auf meinen nackten Oberschenkel – „fiel die Wahl auf South Heads. Oder eben irgendeinen Ort, der sich circa eine Stunde südlich von Sydney befindet.“

„Da sollte ich also einem Erdnussflip sehr dankbar sein“, grinst Ryan. „Und das hört sich nach einem sehr spaßigen Abend an.“

Wehmütig muss ich an diese Zeit mit Nele zurückdenken. „Vermutlich vermisse ich doch eine Sache von zuhause. Meine beste Freundin, nämlich.“ Selbst ich höre die plötzliche Traurigkeit in meiner Stimme und ein Kloß in meinem Hals macht mir das Luftholen schwer. Ryan legt vorsichtig den Arm um meine Schulter, drückt mich leicht und lässt mich viel zu schnell wieder los.

Da ich schuld an der nun gedrückten Stimmung bin, fühle ich mich verantwortlich, diese wieder zu heben.

„An dem Abend haben wir auch meine Australien Bucket List zusammengestellt“, fahre ich mit gewollt fröhlicher Stimme fort. „Mit Barbecue am Strand, Wallabys füttern, Koalas streicheln und so weiter. Das pure Australien-Klischee also.“ Jetzt lächeln wir beide wieder.

„Und? Welche Sachen fehlen noch auf deiner Liste?“ Er mustert mich intensiv aus den hellblauesten Augen dieser Welt und ich habe plötzlich massive Probleme mich auf eine Antwort zu konzentrieren.

„Um ehrlich zu sein habe ich noch nicht wirklich viel davon geschafft. Ich habe keine Wallabys gefüttert, keine Koalas gestreichelt, habe kein Selfie mit einem Wombat, war noch nie surfen und habe Kängurus bisher nur als Roadkill im Outback gesehen.“ Jetzt klinge ich eher verärgert als traurig.

Ryan lacht schon wieder laut auf. „Okay, deine Liste beschäftigt sich anscheinend zum Großteil mit Tieren. Und ich kann dir versichern, es wäre überhaupt kein Problem einige dieser Aufgaben hier in der Gegend abzuhaken.“

„Okay, dann lass uns das gerne machen“, lache ich ihn geradeheraus an. Zu spät bemerke ich, dass er gar nicht von uns beiden gesprochen hat und mir schießt das Blut vor Scham blitzschnell in die Wangen.

„Ja, lass uns das gerne machen“, entgegnet er daraufhin leise mit einem herzlichen Lächeln auf den Lippen und ein warmes Gefühl der Zuneigung durchströmt mich.

„Aber jetzt,“ - er nimmt meine Hand, springt auf und zieht mich schwungvoll auf die Beine - „sollten wir zunächst noch etwas mehr von Sydney sehen!“

Ungefähr 20.000 Schritte später habe ich gefühlt jeden sehenswerten Winkel von Sydney erkundet. Häfen, Quays, Brücken, Parks, Plätze und Gebäude. Nichts war vor Ryans gründlichem Tourguide-Ego sicher.

Mein Magen knurrt laut, obwohl wir uns zum Mittagessen in Mark Whalbergs Burger Restaurant nahe der Oper gut gestärkt hatten.

„Ich glaube, ich muss etwas essen“, lache ich angesichts des lauten Geräusches. Generell hatte ich heute so viel gelacht, wie seit Jahren nicht mehr und ich fühle mich ungewohnt locker und befreit.

„Das sollten wir. Nachdem du mir vorhin als deine größte Schwäche deine Hangry-Laune genannt hast, möchte ich sie wirklich nicht live erleben!“ Ryan hebt abwehrend die Hände. „Wir könnten zu Noel Sydney gehen, das ist ein hübscher Weihnachtsmarkt im Botanischen Garten“, schlägt er vor. „Vielleicht gibt es dort ja etwas, das dich an die deutschen Weihnachtsmärkte erinnert.“ Er ist einfach viel zu lieb und aufmerksam.

Noel Sydney stellt sich nur dem Namen nach als Weihnachtsmarkt heraus. Obwohl kunstvoll dekorierte baumartige, dreieckige Skulpturen mit Glitzerstern an der Spitze das Gelände säumen, könnte diese Veranstaltung nicht weiter davon entfernt sein, was ich von zuhause unter dem Begriff Weihnachtsmarkt kenne.

Die Sonne brennt auf uns herab, als wir uns an den verschiedenen Foodcarts umsehen. Natürlich gibt es hier weder Lebkuchen, Feuerzangenbowle noch gebrannte Mandeln und statt dem Glühwein wird Rot- beziehungsweise Weißwein angeboten.

Mit je einem Tiramisu im Becher und zwei Gläsern Rotwein setzen wir uns an einen der runden Metalltische, die neben der quietschbunten Hüpfburg für Kinder stehen.

„Und? Wie weit ist das hier von einem deutschen Weihnachtsmarkt entfernt?“, fragt mich Ryan mit einem Grinsen, während er mir zuprostet.

Unsere Weingläser klirren und ich nehme einen angenehm fruchtigen Schluck aus meinem Glas.

„Tatsächlich gibt es wenig Gemeinsamkeiten“, lache ich. „Allerdings ist es auch nicht schlecht, dass man wegen der Eiseskälte nicht nach spätestens einer Stunde abgefrorene Finger und Zehen hat. Da habt ihr es hier definitiv besser.“

„Welches Essen vermisst du am Meisten?“, fragt mich Ryan unvermittelt, während er genüsslich einen kleinen Löffel Tiramisu in den Mund steckt und ich ihn unverhohlen dabei beobachte.

Da muss ich nicht lange überlegen. „Brezen!“, platzt es aus mir heraus.

Ryan lacht schon wieder. „Ich habe, glaube ich, noch nie eine gegessen!“

„Was???“ Ich bin fassungslos. „Okay, das müssen wir schleunigst ändern!“ Allerdings weiß ich nicht, wie wir das anstellen sollen, deshalb frage ich weiter nach seinen kulinarischen Versäumnissen. „Kennst du denn Lebkuchen oder gebrannte Mandeln?“ Ich blicke ihn erwartungsvoll an, während er mir offensichtlich auf die Lippen starrt, zwischen denen ich gerade einen Löffel Tiramisu verschwinden lasse.

„Lebkuchen sagt mir etwas, aber von dem anderen habe ich noch nie gehört“, antwortet er mir etwas verspätet mit leicht rauer Stimme.

Ich stelle mein Weinglas auf dem Tisch ab und lehne mich zu ihm nach vorne. „Gut, dann machen wir es so: Du hilfst mir bei meiner Bucket List und ich mache für dich im Gegenzug frische gebrannte Mandeln. Das ist nämlich zufällig eines der drei Gerichte, die ich zubereiten kann. Sonst bin ich zugegebenermaßen eine äußerst miserable Köchin!“

Ein Hoch auf meine Mama, mit der ich in der Weihnachtszeit oft gebrannte Mandeln zubereitet habe und der ich dafür nun unendlich dankbar bin. Mit meinen Kochkünsten gewinne ich nämlich eigentlich keinen Blumentopf.

„Das klingt nach einem wunderbaren Plan.“ Auch Ryan hat nun sein Weinglas abgestellt und sich zu mir nach vorne gebeugt.

Unsere Lippen trennen nur noch wenige Millimeter und ich halte den Atem an, während er leise weiterspricht.

„Dann wäre es allerdings gut, wenn wir mit unserer Mission so bald wie möglich beginnen, oder?“ Mein

Blick weicht nicht von seinen verführerischen Lippen und doch bleibe ich standhaft und überbrücke die kleine Lücke zwischen uns nicht.

„Das wäre die einzig logische Schlussfolgerung“, entgegne ich ihm genauso leise.

„Okay.“ Leider lehnt er sich jetzt wieder nach hinten und verändert den Abstand zwischen uns in genau die falsche Richtung.

„Dann sollte ich dich jetzt fragen, was du von Camping hältst.“ Er mustert mich intensiv aus seinen stahlblauen Augen und ich habe das Gefühl, dass es bei dieser Frage nur eine richtige Antwort geben kann.

„Da ich es noch nie gemacht habe, erst einmal noch gar nichts?!“ Meine Antwort klingt wie eine Frage.

Allerdings einer Sache bin ich mir sicher. „Aber ich weiß, dass ich Zelten hasse.“

Das habe ich so übertrieben vehement ausgesprochen, dass wir beide angesichts der Dramatik in meiner Stimme laut lachen müssen.

„Nein, kein Zelt. Und nichts, was du nicht zumindest ansatzweise schon einmal ausprobiert hättest.“ In seinen Augen blitzt der Schalk.

Der Truck, er spricht von seinem Truck. Eine prickelnde Hitze überkommt mich bei dem Gedanken an meine letzte Nacht in diesem Gefährt.

„Wenn du meinst, was ich meine, dann hätte das durchaus Wiederholungspotenzial“, entgegne ich frech. Mein Versuch ihn in Verlegenheit zu bringen, scheitert leider grandios. Er ist einfach viel zu selbstbewusst und grinst nur schief.

„So gern ich sofort und auf der Stelle mit dir losziehen wollen würde, natürlich nur wegen der versprochenen Mandeln, müssten wir allerdings noch zwei Tage warten.“ Er seufzt tief und ich bin mir sicher, dass nicht nur ich diese Verzögerung bedauere.

„Morgen sollte ich dringend noch etwas für die Arbeit erledigen. Und ich muss vorher sowieso nach South Heads zurück, weil ich das ganze Zeug fürs Camping noch in das Auto packen muss“, erklärt er.

„Okay, dann eben übermorgen Camping“, antworte ich um einiges selbstbewusster, als ich mich bei dem Gedanken eigentlich fühle, und proste ihm mit meinem fast leeren Rotweinglas zu.

Als ich den letzten Schluck nehme, kommt mir zum ersten Mal der Gedanke, dass Ryan perfektes Boyfriendmaterial wäre. Schnell verwerfe ich diesen ungewollten Gedanken. Keine Boyfriends mehr und auch keine Beziehungen. Ich bin vor Peter und auch nach ihm ganz hervorragend mit der Sex-only Schiene gefahren. Dabei bleibt es und genau das werde ich auch noch von Ryan bekommen.

Kapitel 23 – The Return

20. Dezember
Bedauernd winke ich Ryan ein letztes Mal zu, als er mit dem Truck zurücksetzt und aus der Einfahrt vor Sues Haus fährt.

Nachdem wir uns gestern bei Noel Sydney noch ein weiteres Glas Wein gegönnt hatten, und dabei unser Camping Vorhaben näher besprechen konnten, sind wir spät in unser Hotel zurückgekehrt. Die Pläne an diesem Abend an Ryans Tür zu klopfen sind an meiner extremen Müdigkeit, vermutlich der vielen Bewegung und dem Wein geschuldet, grandios gescheitert.

Heute morgen stand er, verstrubbelt und sexy wie immer, mit zwei Bechern Kaffee vor meiner Zimmertür. Leider nur um mich abzuholen, damit wir in Richtung South Heads aufbrechen konnten.

Und da stehe ich nun, zurück in South Heads, vor einem kleinen, weiß gestrichenen Bungalow, den sich Sue aktuell mit drei weiteren Mitbewohnern teilt.

Als ich beobachte, wie das Heck von Ryans Truck aus meinem Sichtfeld verschwindet, breitet sich eine leichte Traurigkeit in meiner Brust aus. Verdammt!

Genervt von mir selbst fahre ich mir durch die offenen Haare und drücke auf die Klingel. Als ob ich damit auch einen Gefühlsschalter betätigt hätte, wechselt meine Traurigkeit zu einer unbändigen Vorfreude auf das Wiedersehen mit Sue.

Nach einem gemeinsamen Kaffee in ihrer gemütlichen Küche hatten Sue und ich beschlossen zum Skate-Park aufzubrechen.

Sue fährt gerade auf ihrem Skateboard in engen Kurven vor mir, während ich halb gehend und halb laufend kaum hinter ihr herkomme. Auf dem Weg weide ich mich an dem Geruch der salzigen Meerluft, an dem leisen Geräusch der Wellen, die an den weißen Sandstrand branden und an dem Anblick der mittlerweile altbekannten Läden an der Promenade. Und natürlich an dem tiefen Eindruck der Vertrautheit, die mich mittlerweile mit Sue verbindet. Es fühlt sich an wie nach Hause kommen. Ich kann mir gar nicht mehr vorstellen, dass es je einen triftigen Grund gegeben hat, der mich South Heads verlassen ließ.

Die Rollen von Sues Board klackern monoton, als ich ihr das Tor zum Skatepark aufhalte und sie hindurchrollt. Ich folge ihr sofort, wobei ich fast in sie hineinlaufe, da sie anscheinend abrupt angehalten hat. Auf Zehenspitzen stehend versuche ich über ihre Schulter zu spähen und erkenne sofort den Grund für ihr plötzliches Zögern.

David sitzt mit einigen Jungs und Mädchen, von denen mir manche bekannt vorkommen, auf der Tribüne neben der Halfpipe und hat uns offensichtlich ebenfalls entdeckt. Anhand der tiefen Falte zwischen seinen Augenbrauen und den Lippen, die er zu zwei dünnen Strichen zusammenpresst, schließe ich, dass er darüber nicht erfreut ist.

„Ah ja“, beginnt Sue langsam, während sie den Kopf zu mir herumdreht. „Das hätte ich dir vielleicht zuvor sagen sollen. David ist immer noch nicht besonders gut auf dich zu sprechen. Besonders weil du dich nach dem Zwischenfall mit deinem Ex kein einziges Mal bei ihm gemeldet hast.“ Sie wirkt zerknirscht. Ob wegen seiner Abneigung mir gegenüber, oder weil ich mich David gegenüber so beschissen verhalten habe, das kann ich nicht deuten.

„Oh Shit.“ Das schlechte Gewissen frisst sich wie Säure durch meine Eingeweide. Mein erster Impuls wäre, dass ich mich sofort umdrehe und wieder verschwinde. Aber bevor das passiert, meldet sich eine dünne Stimme in meinem Kopf, die mich für diesen Gedanken verachtet. Ich wollte doch nicht mehr weglaufen und mich dadurch einschränken lassen. Ich wollte mich meinen Problemen stellen und wieder Herr beziehungsweise Frau über mein Leben werden.

„Da sollte ich wohl erst einmal etwas klären“, wende ich mich entschlossen an Sue und gehe festen Schrittes um sie herum auf David zu.

„Hey“, begrüße ich ihn. „Können wir kurz reden?“

Er zuckt lässig die Schultern, wobei sein Blick mehr auf seinem Skateboard ruht als auf mir. Dann steht er schließlich auf, packt sein Board und sieht mir zum ersten Mal direkt in die Augen.

„Komm mit“, murrt er und setzt sich in Bewegung. Die Jungs und Mädels beobachten mich argwöhnisch, was mir ein kurzer Blick zurück verrät.

Im Schatten einiger Bäumen, die neben der Tribüne stehen, lässt David sich auf das dunkelgrüne Gras fallen. Ich setze mich im Schneidersitz neben ihn, darauf bedacht weder zu viel noch zu wenig Abstand zu halten. Sein erwartungsvoller Blick ruht auf mir und ich schlucke.

„Hey", wiederhole ich mich. „Ich wollte mich bei dir entschuldigen", beginne ich.

David unterbricht mich schneidend. „Für die Nummer im Meer? Für die in der Bar? Oder dafür, dass mir dein fucking Ex die Nase gebrochen hat?"

Er durchbohrt mich mit einem feindseligen Blick. Da realisiere ich, dass das hier schwerer werden wird als anfänglich gedacht.

„Erst einmal dafür, dass wir beide anscheinend Unterschiedliches vom jeweils anderen erwartet haben. Und ja, es war total beschissen von mir, dass ich dich zweimal so stehengelassen habe. Und das tut mir sehr leid." Meine Stimme klingt unerwartet ruhig, doch in meinem Inneren fühle ich aufwühlende Nervosität.

„Diese widersprüchlichen Signale von euch Frauen soll einer verstehen! Ich dachte jedes Mal, du willst mich, nur um dann mit einem fucking *Ach ne, sorry, doch nicht!* abgespeist zu werden." Seine Stimme bleibt schneidend, doch in seine Augen hat sich ein Fünkchen Traurigkeit gestohlen.

Bedauernd schüttele ich den Kopf. „Ich wusste doch selbst nicht, was ich wollte. Ich weiß bis heute nicht, was ich eigentlich will."

Dieses leise Geständnis lege ich nicht nur vor David ab. Erst indem ich es ausspreche, realisiere ich, in welchem Schlamassel ich eigentlich stecke. Was zum Teufel will ich eigentlich? Ryan? Und dann?

Davids Blick wird weicher. „Ach shit. Ich kann dir sowieso nicht lange böse sein. Und Sue fände es auch beschissen, wenn sie zwischen den Stühlen sitzen würde. Wir sollten das also ein für alle Mal aus der Welt schaffen."

„Ja, das fände ich schön", stimme ich ihm mit einem sanften Lächeln zu.

„Also, Karten auf den Tisch", ruft er und klatscht sich dabei mit beiden Händen auf die Oberschenkel. Unverwandt schaut er mich an. „Alina, du weißt, dass ich dich gut finde. Du bist hübsch und witzig und ich würde jederzeit etwas mit dir anfangen. Aber eine Freundschaft fände ich vermutlich auch okay." Dann grinst er frech.

Völlig perplex aufgrund seiner entwaffnenden Ehrlichkeit bin ich zunächst sprachlos. Dann beschließe ich, dass ich es ihm einfach nachmachen werde. Also räuspere ich mich kurz.

„David, ich finde dich ebenfalls witzig und wirklich heiß. Aber ich würde lieber mit dir befreundet sein und ich hoffe, dass das auch möglich ist." Dazu setze ich einen übertrieben hoffnungsvollen Gesichtsausdruck auf, der David sofort zum Lachen bringt.

„Abgemacht!", er hält mir die Faust hin und ich boxe dagegen, wobei ich mir nicht sicher bin, ob man diesen Freundschaftsgruß so ausführt. Da er sich nicht beschwert, scheint das schon einmal ganz gut gewesen zu sein.

„Freunde", ergänzt er.

„Freunde“, antworte ich.

„Aber über deinen Ex sollten wir auch noch kurz sprechen.“ Davids Gesichtsausdruck verdüstert sich wieder und er streicht unvermittelt über seinen Nasenrücken. Der sieht glücklicherweise so aus wie immer. Der Bruch scheint optisch keine bleibenden Schäden hinterlassen zu haben.

Ich vergrabe den Kopf zwischen den Händen und starre auf die gleichmäßig gestutzten, grünen Grashalme unter mir.

„Ich kann dir gar nicht sagen, wie leid mir das tut“, beginne ich gequält. „Er war schon immer in vielerlei Hinsicht extrem, aber dass er auf dich losgehen könnte, das hätte ich niemals erwartet.“

Dann blicke ich David in die dunklen Augen, die im Schatten fast schwarz wirken.

„Da frag mal mich. Das Ganze hat mich auch völlig überrumpelt. Wobei mich eine Erklärung, wie du mit so jemand zusammen sein konntest, generell interessieren würde. Der Typ hat einfach nur einen gewaltigen Schaden.“

„Das wenn ich wüsste“, lache ich trocken. „Anscheinend habe ich in meiner Vergangenheit einige ziemlich schlechte Entscheidungen getroffen.“ Ich verziehe meinen Mund zu einem traurigen, bedauernden Lächeln. „Jetzt trage ich eben die Konsequenzen. Und es tut mir *so* leid, dass du sie ebenso tragen musstest.“

Vorsichtig strecke ich meinen Arm aus und drücke Davids Unterarm in einer entschuldigenden Geste.

„Solange wir ihn nun endgültig los sind, dann war es das wert“, winkt er lässig ab.

Erstaunlich. Das Gespräch war gar nicht so schlimm, wie ich anfangs befürchtet hatte. Tatsächlich konnte ich dieses miese Gefühl in meiner Magengegend, wenn ich an David dachte, sogar komplett abstellen. Für die Zukunft nehme ich mir vor, dass ich mich meinen Problemen viel früher stellen möchte. Die resultierenden Konsequenzen scheinen oft gar nicht so leidig zu sein, wie die erwarteten.

Als wir beide zusammen zur Gruppe zurückkehren, winkt mir ein Skater von der anderen Seite der Halfpipe zu. Dean. Ob er in David den Typen von meiner Abschlussparty erkannt hat, mit dem ich so aufreizend getanzt hatte? Selbst wenn, wir haben eben ja nur kurz geredet. Fröhlich grinsend winke ich also zurück, bevor sich Dean in einer halsbrecherischen Aktion mit seinem Brett in die Tiefe stürzt.

Am Abend sitze ich mit Sue auf ihrer Terrasse vor dem Bungalow. Die letzten Sonnenstrahlen des Tages leuchten orange durch die dunkelgrüne Hecke, die uns vom Nachbargrundstück abgrenzt und wir stoßen mit einem Glas Wein auf unser Wiedersehen an.

„Schön, dass du wieder hier bist.“ Sues Worte klingen aufrichtig. „Und besonders schön, dass du das mit David geklärt hast“, schiebt sie hinterher.

Nach einem wohligen Schluck Wein lächele ich ihr zu. „Wurde auch Zeit. Ich bin sehr froh darüber, dass David und ich nun wieder Freunde sind.“

„Über etwas mehr als Freunde hätte er sich allerdings auch gefreut“, zwinkert mir Sue zu. „Aber für diese Aufgabe hast du ja deinen Ryan, oder?“

Ich schiele zu ihrem Mitbewohner, der nicht unweit von uns in einem Hängesessel lümmelt. Dieser baumelt an dem knorrigen, riesigen Baum, der die Hälfte des Gartens einnimmt.

Sue folgt meinem Blick. „Ach, der hört nichts. Der hat Kopfhörer auf“, beruhigt sie mich. „Ryan?“, erinnert sie mich.

Sie wird nicht lockerlassen. Deshalb seufze ich laut auf und stelle mein Glas auf dem hölzernen Tisch ab.

„Ja, Ryan. Allerdings habe ich ihn aktuell leider nicht *dafür*.“ Ich lächele bedauernd. „Er hat mir gesagt, dass er es langsam angehen lassen will“, erkläre ich noch schnell.

Gespannt beobachte ich Sues Gesichtsausdruck. Ihre Augenbrauen schießen in die Höhe und sind mittlerweile oberhalb ihres Brillengestells angekommen.

„Er will es langsam angehen lassen?“, wiederholt sie halb entsetzt, halb ehrfürchtig.

„Ja, leider. Das passt so gar nicht in meinen Friends-with-benefits-Plan.“

„Friends-with-benefits nennst du das?“ Jetzt hat definitiv das Entsetzen in Sues Stimme die Überhand gewonnen. „Lina, mach die Augen auf! Der Typ will *es langsam angehen lassen*, er fährt morgen mit dir zum Campen, er hat zwei Nächte in einem Hotelzimmer neben dir gepennt und hat nichts versucht. Der Typ will mit Sicherheit nicht nur Sex von dir, der will dich ganz!“

Mein Herz hämmert galoppierend in meinem Brustkorb und die Röte schießt mir in die Wangen. „Aber ich will keine Beziehung mehr“, gestehe ich leise, während ich mein Weinglas mustere, dessen Stiel ich nun vorsichtig zwischen den Fingern drehe.

„Du darfst es ebenfalls langsam angehen lassen“, entgegnet Sue sanft.

Wieder folgt ein bedauerndes Lächeln meinerseits.

„Hattest du denn keine gute Zeit mit ihm in Sydney? Ich dachte, ihr konntet euch an dem Tag ein bisschen besser kennenlernen?“

Ein ehrliches Lächeln schleicht sich auf meine Lippen. „Es war der beste Tag seit Langem“, gestehe ich.

„Jetzt bin ich aber beleidigt!“, meint Sue scherzhaft.

„Neben dem heutigen mit dir natürlich“, beeile ich mich zu ergänzen und zwinkere frech.

Sue wird wieder ernst. „Na dann lass die nächsten Tage auf dich zukommen. Du musst der Sache keinen Stempel aufdrücken. Lass einfach zu, was dir guttut! Und hab keine Angst, nicht alle Typen sind so wie dein Ex.“

Auf diese Erinnerung trinke ich erst einmal einen großen Schluck Wein. „Hoffentlich lässt der mich jetzt einfach in Ruhe. Es wäre schön, wenn ich mich in South Heads wieder frei bewegen könnte, ohne panisch jede Person, die mir begegnet, abzuchecken.“

„In fünf Tagen ist Weihnachten, das wäre doch mal ein sinnvoller Wunsch an den Weihnachtsmann“, versucht Sue meine gedrückte Stimmung wieder zu heben.

„Ich enttäusche dich ja nur ungern, aber bei mir ist bereits in vier Tagen Weihnachten und ja, das steht auf meiner Wunschliste ganz oben!"

„Gott, wer feiert denn am 24. Weihnachten? Das ist sowas von unchristlich", lacht Sue laut und nippt im Anschluss an ihrem Wein. „Und jetzt nochmal, Lina. Lass dich von nichts zurückhalten. Tu das, was du willst, okay?" Ihre Stimme ist eindringlich und ihr Blick bohrt sich in meinen.

„Okay Chef!" Das hätte scherzhaft klingen sollen, doch meine Stimme ist rau vor Zuneigung und Dankbarkeit.

Kapitel 24 – The Koalas

21. Dezember

Es ist ein echter Balanceakt die vier Kaffeebecher, die auf meinen Oberschenkeln stehen, vor dem Umfallen zu bewahren, während Ryan rückwärts aus Sues Einfahrt rollt. Nachdem wir uns beide dafür verantwortlich gefühlt hatten, den Koffeinpegel zum Start unseres Ausfluges in die Höhe zu treiben, haben wir nun so viel Kaffee, dass wir damit einen ganzen Bären aus dem Winterschlaf holen könnten.

„Wie war es bei deiner Freundin?“, fragt Ryan und angelt sich vorsichtig einen der Becher von meinem Bein.

Der Duft nach Kaffee und die leichte Kokosnote, die mich mittlerweile so sehr an Ryan erinnert, strömt in meine Nase und ich würde am liebsten mein Gesicht in seinem Shirt vergraben und tief einatmen. Mein eigenes Ryan-Shirt riecht nach den letzten Nächten, in denen ich es jedes Mal getragen habe, leider nur noch in Nuancen nach ihm.

„Sehr schön. Wir haben viel geredet und ein bisschen viel Wein getrunken“, lache ich. „Wie war dein Arbeitstag gestern?“ Ich vermute, dass er nicht allzu hart war. Ryan sieht total entspannt und ausgeschlafen aus.

„Aushaltbar“, lacht er.

„Ich wollte dich sowieso schon länger fragen, was du eigentlich arbeitest.“ Die blöden Kaffeebecher erfordern meine ganze Aufmerksamkeit. Eigentlich würde ich viel lieber Ryan beobachten, doch als wir nun auf den Highway auffahren, habe ich keine Chance auch nur einen Blick nach rechts zu werfen.

„Leider ist mein Job nicht sehr spannend. Ich mache Grafikdesigns für verschiedene Kunden. Werbungen, Flyer, Social Media, alles mögliche.“ Ich höre ihn an seinem Kaffee nippen. „Aber es wird gut bezahlt, deshalb beschwere ich mich sicher nicht.“ Jetzt lacht er leise.

„Klingt spannend! Malst oder zeichnest du gerne?“, frage ich ihn interessiert.

„Ich mache gerne etwas mit den Händen“, relativiert er. „Leider passiert das meiste in meinem Job mittlerweile digital und ich verbringe mehr Zeit vor dem Rechner als mir lieb ist.“

„Deshalb das Surfen als Ausgleich?“

„Auch. Und weil es mir wahnsinnig viel Spaß macht.“ Jetzt höre ich eine tiefe Zufriedenheit in seiner Stimme.

„Welchen Job hattest du in Deutschland?“, fragt er interessiert.

Ein unangenehmes Gefühl breitet sich in mir aus und ich rutsche verlegen auf meinem Sitz herum. Dabei schwappt ein wenig Kaffee aus einem der Becher auf mein nacktes Bein und ich schreie kurz auf.

„Oh scheiße ist das heiß!“ Mit zusammengekniffenen Augen versuche ich den Schmerz auszuhalten, um keine hastigen Bewegungen zu machen und am Ende noch mehr Kaffee zu verschütten.

Gefühlt eine Sekunde später hat Ryan bereits völlig überstürzt am Straßenrand angehalten, die Kaffeebecher in den Fußraum gestellt und tupft mir mit einem Papiertuch den Kaffee vom Oberschenkel. Die Stelle sieht stark gerötet aus und brennt höllisch. Trotzdem genieße ich die zarte Berührung, wenn Ryans Finger meine nackte Haut streifen.

Fünfzehn Minuten und zwei geexte Kaffees später, sind wir wieder unterwegs zu unserem ersten Ziel. Glücklicherweise kommt Ryan kein weiteres Mal auf meine Vergangenheit zurück.

„Ich sehe ihn! Ganz oben in der Astgabel sitzt er!“ Mit der linken Hand schirme ich meine Augen gegen das Sonnenlicht ab und deute wild mit dem Zeigefinger der rechten Hand den Eukalyptusbaum nach oben, in dem ich gerade den nächsten Koala entdeckt habe.

„Drei zu zwei für dich“, gibt Ryan schmunzelnd zu.

Seit gut einer Stunde schlendern wir nun schon über das Gelände des Koala Krankenhauses und wir haben es uns zu einem kleinen Wettbewerb gemacht, wer in den einzelnen Freigehegen das süße Beuteltier zuerst entdeckt.

Als wir auf den Parkplatz vor dem Krankenhaus fuhren, war ich zunächst überrascht, dass wir hier einen Punkt von meiner Bucket List abhaken wollen. Allerdings hat mir Ryan verraten, dass man Koalas in freier Wildbahn zwar finden kann, sie aber auf keinen Fall anfassen sollte, da sie ziemlich wehrhaft sein sollen und das Streicheln gar nicht gerne haben. Und weil ich ja Koalas *streicheln* und nicht nur Koalas *sehen* auf meine Liste geschrieben hatte, musste er zu besonderen Mitteln greifen.

Das Koala Krankenhaus sieht ganz anders aus, als ich es mir vorgestellt hätte. Im Endeffekt spazieren wir durch einen großen Wald, in dem einzelne Bereich eingezäunt sind. Jedes Tier hat mehrere eigene Bäume zum Klettern zur Verfügung und die Besucher sind diejenigen mit den begrenzten, schmalen Wegen, die sich durchschlängeln müssen. Die meisten Koalas werden nach ihrer Genesung wieder ausgewildert. Nur diejenigen mit den schwerwiegenderen Verletzungen bleiben ihr Leben lang hier.

„In diesem Gehege wohnt Monty. Er wurde von einem Auto angefahren und ist seither komplett blind. Deshalb kann er leider nicht mehr ausgewildert werden", liest Ryan in gebückter Haltung von einem Schild am Maschendrahtzaun des nächsten Geheges ab.

„Oh, der Arme", entfährt mir ein mitleidiger Seufzer.

„Der kleine Monty ist der Star hier im Krankenhaus. Er wird mit Liebe von den Besuchern und Ärzten überschüttet. So arm ist er also gar nicht", entgegnet die Pflegerin, die geradewegs auf uns zukommt. „Ihr müsst Ryan und Lina sein, oder?"

Ich nicke überrumpelt, wobei Ryan wohl mit dieser Begegnung gerechnet hat. „Hey Nora, wir haben telefoniert, oder?"

„Genau. Ihr habt großes Glück. Monty ist super gelaunt und wenn ihr mögt, dann dürft ihr ihn heute sogar kurz streicheln."

Meine Augen werden groß und ich schaue mit schnell pochendem Herzen von Nora zu Ryan.

„Normalerweise mögen Koalas es nicht, wenn sie angefasst werden. Monty ist allerdings schon so viele Jahre bei uns, dass er sich an uns Menschen und die Berührungen bereits gewöhnt hat“, erklärt Nora, während sie das mannshohe Tor im Zaun aufschließt.

„Trotzdem machen wir das hier nur, wenn er gut drauf ist und auch nur für eine Familie am Tag.“ Nachdem uns Nora durch das Tor gewunken hat, schließt sie es sofort wieder ab.

Der süße Monty sitzt auf dem Ast eines niedrigen Baumes direkt vor uns und knabbert an den hellgrünen Eukalyptusblättern in seiner niedlichen Pfote. Nora spricht ihn kurz an, bevor sie sanft ihre Hand auf seinen oberen Rücken legt und ihn vorsichtig streichelt.

Ryan und ich stehen fasziniert daneben und beobachten den putzigen Kerl, wie er völlig unbeeindruckt weiter Blätter in sich hineinschiebt.

Auf eine Handbewegung Noras beginnen wir vorsichtig damit Monty über das grau-schwarze Fell zu streicheln. Es fühlt sich borstiger an als erwartet, aber trotzdem unglaublich kuschelig.

Während ich nicht damit aufhöre Monty zu streicheln, werfe ich Ryan einen strahlenden Blick zu. Meine Mundwinkel verziehen sich zu einem extrabreiten Grinsen. Nicht nur, weil ich gerade einen ultrasüßen Koala streichele, auch weil Ryan das alles für mich organisiert hat. Er ist einfach so unglaublich lieb.

„Danke“, flüstere ich ihm leise zu.

„Immer“, antwortet er mir genau so leise. Unsere Blicke bleiben ineinander verhakt, bis uns Nora unterbricht.

„Und damit lassen wir den Kleinen auch schon wieder in Ruhe.“ Sie zieht ihre Schultern entschuldigend nach oben. Danach geht sie zum Tor, schließt es auf und winkt uns zu.

Ich gönne mir noch einen letzten sanften Strich über Montys Fell und folge ihr anschließend nach draußen.

Nachdem ich die Koalasuche mit vierzehn zu elf für mich entscheiden konnte, stehen wir nun wieder am Eingang des Krankenhauses. Im Laufe unseres Besuches haben wir gelernt, dass hier ausschließlich freiwillige Helfer und Ärzte arbeiten und alles über Spenden finanzieret wird. Deshalb werfen wir natürlich einige Dollar in die große Spendenbox mit Koalazeichnungen drauf.

„Ich würde gerne noch mehr tun“, dreht sich Ryan seufzend von der Spendenbox weg. „Wie gut, dass auch der Erlös aus dem Shop dem Krankenhaus zugutekommt!“, fährt er mit einem Augenzwinkern fort.

„Also diese Koala-Plüschtiere sehen allerdings eher gruselig als süß aus“, entgegne ich skeptisch, als ich die Auslage des Shops mustere.

Ryan lacht laut auf. „Dreh dich um und halt dir bitte die Ohren zu.“

Die Anweisung ist so lächerlich, dass ich die Augen verdrehe, sie aber sofort ausführe und dazu in völlig falscher Tonlage *Rudolph the red-nosed reindeer* singe.

„Okay, Augen zu lassen, bitte, bitte aufhören zu singen und wieder umdrehen“, weist er mich nach kurzer Zeit laut an, damit er durch meinen Gesang zu mir durchdringt.

Ich tue, wie mir geheißen und spüre sogleich eine sanfte Berührung an meiner linken Hand, die mir trotz der Hitze eine Gänsehaut entlockt. Ryan hebt meinen Arm sanft an und etwas Kühles trifft auf mein Handgelenk.

„Aufmachen.“ Seine Stimme ist sanft und rau und ich meine ein wenig Unsicherheit herauszuhören.

Neugierig öffne ich meine Augen, sehe auf mein Handgelenk hinunter und entdecke ein zartes, silbernes Kettchen mit einem kleinen Koalaanhänger daran.

„Wow“, entfährt es mir flüsternd. „Der ist wunderschön.“ Diese kleine süße Geste rührt etwas in mir und ich muss hart schlucken, um mir ein kleines Freudentränchen zu verkneifen.

„Und sieht gar nicht gruselig aus“, ergänze ich um einen lockeren Ton bemüht, der so gar nicht zu meinem aufgewühlten Inneren passen will. Ich muss es mir eingestehen. Ryan wäre definitiv Boyfriendmaterial.

Als wir wieder im Truck sitzen, beschließe ich, dass ich noch viel, viel mehr über Ryan wissen muss. Irgendetwas muss es doch geben, dass ihn wieder auf seinen scharfen Surfer-Körper reduziert und mir damit einen Grund gibt, unser Verhältnis auf einer rein körperlichen Ebene weiterzuführen. Wenn er sich nur endlich darauf einlassen würde.

„Was hast du eigentlich damals gemacht? Also die Tage nach unserer *Begegnung* im Breakers?“, frage ich ihn geradeheraus.

Ich sehe, wie er verwirrt die Augenbrauen zusammenzieht. Die Absicht hinter meinen Fragen ist ihm völlig unklar. Trotzdem antwortet er mir.

„Das war irgendwie blödes Timing“, fängt er langsam an. „Erst der Quatsch mit dem Surfen. Glaub mir, ich bereue es unendlich. Die Wellen waren zwar mega, aber ich habe es ständig verbockt. War irgendwie nicht bei der Sache.“ Er wirft mir einen kurzen Seitenblick zu, schätzt meine Reaktion ab.

Ich nicke nur kurz.

„Und danach musste ich hoch an die Gold Coast, ein paar Bretter abliefern.“

Verständnislos ziehe ich die Augenbrauen hoch.

„Ich bin an der Gold Coast aufgewachsen. Meine Eltern wohnen noch dort. Und ich baue nebenbei Surfbretter. War mal ziemlich gut im Geschäft damit. Mittlerweile mache ich das nur noch für besonders enge Kumpels von damals.“ Ryan holt tief Luft. An der Bitterkeit in seiner Stimme höre ich, dass an der Geschichte noch mehr dran ist.

„Naja, auf jeden Fall war ich ein paar Tage dort und als ich zurückkam, da wohntest du schon nicht mehr im Hostel. Ich habe gefragt.“ Er wirft mir einen unsicheren Seitenblick zu.

Shit, das läuft alles in die falsche Richtung. Ich will ihn doch weniger mögen und mich nicht noch mehr zu ihm hingezogen fühlen! Aber sein ehrlicher Blick fordert auch von mir Offenheit ein. „Ich habe ziemlich schnell eine kleine Wohnung gefunden, sorry irgendwie dafür. Aber wenn es dich beruhigt: Ich habe dich auch gesucht und nicht gefunden. Naja, einmal habe ich dich beim Surfen gesehen.“ Ein Lächeln stiehlt sich bei dieser Erinnerung in meinen Mundwinkel und Zuneigung in meinen Blick, mit dem ich Ryan intensiv mustere.

Er hält meine Augen lange mit seinem Blick gefangen, bis er wieder nach vorne auf die Straße blickt.

Seine Stimme ist kratzig, als er mir schließlich antwortet. „Und als wir uns dann wieder gesehen haben, da habe ich mich wie ein Arsch aufgeführt.“

Ich lache trocken auf. „Ja, irgendwie schon. Aber ich… ich hätte das nicht tun sollen. Das mit ihm. Ich meine, das ist irgendwie anders als mit dir. Ich dachte in dem Moment nicht, dass das mit uns weitergehen könnte. Denn ich habe dich gesehen. Am Leuchtturm. Mit der Schwarzhaarigen.“

„Du warst am Leuchtturm?“, fragt er bestürzt. „Dean hat mir gesagt, dass du da sein würdest, aber ich habe dich nicht finden können!“

„Und da hast du dich dann eben auch anderweitig getröstet?“, frage ich trocken.

„*Die Schwarzhaarige* ist Zoe, Deans Schwester, und ich würde sie nie im Leben anfassen“, lacht er laut. „Sie ist auch für mich wie eine Schwester. Wir sind zusammen aufgewachsen. Gold Coast Kids.“

Die Erinnerung lässt seinen Blick weich werden und ich frage mich, wie bescheuert ich eigentlich sein kann. Ich hätte ihn haben können. An dem Tag am Leuchtturm, an dem Abend meiner Abschiedsparty.

Wenn ich ihm einfach nur ein bisschen mehr getraut hätte. Aber Vertrauen ist wohl etwas, dass auch für mich gerade eine wenig vorhandene Ressource darstellt.

„Ich bin froh, dass wir so offen über alles sprechen können“, gebe ich leise zu. „Ich will dir vertrauen.“

„Das will ich auch“, gibt er mit gepresster Stimme zu. „Auch wenn es mir schwerfallen wird. Also wenn du vorhast mich zu hintergehen oder zu benutzen, dann sag es mir gleich.“

Ryans Stimme klingt scherzhaft, kann aber nicht über den bitteren Zug um seinen Mund hinwegtäuschen.

Als wir unser Ziel, einen kleinen Ort an der Ostküste, South Heads gar nicht unähnlich, erreicht hatten, haben Ryan und ich uns eine Drive-Thru-Pizza geholt, auf dem Campingplatz eingecheckt, zügig die Campingstühle vor den Truck gestellt und dort bis es dunkel wurde gegessen und geredet. Die Situation war total entspannt und erst jetzt empfinde ich eine gewisse Aufregung, da wir gleich unser Nachtlager im Truck aufschlagen werden.

Ich stehe in den Waschräumen des Campingplatzes, putze meine Zähne und überlege, ob ich mein Make-up zum Schlafen abwaschen soll. Vor Peter habe ich mich monatelang nicht ohne Schminke gezeigt und natürlich auch mit dieser geschlafen. Ich bin sogar morgens früher aufgestanden, um mein derangiertes Make-up auszubessern, bevor er mich sehen konnte.

Camping. Mit Ryan. Es wird gut werden. Vor ihm habe ich nicht das Gefühl, dass ich ständig perfekt sein muss. Ich muss nicht immer top gestylt, geschminkt oder korrekt angezogen sein. Entschlossen drehe ich den Wasserhahn auf und wasche mir das Make-up aus meinem Gesicht. Er wird mich so nehmen müssen, wie ich nun mal bin.

Als ich zurück zum Stellplatz gehe, hat Ryan den Truck schon zum Schlafen bereit gemacht. Die Heckklappe ist weit geöffnet und das Innenlicht wirft in der Dunkelheit einen leichten Schimmer auf seine Gestalt. Er zieht sich gerade das Shirt über den Kopf und als ich bei ihm ankomme, steht er nur noch in Boxershorts vor mir. Ich kann nicht anders, als ihn ein weiteres Mal zu betrachten. Perfektion. Die gebräunte Haut, die definierten Muskeln, die zarten Tattoo-Linien, die feinen Härchen unter seinem Bauchnabel.

Der Blick, mit dem er mich mustert, ist unergründlich.

Ich erwidere ihn und streife währenddessen meine Flipflops von den Füßen. Dann tue ich es ihm gleich und ziehe meine Shorts aus. Danach mein Shirt. Jetzt stehe ich nur noch in Slip und BH vor ihm. Wir stehen beide in Unterwäsche mitten auf einem Campingplatz, sanft von seinem Truck beleuchtet, und haben nichts Besseres zu tun, als uns einfach anzuschauen.

Meine Haut kribbelt brennend, meinen Puls spüre ich wild an meinem Hals pochen und ein heißes Verlangen nistet sich zwischen meinen Beinen ein. Gott, ich will ihn so sehr.

Trotzdem greife ich nach seinem gerade abgelegten Shirt und streife es mir über, ohne dass sich unsere Blicke dabei lösen. Der Geruch nach Ryan und Kokosnuss umfängt mich endlich wieder.

Ich weiß, dass er mich auch will. Ich sehe es. Gott, es springt mir förmlich entgegen. Und doch drehe ich mich nun von ihm weg und klettere vor ihm in den Truck. Natürlich bin ich mir der Tatsache bewusst, dass meine Rückansicht seinem Verlangen eher zu- als abträglich sein wird, was mir ein knurrendes Stöhnen hinter mir bestätigt.

Er steigt hinter mir in den Truck und schließt die Heckklappe krachend, wodurch das Licht sofort erlischt. Ich höre ihn in der Dunkelheit neben mir leise atmen und spüre seine Bewegungen, als er an der Bettdecke zieht.

Langsam taste ich mit meiner Hand unter der Decke nach seinem Körper. Als meine Fingerkuppen seine heiße Haut vorsichtig berühren, schließt sich Ryans Hand schnell um mein Handgelenk. Ich spüre den Kontrast zwischen dem kühlen Metall meines Koalaarmbandes und seinen darüberliegenden heißen Fingern.

„Wenn du mich jetzt anfasst, dann kann ich für nichts garantieren.“ Seine Stimme ist dunkel und rau und ich höre aus jeder Silbe sein Verlangen.

„Dann garantiere für nichts“, antworte ich leise und herausfordernd.

Er stöhnt frustriert auf. „Du bringst mich noch um.“

Meine Hand hält er weiterhin fest umklammert. „Ich will das hier langsam angehen lassen. Ich brauche es langsam. Ich muss sicher sein, okay?“ Wenn ich ihn sehen könnte, dann hätten seine Augen sicher diesen intensiven, brennenden Blick.

Plötzlich komme ich mir wie eine vollkommene Idiotin vor. Wieder einmal.

Deshalb entziehe ich ihm vorsichtig meine Hand und bringe sie auf meine Seite des Bettes zurück.

„Okay. Wir gehen es langsam an. Keine Berührungen.“ Ich höre selbst die Frustration in meiner Stimme, die ihm ein leises Lachen entlockt.

Kapitel 25 – The Surfboard

22. Dezember

Der Vorsatz mit *keinen Berührungen* hat schon einmal so gar nicht funktioniert. Als ich aufwache, bin ich Ryans kleiner Löffel, seinen Arm hat er besitzergreifend um meine Hüfte geschlungen und mein Hinterkopf schmiegt sich in seine Halsbeuge.

Da ich keine Ahnung habe, wie wir in dieser Position gelandet sind, schäle ich mich langsam und vorsichtig aus seiner Umarmung. Er gibt ein protestierendes Brummen von sich, wacht aber nicht auf.

Mit einem kleinen Sicherheitsabstand zwischen uns drehe ich mich zu Ryan herum und beobachte ihn im orangen Morgenlicht, dass diffus durch die getönten Scheiben hereinfällt.

Sein Gesichtsausdruck ist entspannt und er sieht ruhig und zufrieden aus. Ich lächele leise.

Als mein Blick zu seinen vollen Lippen wandert, muss ich allerdings hart schlucken. Zu präsent sind die Erinnerungen an das Gefühl dieser Lippen auf meinem Körper. Auf meinen Lippen, auf meinen Brüsten, zwischen meinen Beinen. Ich will ihn küssen, ich will ihn spüren. Jetzt.

Bevor ich darüber nachdenken kann, es einfach zu tun, lenkt ein Blinzeln seiner Lider meine Aufmerksamkeit weg von seinen Lippen auf seine hellblauen Saphiraugen.

„Guten Morgen", kommt es rau aus meiner Kehle.

„Morgen", antwortet mir Ryan verschlafen.

Er streckt sich gemächlich unter der Decke aus. „Kaffee?“

„Liebend gerne.“ Der Moment ist vorüber. Ich setze mich auf, nehme mir mein kleines Kosmetiktäschchen und öffne die Heckklappe. Frische, salzige Morgenluft strömt herein und mit ihr die Geräusche von geschäftigem Treiben. Topfgeklapper, piepsende Autos beim Rangieren und Fernsehgeräusche dringen an mein Ohr. „Ich geh´ mal Zähne putzen“, verkünde ich, steige in meine Shorts, ziehe meine Flipflops an und mache mich auf den Weg zu den Waschräumen.

Nach dem Zähneputzen hatte ich Ryan fasziniert beobachtet, wie er unser Frühstück zubereitet. Ich war total beeindruckt, wie er auf einem kleinen Gaskocher köstlichen Kaffee aus der Bialetti zauberte und danach noch Porridge mit frischem Obst für uns kochte. Nun stehen wir gut gestärkt am Strand, der nur wenige Gehminuten von unserem Stellplatz entfernt ist.

Wir tragen Badekleidung und unter unseren Armen halten wir beide je ein Surfbrett, denn heute ist der Tag, an dem ich Surfen lernen würde. Zumindest hatte Ryan das feierlich verkündet, als er die beiden Bretter vom Dach seines Trucks abgeschnallt und mir das Größere der beiden in die Hand gedrückt hatte.

„Hast du die Bretter auch selbst gebaut?“, frage ich ihn und mustere das Design seines Brettes, das mich an die Linien auf seinem Oberarm erinnert.

„Meines schon. Deines besteht aus einem anderen Material. Es ist ein klassisches Anfängerboard, die baue ich nicht“, erklärt er mit einem Schmunzeln. Ihm muss klar sein, dass mich diese Aussage ärgert und meinen Ehrgeiz anstachelt.

„Na dann schauen wir mal, wie lange ich brauche, bis ich dein Brett fahren kann“, gebe ich herausfordernd zurück. Als ich entschlossen in Richtung Wasser marschieren will, hält er mich am Arm zurück und lacht laut.

„Also zuerst müssen wir einige Trockenübungen hier am Strand machen.“

Mein Blick scheint absolutes Entsetzen widerzuspiegeln, denn jetzt lacht er noch lauter.

„Aber bevor ich mal wieder jegliche Konzentration verliere und du dir einen Sonnenbrand holst, solltest du dir noch etwas anziehen.“ Ryan hält mir ein langärmeliges Schwimmshirt hin, das ich zögernd über mein schmales Triangeloberteil ziehe.

Fast schon missbilligend mustert er daraufhin meine knappe Bikinihose, die dem Betrachter wenig Raum zur Interpretation lässt. „Das wird ein anstrengender Tag“, seufzt er frustriert.

Zehn Minuten später beginne ich, Ryan zu verfluchen. Wir haben unsere Bretter in den Sand gelegt. Anschließend muss ich mich auf mein Brett legen, so tun, als ob ich paddeln würde und dann mit einem Sprung in eine aufrechte Position springen. Dabei sollen die Füße korrekt platziert werden, die Beine im perfekten Winkel stehen, die Arme auf Brusthöhe angewinkelt sein und der Kopf nach vorne schauen. Und auf keinen Fall darf das Brett zwischendrin falsch belastet werden.

„Das war wieder ein Walk-Up und kein Pop-Up“, schimpft er mich gespielt tadelnd ein weiteres Mal.

„Argh“, stöhne ich frustriert. Ich weiß nicht, ob ich schreien oder heulen soll. So schwer hatte ich mir das Ganze nicht vorgestellt.

„Wird schon. Noch ein paar Minuten üben und wir können es im Wasser versuchen“, macht mir Ryan Mut, während er entspannt neben seinem Board steht und meine Bewegungsabläufe akribisch mustert.

Nachdem ich endlich einige halbwegs passable Pop-Ups zustande gebracht habe, sitzen wir auf unseren Brettern und cremen unser Gesicht mit einer dicken weißen Zinkschicht ein.

„Hey, ich wollte dich noch etwas persönliches fragen“, beginnt Ryan zögernd. Er beobachtet dabei seine linke Hand, die er mit Sand füllt, und diesen dann langsam auf sein Brett rieseln lässt.

„Frag!“, fordere ich ihn mit unbekümmerter Stimme auf und werde gleichzeitig nervös.

„Du hast gesagt, dass du nach Australien *abgehauen* bist. Was genau hast du damit gemeint? Hast du etwas angestellt?“

Ich lache trocken auf. „Nein. Ich habe nichts verbrochen. Wobei, mein Ex-Freund würde das vermutlich anders sehen.“

Dann muss ich mich für einige Sekunden sammeln und mir die Worte, mit denen ich Ryans Frage beantworten will, durch den Kopf gehen lassen. Schließlich kann ich ihm mit einem Seufzen antworten.

„Ich musste dort weg. Irgendwie hat sich alles falsch angefühlt. Mein Studium und meine Beziehung und dass es außer den beiden Dingen eigentlich nichts mehr in meinem Leben gab. Mein Ex-Freund hat mich ständig kontrolliert und ich habe das Abhauen als einzige Möglichkeit gesehen, um aus diesem Käfig auszubrechen."

Jetzt ist es raus. Jetzt weiß Ryan, dass ich beschädigte Ware bin. Er weiß nun, dass ich stolze Studien-Abbrecherin bin, vor einem Kerl davonlaufe und meine Probleme nicht löse, sondern vor ihnen fliehe.

„Was hast du denn studiert?", fragt Ryan interessiert und überrascht mich damit erneut.

„BWL", antworte ich und als wir uns in die Augen sehen, müssen wir beide grinsen.

„BWL also. Der kreativste aller Studiengänge", feixt Ryan. „Niemals hätte ich dich dort gesehen", meint er kopfschüttelnd. „Nicht, weil ich dich nicht für klug halte. Aber ich hätte bei dir eher an irgendetwas mit Sport oder mit Menschen gedacht."

„Ich befürchte, ich habe nicht nach meinem Interesse entschieden, sondern nach dem, was mir für mein Leben am zweckmäßigsten erschien. Seit dem Tod meines Papas hatten Mum und ich immer eher wenig Geld. Deshalb dachte ich, dass mir ein BWL-Studium in der Hinsicht helfen könnte." Ich verschmiere die letzten Reste der Zinksonnencreme unter meinen

Augen. „Aber mir ist mittlerweile auch klar, dass ich damit nie glücklich werden würde.“

Ganz unerwartet streicht Ryan sanft mit seinem Daumen an meiner Wange entlang. „Da war noch ein bisschen viel Zink“, meint er mit leiser Stimme.

Das Kribbeln, dass sich von dieser Stelle aus in meinem gesamten Körper ausbreitet, fühlt sich viel zu gut an.

„Keine Berührungen“, erinnere ich ihn trotzdem mit tadelndem Blick. Soll er doch genauso leiden, wie ich. Außerdem war es seine bescheuerte Idee, dann soll er sich doch bitte selbst als Erster an diese Regel halten.

Ryan steht auf, ich erhebe mich ebenfalls und er nimmt gelassen mein Surfbrett hoch. Dann reibt er mit einem Stück Wachs kraftvoll über die Oberfläche. Zurück bleiben weiße Streifen, die einen leichten Kokosnussgeruch verströmen.

„Für mehr Grip“, erklärt er mir.

„Jetzt weiß ich, warum du immer nach Kokos riechst“, entgegne ich schmunzelnd.

„Ich wusste gar nicht, dass ich das tue“, antwortet er mit einer Mischung aus Irritation und Belustigung in der Stimme.

Er drückt mir das Surfbrett in die Hand und geht vor mir in die Hocke. Mit geübten Bewegungen befestigt er die Leash an meinem Knöchel. Als ich auf ihn hinabschaue, verschränke ich meine Hände vor dem Oberkörper, um mich davon abzuhalten, sie in seinen Haaren zu vergraben.

„Na dann, lass uns surfen“, fordert er mich auf, während er sich wieder aufrichtet.

Nebeneinander schreiten wir gemächlich auf das Wasser zu. Er scheint für meine ersten Surfversuche kein Surfbrett zu brauchen, denn seines lassen wir am Strand zurück.

Als die ersten, kühlen Wellen meine Unterschenkel umspielen, bekomme ich sofort eine Gänsehaut am ganzen Körper.

Kurze Zeit später ist mir allerdings so warm, dass ich mir am liebsten das Schwimmshirt vom Leib reißen würde. Ryan steht lässig im Wasser, das ihm bis zur Brust reicht. Ich liege auf meinem Surfbrett und paddle quasi um mein Leben, wobei ich schon mehr Wasser in Mund und Nase bekommen habe, als ich je wieder ausspucken können werde.

„Komm her, die Wellen könnten wir jetzt mal versuchen“, meint er belustigt.

Mittlerweile schaffe ich es das Brett in die gewünschte Richtung zu drehen und paddle fast geradlinig auf ihn zu.

Bei ihm angekommen, dreht er mein Brett mit mir in Richtung Strand.

„Wenn die nächste Welle kommt, dann schiebe ich dich im richtigen Moment an. Du musst also nicht paddeln. Wenn ich es sage, dann stehst du auf. So wie wir es vorher geübt haben, okay?“

Keine Ahnung, wie ich dieses Manöver auf dem wackeligen Brett ausführen soll, aber ich nicke brav.

Die Welle hebt mein Brett an und in Erwartung eines Schubes spanne ich meine Muskeln einsatzbereit an.

Irritiert blicke ich mich zu Ryan um, als die Welle unter mir durchläuft und nichts passiert.

Seine Hand hält das Brett nur wenige Zentimeter von meinem Hintern entfernt, auf den er wohl gerade seine komplette Aufmerksamkeit richtet. Sein Blick wirkt verschleiert, die Augenbrauen sind angespannt zusammengezogen und ich sehe, wie er hart schluckt.

„Nehmen wir die nächste?“, frage ich um einen lockeren Ton bemüht.

Daraufhin räuspert er sich, wendet den Blick auf mein Gesicht und nickt entschuldigend.

Einige Stunden später, in denen ich es geschafft habe auf so manchen passablen Weißwasserwellen zu surfen, bin ich sowohl körperlich als auch emotional völlig erschöpft. Jede unvermeidliche Berührung Ryans, um mir Bewegungen zu veranschaulichen oder mich einfach nur am Kentern zu hindern, hat ein nervöses Kribbeln durch meinen ganzen Körper geschickt, der sich jetzt, wie eine überspannte Feder anfühlt.

Als wir schließlich zurück an den Strand gehen, halten wir beide einen kleinen Sicherheitsabstand.

„Hast du das eigentlich gemeint, als du gesagt hast, dass du gerne etwas mit den Händen machst? Die Surfbretter?“ Ich will mich mit dieser Frage wieder auf sicheres Terrain begeben.

Er wirft mir einen warmen Blick zu. „Ja. Genau das habe ich gemeint.“ Ryan lächelt versonnen.

„Warum ist das dann nicht dein Job?“, frage ich interessiert.

Sein Gesicht verschließt sich sofort. „Das hätte ich gerne getan. Aber da gab es…“ Ryan zögert. „Da gab es einige Missverständnisse mit…“ Er atmet schwer ein. „Mit jemandem. Und daraufhin habe ich beschlossen, dass ich das mehr als Hobby betreiben will.“

Sein Gesichtsausdruck wirkt so abweisend und verbittert, dass ich nicht anders kann und meine Hand nach seinem Oberarm ausstrecke. Ganz vorsichtig fahre ich mit den Fingerkuppen über die Tattoolinien. Nur für den Bruchteil einer Sekunde, dann ziehe ich meine Hand sofort zurück.

Ryan nickt mir kurz zu und die tiefe Falte zwischen seinen Augen ist verschwunden.

Nach dem Abendessen, wir haben uns einfach vom Restaurant des SLSCs Burger mit zum Stellplatz genommen, sitze ich im Schneidersitz auf der Wiese neben dem Truck und kritzele mit einem zufriedenen Grinsen in meinem Notizbuch.

„Was machst du da?“, fragt Ryan, während er sich mit zwei Getränkedosen in der Hand neben mich ins Gras fallen lässt.

„Ich habe gerade den Punkt *Surfen* von meiner Bucket List abgehakt“, lache ich.

Er schmunzelt. „Das nennst du surfen? Da sollten wir besser noch ein kleines bisschen üben.“

Ryan streckt mir die Hand entgegen. „Darf ich sehen, was noch alles auf der Liste steht?“

„Also das wäre mir ziemlich peinlich. Diese Liste ist nämlich ein einziges Australien-Klischee“, entgegne ich zurückhaltend und klappe das Notizbuch zu.

„Okay…“ Er zieht die Augenbrauen überrascht nach oben, dann fängt er sich wieder. „Also an eine Sache kann ich mich noch erinnern, und die könnten wir heute Abend sogar noch erledigen“. Ryan schaut mich erwartungsvoll an, während er mir eine der beiden Dosen reicht.

„Erzähle mir mehr“, entgegne ich lachend und öffne die Dose mit einem lauten Zischen.

Wenig später gehen wir zurück zum Strand. In meiner linken Hand halte ich die Dose Apfelcider und in der rechten eine kleine Packung Reiswaffeln. Ryan hat ebenfalls sein Getränk mitgenommen und zusätzlich einen halben Salatkopf.

Als wir den Kamm der niedrigen Düne überschreiten, sehe ich sie bereits. Im Halbdunkel flitzen kleine graubraune Fellknäule über den Strand. Wallabys. Es sind viel mehr, als ich gedacht hätte und die ersten haben uns auch schon entdeckt. Sie stellen sich neugierig auf die Hinterbeinchen und ein besonders mutiges Exemplar hoppelt gemächlich auf uns zu.

„Sind die süß!“, entfährt es mir quietschend. Von Ryan höre ich nur ein dunkles, zufriedenes Lachen.

Das erste Exemplar lässt sich von mir mit Reiswaffeln aus der Hand füttern und auch Ryans Salatblätter finden großen Anklang. Da sich die anderen niedlichen Tiere zwar nähern, sich jedoch nicht zu nahe an uns herantrauen, legen wir einige unserer mitgebrachten Leckereien ein paar Meter von uns entfernt in den Sand.

Wir lassen uns mit gebührendem Abstand auf der Düne nieder und beobachten die lustigen Tierchen, wie sie sich über das Futter hermachen.

Dabei überkommt mich eine tiefe, schwere Zufriedenheit. Ich lausche dem leisen Meeresrauschen und merke, wie mich eine bleierne Müdigkeit zu übermannen droht.

Als die letzten Sonnenstrahlen komplett verschwunden sind und ich schon mehrmals herzhaft gegähnt habe, steht Ryan auf und klopft sich den Sand von den Badeshorts.

„Lass uns zurück gehen." Seine Stimme klingt rau und sofort nistet sich ein nervöses Kribbeln in meinem Bauch ein.

Ich stehe ebenfalls auf. Der Strand und der Weg werden von kleinen Lämpchen spärlich beleuchtet und ich halte mich bei unserem Rückweg nahe an Ryan. Die Härchen an meinen Unterarmen stellen sich auf, während ich eine knisternde Spannung zwischen uns wahrnehme.

Als ich aus dem Waschraum zurück zum Truck komme, zeigt sich mir das gleiche Bild wie am Vortag. Ryan zieht sich gerade das Shirt über den Kopf und lässt mich im diffusen Licht der Innenbeleuchtung seinen perfekten Oberkörper ein weiteres Mal mustern. Als ob ich heute beim Surfen nicht schon genug Zeit dazu gehabt hätte, genieße ich diesen Anblick erneut viel zu sehr. Das Shirt hält er mir heute bereitwillig hin. Anscheinend gefällt es ihm genauso gut wie mir, wenn ich darin schlafe.

Wieder entledige ich mich meines Shirts, meiner kurzen Hose und meiner Flipflops. Anders als gestern trage ich allerdings keine schlichte, schwarze Unterwäsche. Heute habe ich mich für die weniger blickdichte Spitzenvariante entschieden. Ryans Arm, an dem er mir das Shirt entgegenstreckt, erstarrt. Seine dunklen Augen wandern langsam über meinen Körper und bleiben an den nur spärlich bedeckten Stellen hängen, die wenig der Fantasie überlassen.

Ein fassungsloses Keuchen entweicht seiner Kehle, während ich einen lässigen Schritt auf ihn zugehe, ihm das Oberteil, aus dem immer noch steif ausgestreckten Arm nehme, und es mir in Zeitlupe überstreife.

Wieder steige ich vor ihm in das Bett. Akribisch darauf bedacht, dass das Hemd meinen Hintern dabei nicht verdeckt.

„Du wirst mich sowas von umbringen“, stöhnt er fast schon verzweifelt, als er hinter mir in den Truck steigt.

Nachdem er die Heckklappe geschlossen hat und das Licht erlischt, kuscheln wir uns nebeneinander unter die große Bettdecke. Diesmal passe ich auf, dass ich ihn nicht, auch nicht aus Versehen, berühre.

Völlig unerwartet spüre ich plötzlich Ryans warme Fingerkuppen an meinen eigenen. Gemächlich tastet er sich vor und verschränkt schließlich unsere beiden Hände miteinander.

„Keine Berührungen“, flüstere ich leise und es klingt wie eine Frage.

„Keine Berührungen“, flüstert Ryan zurück und es klingt wie eine Antwort. Seine Hand bewegt er keinen Millimeter aus meiner.

„Danke“, kommt es zart über meine Lippen. Für den heutigen Tag und für diesen Moment.

Kapitel 26 – The Almonds

23. Dezember

Völlig ausgelassen renne ich mit dem Surfbrett unter meinem Arm zurück an den Strand. In der letzten Stunde hat irgendetwas in mir *klick* gemacht und ich schaffte es sogar einige Wellen halbwegs elegant zu surfen.

Ryan läuft neben mir und der Sand fliegt in hohen Spritzern unter unseren Fußsohlen nach hinten.

„Gott, das war so gut!“, kreische ich, lasse mein Board in den Sand fallen, greife mit beiden Händen Ryans Oberarme und strahle ihn euphorisch an.

„Das war schon richtig, richtig genial“, grinst er belustigt und streift mir schnell eine nasse Haarsträhne aus der Stirn.

Als wir uns im Anschluss auf mein Brett setzen, komme ich nicht umhin zu bemerken, dass die Lockerheit von eben verflogen ist und er sich so weit wie möglich von mir entfernt platziert.

„Warum genau willst du es eigentlich *langsam angehen lassen*?“, frage ich ihn vorsichtig. „Ich meine, der Zug ist seit der Nacht damals ja eigentlich abgefahren, oder?“

Er schnaubt leise. Nach einer Minute der kompletten Stille, rückt er doch ein kleines Stück in meine Richtung. Vermutlich, damit ich seine gedämpfte Stimme besser verstehen kann.

„Okay.“ Ich warte eine weitere Minute, bevor er zögernd erzählt. „Also, ich hatte eine Phase, in der ich es alles andere als langsam habe angehen lassen. Jedes

Mal von Null auf Hundert. Viel belangloser Sex, noch viel mehr Alkohol. Das war mein Leben und ich fand es gut so." Ryan schaut auf seine Hände und zuckt mit den Schultern. „Dann kam ich langsam über die Sache hinweg und bin irgendwie in das andere Extrem gerutscht. Keine Partys, selten Alkohol, noch seltener Sex. Aber wenn, dann bin ich meinen Prinzipien treu geblieben und es war mit jemanden, den ich sicher nicht wiedersehen würde. Meistens Touristinnen. So wie du." Jetzt sieht er mir in die Augen. Sie strahlen so blau, wie das Meer vor uns. Und doch ist da eine Dunkelheit in ihnen und er stöhnt frustriert.

„Und dann war da doch irgendetwas zwischen uns. Du warst für mich nicht bedeutungslos. Es hätte so sein sollen, aber ich konnte dich nicht mehr aus meinem Kopf bekommen. Das mit dir hat etwas in mir berührt, dass ich geglaubt hatte für immer verloren zu haben und das machte mir, und macht mir immer noch, eine Heidenangst." Fast schon verzweifelt bohrt sich sein Blick intensiv in meinen.

Eine romantischere Erklärung, warum jemand nicht mit mir schlafen möchte, gibt es vermutlich nicht. Und ich verstehe ihn, ich erkenne meine eigene Situation in seiner wieder.

„Weißt du", beginne ich kratzig. „Mir geht es ähnlich. Ich wollte nie wieder etwas für jemanden empfinden. Nur Sex und keine Gefühle. Und dann habe ich nach unserer Nacht jedem Kerl, der annähernd so aussah wie du, hinterhergestarrt. Nur um herauszufinden, ob du es bist. Ich habe dich gesucht. Ich habe meine Laufstrecke geändert, damit ich dich eventuell beim Surfen entdecke, ich habe sogar Leute *nach dir gefragt*." Über mich selbst entsetzt, schüttele ich den Kopf.

Nach diesem Geständnis mustert mich Ryan bedächtig. „Vermutlich stecke ich sowieso schon zu tief drinnen, aber ich will sicher sein, dass das keine rein körperliche Reaktion ist. Dass das Gefühl in mir echt ist. Das ich mir selbst wieder trauen kann", schließt er mit rauer Stimme.

„Wer hat dir das Gefühl damals genommen?", entgegne ich nach einer Weile und mein Herz klopft wie verrückt. Das ist die entscheidende Frage. Wird er sich mir öffnen oder verschließt er sich?

Schließlich klopft er sacht mit den Fingerknöcheln auf sein Surfbrett, das neben uns liegt. „Sarah", bringt er gepresst hervor. „Ich dachte, wir wären sowas wie Endgame. Doch wie sich herausgestellt hat, wollte sie nur meine Boards und nicht mich." Ein bitterer Zug hat sich in sein Gesicht geschlichen. „Sie ist Profi-Surferin. Wir haben uns vor zwei Jahren auf einem Contest kennengelernt, ich hatte dort meine Bretter verkauft. Und nach ihren Anweisungen habe ich ihr dann ständig neue Boards gebaut. Noch ein bisschen wendiger, ein bisschen schmaler, ein bisschen weniger Volumen, und so weiter. Ich habe es geliebt diese Boards zu bauen. Natürlich nicht nur für sie, auch für Surfshops und so weiter. Ich habe quasi nichts anderes mehr gemacht. Und dann wurde es unschön." Ryan schnalzt mit der Zunge und lässt anschließend Sand von einer Hand in die andere rieseln.

Ich blicke ihn erwartungsvoll und aufmunternd an.

„Die Kurzfassung ist, dass sie mich betrogen hat. Nicht nur einmal, quasi ständig und ich es null gecheckt habe. Ich habe es anfangs nicht einmal geglaubt, als es mir ein Kumpel gesteckt hat. Und als ich sie darauf ansprach, da war es ihr völlig egal. Wichtig war ihr nur, dass ich ihr weiterhin die Bretter baue. Sie hat mir sogar angeboten, mich mit Sex dafür zu bezahlen, wenn ich schon unsere Beziehung beenden will."

„Fuck", entfährt es mir leise.

„Ich habe mich so unglaublich in ihr getäuscht", seufzt er verbittert.

Nach einigen Minuten des Schweigens ergreife ich das Wort. „Bei uns geht es gar nicht um Sex, oder? Es geht darum herauszufinden, ob wir mehr sein könnten, mehr sein wollen", spreche ich das Offensichtliche aus.

„Deshalb: Keine Berührungen!" Ryans Stimme klingt nun wieder fröhlicher und sogar ein bisschen scherzhaft.

„Keine Berührungen", antworte ich. „Aber wir könnten uns zumindest ein Enddatum dieser Challenge setzen", schlage ich vor.

„Weihnachten", kommt es wie aus der Pistole geschossen von Ryan. Als ob das schon längst feststehen würde und er nur vergessen hätte mir diese wichtige Info mitzuteilen.

Ich lache erleichtert. Das wäre ja schon morgen! „Mein oder dein Weihnachten", frage ich sicherheitshalber nach.

Er lacht laut auf. „Meines natürlich!" Als ich frustriert die Augen verdrehe, lacht er noch lauter.

Nach diesem Gespräch, das mir erlaubte, einen intensiven Blick auf Ryans Gefühlswelt zu erhaschen, hat er sich sein Surfbrett geschnappt und sich seinerseits in die Wellen gestürzt. Er müsste jetzt erst einmal runterkommen, meinte er entschuldigend. Bestimmt eine Stunde lang beobachtete ich ihn fasziniert, wie er mit dem Brett scheinbar mühelos auf den Wellen ritt.

Jetzt widme ich mich meinem Handy und kläre mit Sue die genauen Details der Pre-Christmas-Party, die morgen Abend im Breakers stattfindet. Ryan und ich haben beschlossen, dass wir dafür nach South Heads zurückkommen werden, und ich freue mich schon sehr auf mein erstes australisches Weihnachten mit meinen Freunden.

Ich schaffe es nur noch Nele ein paar Wallaby-Fotos von gestern zu schicken, bevor sich mein Handy ausschaltet. Die Power-Bank hat das Gerät die letzten Tage heroisch am Leben erhalten. Doch nach drei Tagen Camping ist auch ihr mittlerweile der Saft ausgegangen und ich stecke mein nutzloses Smartphone in die Strandtasche, um weiterhin Ryan viel zu offensichtlich anzuschmachten.

„Ich schwöre, zuhause kann ich das richtig gut", verteidige ich mich verzweifelt, während ich hektisch in der Pfanne rühre, in der meine gebrannten Mandeln gerade zu verbrannten Mandeln werden. Der Gaskocher erlaubt mir keine Regulierung der Hitze und so ist es unglaublich schwer die Mandeln mit dem geschmolzenen Zucker zu überziehen, der sich viel lieber für immer am Pfannenboden festbrennen will.

Ryan neben mir gibt ein belustigtes Schnauben von sich. Immerhin verbrennt er sich die Finger, als er eine Mandel direkt aus der Pfanne klauen will. „Das hast du vermutlich verdient“, tadele ich ihn, während er seine Fingerkuppen an der metallenen Bierdose abkühlt.

Einige Minuten später liegen die Mandeln auf einem großen Streifen Backpapier und wir sitzen in unseren Campingstühlen daneben.

„Das war Schwerstarbeit“, seufze ich theatralisch.

Ryan lacht. „Naja, also als Gegenleistung für diese wahnsinns Events, ich sage nur Koalas, Wallabys und sogar noch Surfen, solltest du ruhig hart arbeiten müssen.“

Ergeben stimme ich in sein Gelächter ein. Daraufhin nehme ich mir mit spitzen Fingern eine Mandel vom Backpapier, puste leicht dagegen und lege sie mir vorsichtig auf die Zunge. Nach wenigen zurückhaltenden Kaubewegungen kann ich ein Fazit abgeben. „Schmeckt besser als ich dachte.“

Ryan schmunzelt ebenfalls und nimmt sich auch eine Mandel. In behaglicher Einigkeit naschen wir die noch warme Süßigkeit. Der Geschmack erinnert mich an zuhause, an Mum, an die Weihnachtsfeste mit ihr, an die unzähligen Portionen gebrannter Mandeln, die wir zusammen zubereitet haben. Ein bisschen Wehmut überkommt mich bei diesem Gedanken, aber auch ein bisschen Vorfreude auf das komplett gegensätzliche Weihnachtsfest hier in Australien, das mich die nächsten Tage erwarten würde.

Ein Seitenblick verrät mir, dass Ryan mich intensiv mustert. Er legt sich dabei eine zuckrige Mandel auf die Zunge und ich ertappe mich dabei, dass ich seinen Mund anstarre. Vorsichtig beuge ich mich nach vorne. Mit dem Zeigefinger fahre ich sanft an seiner Unterlippe entlang und kann den Blick dabei nicht von seinen einladenden Lippen abwenden. „Da war noch ein bisschen viel Zucker“, ergänze ich etwas verspätet mit belegter Stimme.

Er öffnet die Lippen leicht, wobei mein Herz sofort anfängt viel zu schnell zu schlagen. Als ich den Kopf hebe, sehe ich direkt in seine dunkelblauen Augen, die von den gesenkten Lidern und den langen Wimpern halb verdeckt werden.

Zwei oder drei Zentimeter müsste ich überbrücken. Nur dieses kleine Stückchen und meine Lippen würden endlich wieder auf seinen liegen.

Langsam ziehe ich die Hand zurück. Meine Atmung geht viel zu schnell. Ich spüre, wie die Hitze sich in meinen Wangen eingenistet hat und elektrisierende Erregung meinen Körper überflutet. „Nur noch bis Weihnachten“, flüstere ich heiser.

„Keine Berührungen“, antwortet er ebenso rau.

Oh Gott, wie soll ich das nur durchhalten?

Nach meinem Besuch im Waschraum bietet sich mir wieder das nun schon alltägliche Bild. Ryan steht vor dem Truck, zieht sein Shirt aus und genehmigt mir den herrlichen Anblick seines nackten Oberkörpers. Wobei mein Blick, wie immer, sofort zu dem definierten V wandert, das halb unter seinen Boxershorts verschwindet.

Heute hatte ich mir vorgenommen, würde ich ihn allerdings so richtig zur Verzweiflung bringen. Ich würde testen, wie ernst er diese dämliche Challenge wirklich meint. Gemächlich streife ich meine Flipflops von den Füßen. Ein kontrollierender Blick auf Ryan bestätigt mir, dass er jede meiner Bewegungen genauestens beobachtet. Danach ziehe ich meine Shorts aus, woraufhin mein Shirt folgt. Allerdings trage ich diesmal nur einen knappen Slip unter meiner Kleidung. Und sonst nichts. Ryan zieht hörbar die Luft ein, als ich mit nacktem Oberkörper auf ihn zugehe und ihm sein Shirt aus der Hand nehme. Langsam ziehe ich es mir über, wobei sich unsere Blicke ineinander verhaken. Ein Blick nach unten genügt und ich weiß, dass er sowas von scharf auf mich ist. Als ob mir sein verzweifeltes Stöhnen das nicht schon verraten hätte. Anschließend gleite ich langsam mit den Händen über meinen Oberkörper, berühre kurz meine Brustwarzen, die sofort hart werden, was der weiche, weiße Stoff offenkundig nicht verbergen kann. Daraufhin keucht Ryan entsetzt und ich sehe, wie sein Glied in seinen Boxershorts zuckt. Seine Hand schnellt nach unten und drückt von außen gegen seinen Schaft, wie um ihn im Zaum zu halten. Das wiederum lässt augenblicklich eine Welle der puren Erregung durch meinen Körper schießen. Vielleicht war das doch keine so gute Idee. Vielleicht foltere ich mich hier doch nur selbst.

Als ich anschließend in den Truck klettere, ist die Welle der Lust noch kein bisschen abgeebbt. Umständlich verkriechen wir uns unter der Bettdecke. Keiner wagt es, sich zu bewegen. Ich frage mich inständig, wie ich mit dieser Menge an Adrenalin, Endorphinen und purer Erregung im Blut einschlafen können soll.

Zehn Minuten später ist mir klar, dass ich diese Nacht nicht schlafen werde. Die einzige Möglichkeit wäre diese nervöse Anspannung in mir irgendwie abzubauen. Also gleite ich langsam mit der Hand nach unten, zwischen meine Beine und berühre vorsichtig meinen empfindlichsten Punkt durch das dünne Höschen hindurch. Ein elektrisierendes Gefühl durchzuckt mich. Ja, das könnte vielleicht funktionieren. Gemächlich beginne ich daraufhin mit meinen Fingern kleine Kreise zu malen, wobei sich meine Erregung langsam, aber stetig steigert.

„Ich weiß, was du tust. Hör auf damit!", kommt es nach kurzer Zeit leise knurrend aus Ryans Richtung. Er hört sich atemlos an, was mich nur noch mehr anmacht.

„Ich kann nicht", flüstere ich wenig später leise und mit der gleichen Atemlosigkeit zurück.

Nach einigen Sekunden bemerke ich auch von Ryans Seite des Bettes ruckartige Bewegungen. Sein zu schneller Atem lässt mich vermuten, dass er es sich mit seinem Wunsch anders überlegt hat und meine Strategie zum Stressabbau gar nicht so schlecht findet. Ein heißer Schauer überläuft mich bei dieser Vorstellung.

„Ich will dich sehen“, kommt es plötzlich rau und verzweifelt aus Ryans Mund. Kurz darauf muss ich stark blinzeln, da die Innenraumbeleuchtung mir ihrem grellen, orangen Licht alles ausleuchtet. Durch zusammengekniffene Augen sehe ich, wie Ryan eine seiner Badehosen nimmt, diese über die Lampe wirft und dadurch einen angenehmen, sanften Lichtschein erzeugt.

„Keine Berührungen“, erinnere ich ihn, wobei ich die Bettdecke hastig mit den Füßen nach unten trete und ihm genau zeige, welche Berührung ich wegen dieses Mantras gerade selbst erledigen muss.

„Keine Berührungen“, bestätigt er mit dunklem Blick, der sich auf mein Höschen geheftet hat.

Dabei bewundere ich das Muskelspiel seines Armes, dessen Hand unter seinen Boxershorts verschwindet und eindeutige, fieberhafte Bewegungen ausführt. Fuck. Ich hätte nie gedacht, dass es mich so heiß machen würde, wenn ich einem Kerl beim Masturbieren zuschaue.

Langsam, ohne mit den Bewegungen zu stoppen, verringern wir den Abstand zwischen uns. Unsere Lippen sind nur noch wenige Millimeter voneinander entfernt und ich spüre den frischen Lufthauch seines pfefferminzigen Zahnpasta-Atems zart an meinem Mund.

Ich sehe nur noch seine tiefblauen Augen, seine langen Wimpern, die noch leicht feuchten Haarsträhnen, die ihm in die Stirn hängen. Während ich in diesem Blick versinke, verstärke ich den Druck meiner Berührungen, werde schneller und ungeduldiger.

Als ich lautlos komme, verbinden sich unsere Lippen für den Hauch einer Millisekunde. Diese zarte Berührung schickt Milliarden Stromstöße durch meinen Körper, die die Welle des Orgasmus zu einem unerwarteten Hoch aufschaukeln.

Erschöpft und zutiefst befriedigt sehe ich weiterhin in Ryans Augen. Fuck. Das war gut. Und für mich das erste Mal, dass ich mich vor einem Mann angefasst habe und trotzdem fühlte es sich völlig natürlich an.

Ryan räuspert sich. „Sorry für das Shirt.“

Ein Blick nach unten offenbart mir einen hellen, nassen Fleck auf meinem, beziehungsweise Ryans, Shirt. „Aber ich dachte, ist ja sowieso meines und du hast die letzten Tage genug Ersatz gesammelt.“ Jetzt grinst er unverhohlen.

Ebenso grinsend ziehe ich mir das Hemd vom Körper und werfe es auf einen Wäscheberg am Fußende, den ich als Dreckwäscheberg identifiziert habe.

Peter wäre angesichts dieser Unordnung maximal entsetzt und ich muss kurz über den Gedanken schmunzeln, wie fassungslos er wäre, wenn er mich jetzt sehen könnte. Ich schlafe in einem Auto, neben Kleiderbergen, Kochgeschirr und einem Kerl, der sich gerade vor mir einen runtergeholt hat.

Nachdem ich mir ein trockenes Shirt von Ryan aus einer anderen Ecke des Trucks geangelt habe, ziehe ich es über, kuschele mich in den wohligen Geruchsmix aus Kokos und Ryan und schlafe innerhalb weniger Minuten ein.

Kapitel 27 – The Christmas Party

24. Dezember

Den deutschen Weihnachtsmorgen verschlafen wir komplett. Wir nutzen die Mittagszeit, um ein letztes Mal mit den Surfbrettern raus zu paddeln und - in Ryans Fall - äußerst beeindruckend zu surfen.

Nach einem weiteren take-away Burger und einem zweiten Kaffee sitzen wir nun im Truck und sind auf dem Rückweg nach South Heads.

Unser Geplänkel war den ganzen Tag über auffallend aufgekratzt. Zu präsent sind die Erinnerungen an gestern Abend und die Aussicht auf eine baldige Fortsetzung, wenn denn nun endlich Ryans dämlicher Vorsatz fallen wird.

Ungewohnt ernst spricht er mich nach einer längeren, stillen Zeit des Fahrens an, währenddessen ich gedankenverloren aus dem Fenster gestarrt hatte. „Linny, du hast gemeint, dass du nie wieder etwas für jemanden empfinden willst. Warum eigentlich?“ Seine Miene, mit der er konzentriert auf die Straße blickt, ist ernst, doch seine Stimme weich und einfühlsam.

Diese Frage überfällt mich komplett aus dem Hinterhalt und ich muss mich mehrfach räuspern, um zu einer Antwort fähig zu sein. „Wie gesagt, die Beziehung zu meinem Ex-Freund war sehr einengend. Er hat mich verletzt, auch körperlich, manipuliert und kontrolliert. Vorher hatte ich keine echten Beziehungen. Ich hatte Sex, ja. Aber ich war nie wirklich mit jemanden zusammen. Das hat für mich viel besser funktioniert. Die einzige Beziehung in meinem Leben ist also richtig schiefgelaufen. Das macht die Lust auf weitere Erfahrungen dieser Art nicht gerade groß." Ich lache trocken und hebe in einer entschuldigenden Geste die Schultern.

Ryan blickt nur kurz zu mir herüber, bevor ich leise weiterspreche. „Und dann kamst du. Und mit dir fühlt es sich gerade anders an. Es fühlt sich nach so viel mehr an. Und trotzdem bleibt ein kleines Stückchen Angst, dass dieses *mehr* schon zu viel für mich sein könnte." Wieder bekomme ich keine Antwort und versuche mich weiter zu erklären.

„Mit dir zu schlafen wäre eine sichere Angelegenheit für mich. Alles andere ist ein riesiges Fragezeichen in meinem Kopf und in meinem Herzen. Wahrscheinlich habe ich dich deshalb die letzten Abende so provoziert. Damit du mir das gibst, mit dem ich umgehen kann."

Er schnaubt ungläubig und stellt mir nur eine einzige, eindringliche Frage. „Wirst du dieses *mehr* an Gefühlen irgendwann zulassen?"

Mein Herz schreit *ja* mit millionen Ausrufezeichen, aber mein Gehirn und mein Mund sagen flüsternd etwas anderes. „Ich weiß es nicht." Sogar ich bin von meiner Antwort enttäuscht und schlage die Augen beschämt nieder.

Wieder nickt Ryan. Seine Miene ist unergründlich.

Um auf andere Gedanken zu kommen, krame ich auf der Suche nach meinem Smartphone in meinem Rucksack, als mir einfällt, dass es immer noch tot ist. Heute Nacht würden wir bei Ryan in der WG schlafen, dann könnte ich mein Handy bei ihm zuhause aufladen und endlich meine Mum anrufen. Gerade bin ich über den großen Zeitunterschied zwischen Australien und Deutschland extrem froh. Wenn ich nämlich meine Mama am Weihnachtsabend nicht anrufen würde, dann wäre die Hölle los. Vielleicht könnte ich mein iPhone ja sogar schon vorher im Breakers aufladen. Hoffnungsvoll stecke ich das nutzlose Ding in die Gesäßtasche meiner hellblauen Jeansshorts zurück.

Am frühen Abend parkt Ryan seinen Truck vor dem Breakers. Die Sonne steht bereits tief über der Strandpromenade und ich muss über die skurril wirkende Weihnachtsdeko der Palmen und des Lifeguard-Häuschens schmunzeln. Lametta in Kombination mit strahlend blauem Sommerhimmel und gebräunten Badenden in knapper Kleidung ist eben ein Novum für mich.

Als wir die Tür zum Breakers aufstoßen, kommt mir die ursprünglich als ausufernd empfundene Dekoration auf der Kings Canyon Ranch durchaus minimalistisch vor. In der Bar blitzt und blinkt es aus jeder erdenklichen Ecke und auch Sue, die mir gerade wild zuwinkt, trägt zum Silber glitzernden Paillettenshirt einen Haarreif mit bunten LEDs, die absonderlich aufleuchten.

Eine Sekunde später ist sie mir auch schon um den Hals gefallen und hängt mir eine trashige Hawaii-Kette mit flauschigen Schneemännern statt Blumen um selbigen.

„Endlich bist du hier!“, brüllt sie mir viel zu laut ins Ohr um gegen *Last Christmas* von *Wham*! anzukommen, das aus den Boxen dröhnt. Ihre übertriebene Freude lässt auf einen durchaus beachtlichen Alkoholpegel ihrerseits schließen. Ein prüfender Blick in die Runde des proppenvollen Ladens verleitet mich zu der Annahme, dass dieser Zustand bei den Feiernden aktuell eher die Regel als die Ausnahme darstellt.

„Wir haben anscheinend schon einiges verpasst“, lacht Ryan dicht an meinem Ohr.

Ich nicke grinsend, als sich Sue meine Hand packt und mich mit sich zieht. Ein entschuldigender Blick zurück zu Ryan verrät mir, dass er sich schon auf dem Weg zur Bar befindet, wo ich Dean und diesen anderen Kerl, dessen Namen ich immer noch nicht weiß, ausmache.

Nachdem mich Sue so weit wie möglich von den Boxen, aus denen weiterhin die Weihnachtsklassiker dröhnen, weggezogen hat, muss ich ihr Rede und Antwort stehen. Sie will jedes Detail meiner letzten Tage mit Ryan wissen und ich berichte geduldig. Dabei kann ich es nicht vermeiden alle paar Sekunden zu ihm Hinüber zu spähen und seinen intensiven Blick aus diesen faszinierenden hellblauen Augen zu erwidern.

„Gott, Lina. Du nervst!“ Sues Ausruf zwingt mich dazu ihr meinen Kopf wieder zuzuwenden. „Dann geh eben rüber.“ Sie verdreht die Augen mehr belustigt als verärgert.

„Ich komme wieder", lache ich, froh über ihren Befehl. „Wer's glaubt." Sue zwinkert genervt, aber ich sehe auch die Freude über meine Besessenheit in ihren Augen blitzen.

Wenige Schritte später stehe ich neben Ryan an der Bar. Ziemlich genau an der Stelle, an der er mich mit seinen beiden Kumpels damals das erste Mal angesprochen hat. Wie damals verabschieden sich Dean und der andere, er hat sich mir nochmal als Ben vorgestellt, relativ bald von uns beiden und wir stehen wieder zu zweit an der Theke.

„Apfelcider?", fragt Ryan und nippt an seiner Bierflasche, wobei er unerwartet nervös klingt.

Ich nicke und beobachte ihn, wie er sich über den Tresen beugt, mein Getränk bestellt, entgegennimmt und mir anschließend reicht.

„Danke." Selbst dieses einfache Wort bringe ich nicht heraus, ohne dass meine Stimme aufgeregt und kratzig klingt.

„Verrückt, dass wir jetzt wieder hier stehen, oder?", beginnt er langsam.

„Viel zu verrückt", stimme ich zu. „Wir haben es irgendwie nicht so mit den klassischen Abläufen, oder?"

„Wie meinst du das?" Wir kommen immer näher aufeinander zu und müssen jetzt nicht einmal mehr gegen die Musik anschreien, so nah sind wir uns.

„Naja. Erst haben wir Sex, dann wohnen wir mehr oder weniger zusammen in deinem Truck und dann gehen wir auf unser erstes Date", fasse ich zusammen.

„Also, wenn man das heute als Date bezeichnen kann“, ergänze ich beschämt und mit roten Wangen.

Ryans Mundwinkel wandern nach oben. „Auf unser erstes Date!“, Er stößt klirrend mit seiner Bierflasche gegen meinen Cider. „Und auf unkonventionelle Abläufe“, schickt er hinterher und trinkt.

„Wenn das hier unser erstes Date ist, dann sollte ich mal ein paar Erstes-Date-Fragen stellen, oder?“, meint Ryan belustigt.

Ich lasse mich auf das Spielchen ein. „Was möchtest du wissen?“

Er schüttelt leicht den Kopf mit einem angestrengten, überlegenden Ausdruck im Gesicht. „Also ich weiß schon, warum du hier gelandet bist, aber ich habe keine Ahnung, ob und wann du wieder zurück nach Deutschland willst.“ Er hat diese Feststellung so locker daher gesagt, aber uns ist beiden klar, dass von meiner Antwort so ziemlich alles abhängen wird.

Meine Brust hebt und senkt sich schnell, als sich unsere Blicke finden und nicht mehr loslassen. „Ich kann mir ehrlichgesagt keinen Ort vorstellen, an dem ich lieber wäre als hier“, kommt es flüsternd über meine Lippen. „So schnell wirst du mich nicht loswerden“.

In seinen dunkelblauen Augen spiegelt sich ein ganzer Strudel aus Empfindungen, in denen ich versinken möchte. Freude und Begehren, aber auch ein Funken Angst.

„Ich werde dir nicht das Herz brechen“, verspreche ich mit fester Stimme.

Er schluckt hart. „Und ich werde dir nie wehtun.“ In seinen Augen nehme ich nichts als Aufrichtigkeit wahr.

Langsam hebe ich meinen Arm und lege sacht meine Fingerspitzen auf die Stelle über seinem Herzen. Auf das Shirt, das ich vermutlich auch schon getragen habe. Ich spüre seinen Puls unter meinen Fingern vibrieren und rücke behutsam noch näher an ihn heran.

Gemächlich streicht er mir eine lockige Haarsträhne aus der Stirn. Doch statt meine Haare loszulassen, legt er seine Hand fest in meinen Nacken und zieht mich bedächtig langsam noch näher.

Jetzt sind wir uns so nahe, dass der kleinste Windhauch ausreichen würde, um uns kollidieren zu lassen.

Und nichts lieber würde ich in diesem Moment tun. Ich will diese Kollision, diesen Meteoriteneinschlag.

„Und wenn wir uns doch auf mein Weihnachten einigen?", flüstere ich ihm heiser ins Ohr, wobei meine Lippen für den Bruchteil einer Sekunde seine Haut streifen, was mir sofort einen elektrisierenden Schauer beschert.

„Das halte ich für einen legitimen Vorschlag", kommt es dunkel aus seiner Kehle, woraufhin sich die feinen Härchen an meinen Unterarmen in erwartungsvoller Freude aufstellen.

Bedächtig senkt Ryan seinen Kopf, seine Hand wandert vom Nacken nach vorne auf meine Wange. Erwartungsvoll atme ich tief ein und endlich, endlich legt er seine weichen, vollen Lippen zärtlich auf meine. Das Prickeln, das augenblicklich durch meinen Körper schießt, lässt mich hilflos aufseufzen. Seit der Nacht mit Ryan im Truck hatte ich niemanden mehr geküsst und ich will diese Berührung in all ihren Facetten auskosten. Doch viel zu schnell beendet Ryan den unschuldigen Kuss. In seinen Augen erkenne ich allerdings das tiefe Verlangen, das auch in mir wütet.

„Wir sollten rausgehen", kommt es kratzig aus meiner Kehle.

Wir wissen beide, wohin das führen wird.

Er schluckt hart und nickt, wobei er mich nicht aus den Augen lässt.

„Ich gebe Dean noch Bescheid", presst er ungeduldig hervor.

Sanft fahre ich abschließend mit meinen Fingerspitzen an seiner Brust entlang und drehe mich dann zum Ausgang. „Bis gleich."

Als ich aus der Tür trete, empfängt mich die dunkelgraue Dämmerung mit leisem, friedlichem Meeresrauschen. Der Kontrast zur lauten Musik, dem Stimmengewirr und der blinkenden Helligkeit von vorhin könnte nicht größer sein.

Ein tiefer Atemzug beruhigt mein aufgewühltes Gemüt, bevor ich um die Ecke biege, um dorthin zu gehen, wo wir uns zum ersten Mal geküsst hatten.

Dort steht allerdings schon jemand. Und dieser Jemand beobachtet mich durchdringend. „Hallo Kleines", begrüßt er mich schließlich kalt.

Ryan

Es erfordert meine komplette Willenskraft, dass ich Linny nicht sofort hinterherstürme, um sie für den Rest meines Lebens gegen diese Hauswand gedrängt zu küssen. Also atme ich mehrmals tief durch und mache mich auf den Weg zu ihrem Rucksack, den sie bei Sues Leuten abgestellt hat. Morgen, an meinem Weihnachten, will ich ihr ein kleines Geschenk machen und dazu muss ich wissen, was noch alles auf ihrer Australien Bucket List steht.

Also krame ich in ihrem Rucksack und finde das blau-weiß karierte Büchlein sofort. Als ich es aufschlage, muss ich nicht lange suchen, denn die Liste befindet sich gleich auf der ersten Seite. Lächelnd lese ich die Einträge, die sie mit einem dicken Haken versehen hat. Bis ich zu dem Punkt komme, der mir das Blut in den Adern gefrieren lässt. *Sex mit einem Surfer* steht da. Mit einem dicken Haken dahinter. Dass davor der Zusatz *ziemlich guten* steht, macht die Sache auch nicht besser.

„What the fuck?“, entfährt es mir entsetzt, als ich das ganze Ausmaß ihres Betrugs erkenne. Sie wollte nicht mich. Sie hätte, nachdem ich einen kurzen prüfenden Blick durch den Raum geworfen habe, ungefähr mit jedem zweiten Kerl hier schlafen können, um diesen Punkt abzuhaken. Es ging niemals um mich. Es ging nur darum, was ich in meiner Freizeit tue. Deshalb wollte sie keine Gefühle zulassen. Sie hatte keine. Es ging und geht nur um Sex. Mein Herz zieht sich zusammen, in meinem Magen befindet sich plötzlich ein riesiges Loch und fassungslos fahre ich mir mit den

Fingern durch die Haare. Dann stopfe ich das Buch grob in den Rucksack zurück und wanke wie ferngesteuert zur Bar.

„Gin Tonic“, bestelle ich heiser. „Mach´ gleich zwei daraus“, ergänze ich nach einer Sekunde.

„Carter! Was ist los?“ Deans Hand landet auf meiner Schulter und er sieht mir prüfend in die Augen. „Du siehst aus, als hättest du einen Geist gesehen!“

Ich schüttele nur den Kopf, nehme das erste Getränk entgegen und trinke mit geschlossenen Augen einige tiefe Züge. Der Alkohol beginnt sogleich damit meine wie eingefrorenen Eingeweide zu wärmen.

„Ryan“, jetzt wird Deans Stimme eindringlicher und ich könnte Besorgnis darin wahrnehmen, wenn es mich interessieren würde. „Was ist passiert, Mann?“

Weil ich leider nichts besseres mehr zu tun habe, erzähle ich Dean tonlos und wie mechanisch von meiner Entdeckung.

Der sagt lange Zeit nichts. Dann nimmt er mir meinen zweiten Gin Tonic ab, den ich gerade ebenso schnell wie den ersten hinunterkippen wollte.

„Ryan, verstehe mich nicht falsch. Aber ich befürchte, du reagierst hier etwas über.“ Er spricht vorsichtig, so als ob ihm jederzeit eine reinhauen könnte.

Und keine Frage, der Impuls ist da. Fassungslos ziehe ich die Augenbrauen nach oben und starre ihn an.

„Diese Liste hat sie wahrscheinlich geschrieben, als sie dich noch nicht kannte. Das hat erst einmal überhaupt nichts mit dir zu tun.“ Er seufzt. „Ich habe vielmehr das Gefühl, dass du willst, dass es nicht funktioniert. Dass du das jetzt als Ausrede nimmst, damit du dich nicht auf sie einlassen kannst." Dean kennt mich viel zu gut. Ich fühle mich ertappt aber gleichzeitig seltsam erleichtert.

„Du willst sie. Du wolltest sie schon damals. Und zwar für mehr als Sex", stellt er die Fakten nüchtern dar. „Oder kannst du dich an eine Frau nach Sarah erinnern mit der du zusammen warst, während du quasi nüchtern warst? Was hattest du an dem Abend? Ein Bier? Mit ihr war es doch von Anfang an anders. Und dann hast du sie in deinem Truck schlafen lassen. Sie war sogar am nächsten Morgen noch da. Wann hast du das jemals zugelassen? Also bitte, bitte steh dir jetzt nicht selbst im Weg! Klärt das mit der Liste, okay. Aber bitte, tu dir das nicht an. Ich sehe doch, wie ihr euch anseht. Jeder hier sieht es. Es ist zeitweise fast schon widerlich, dieses ganze Geschmachte."

Das Loch in meinem Magen wird kleiner, ich fühle, wie sich mein rasender Herzschlag etwas beruhigt und ich treffe eine Entscheidung.

„Danke Mann", wende ich mich ernst an Dean. „Behalte den." Ich deute auf den Gin Tonic und mache mich eilig auf den Weg nach draußen.

Als ich durch die Tür trete, klärt die salzige, frische Meerluft meine diffusen Gedanken. Ja, ich will Alina. Und jetzt kläre ich ein für alle Mal mit ihr, ob sie mich will oder ob ich auch nur ein bescheuerter Punkt auf ihrer Bucket List bin.

Mit grimmiger Entschlossenheit biege ich um die Ecke zu dem Platz, an dem wir uns das erste Mal geküsst hatten. Doch da ist niemand zu sehen. Irritiert blicke ich mich suchend um. Im Schein der Straßenlaterne liegt, zerknüllt neben der Hausmauer, eine weiße Hawaii-Kette mit Schneemännern, die sich von dem dunklen Asphalt deutlich abhebt. Als ich mich bücke, um sie aufzuheben, nehme ich ein Glitzern auf dem Teer wahr. Ich sehe genau hin und erkenne das silberne Koalaarmband, dass ich Linny im Koala Krankenhaus geschenkt hatte. Es ist gerissen.

„Linny?", rufe ich in die Dunkelheit. „Alina?" Eine leichte Panik schleicht sich in meinen lauten Ruf und ich frage mich, was hier eigentlich gerade passiert ist.

Kapitel 28 – The Awakening

25. Dezember

Als ich die Augen aufschlage, kneife ich sie augenblicklich wieder zu, denn ein schmerzhaftes Pochen schießt durch meinen Schädel. Selbst durch die geschlossenen Lider nehme ich die Helligkeit in diesem Zimmer viel zu grell wahr. Mein Mund ist trocken, ich habe wahnsinnigen Durst und mir ist so unglaublich schlecht, dass ich kurz würgen muss, was mir einen weiteren Blitz durch den Kopf schießt.

Ich habe keine Ahnung, wo ich bin. Mein Herz trommelt in einem ungesunden Galopp in meiner Brust und kalter Schweiß steht mir auf der Stirn. Ganz vorsichtig öffne ich meine Augen ein zweites Mal, um meine Umgebung blinzelnd zu begutachten.

Vor mir sehe ich einen überdimensionalen Fernseher an der Wand hängen. Links neben mir befindet sich ein großes Fenster, durch dessen transparente Vorhänge helles Tageslicht hereinfällt. Ich selbst liege auf einem Bett. Als ich mir die klebrigen Haarsträhnen aus dem Gesicht streichen will, stoßen meine Arme auf unerwarteten Widerstand. Eine langsame Drehung meines Kopfes, die tausend Stiche verursacht, verrät mir, dass meine Hände mit dunklen Stoffen an dem Gitter des Bettes festgebunden sind. Die blanke Angst überfällt mich siedend heiß, während ich vergeblich an den festen Knoten um meine Handgelenke rüttele und dabei heftig würgen muss. Der Geschmack von Galle breitet sich in meinem Mund aus. Sofort werfe ich einen prüfenden Blick auf meinen Körper. Der ist glücklicherweise angezogen. Allerdings trage ich eine mir unbekannte, weite schwarze Stoffhose und eine helle Bluse, die ich noch nie gesehen habe.

In meiner Erinnerung trug ich zuletzt die helle Jeansshorts und ein kurzes Shirt. Da ging ich gerade aus dem Breakers, um mich mit Ryan draußen zu treffen. Als mich die Erkenntnis trifft, was danach passiert ist, zerre ich noch panischer an den Fesseln, die meine Handgelenke halten.

Peter. Er stand vor dem Breakers, ich erinnere mich wieder!

„Hey Kleines." Peter lehnte lässig an der Hauswand, an der eigentlich ich mit Ryan stehen wollte. Er sah aus wie immer. Ein Bild langweiliger Perfektion.

„Ich war mir nicht sicher, ob du es bist. Als du mit diesem Idioten aus dem Auto gestiegen bist. Du hast dich verändert. Du bist irgendwie verwildert." Er schüttelte den Kopf und setzte einen missbilligenden Ausdruck auf.

„Mit den Klamotten siehst du aus wie eine Schlampe und deine zerzausten Haare machen das Bild nicht besser." Zu dieser Beleidigung schnalzte er verärgert mit der Zunge.

Mein Herz raste und doch blieb ich äußerlich ruhig. „Dann gehe ich jetzt wieder rein. Ich möchte dich mit meiner Anwesenheit nicht belästigen." Beherrscht drehte ich mich auf dem Absatz um, um möglichst schnell zurück zu meinen Freunden zu kommen.

Doch ich war noch keinen Schritt gegangen, als seine Hand mein Handgelenk umschloss und mich grob zurückriss. „Nicht so schnell Kleines. Du gehst ohne mich nirgendwo mehr hin“, hauchte er bedrohlich leise an meinem Ohr.

Shit. Er würde mich nicht gehen lassen. Vorher würde er mich wahrscheinlich umbringen! Nach dieser Erkenntnis übernahmen meine Instinkte. Ich versuchte mich loszureißen, zerrte an meinem Arm und schrie laut um Hilfe. Fest drückte Peter seine Hand auf meinen Mund, um meine Laute zu ersticken. Er war einfach so viel größer und stärker als ich und meine kläglichen Versuche ihn zu treten oder meine Hände freizubekommen wehrte er mit peinlicher Leichtigkeit ab. Hart presste er mich gegen die Hauswand, seinen Unterarm an meiner Kehle. Es schmerzte, ich bekam fast keine Luft und ich hatte keine Chance meinen Kopf zur Seite zu drehen, als er mir einen harten, unnachgiebigen Kuss auf die Lippen drückte. Mir wurde speiübel und doch konnte ich nichts tun, als er mir daraufhin ein kleines Fläschchen zwischen die Lippen schob und mir eine geschmacklose Flüssigkeit einflößte. Das war meine letzte Erinnerung.

Ekel, so viel Ekel breitet sich in meinem Körper aus, als ich an diesen Kuss denken muss. Ich will mich übergeben, ich will das alles aus mir hinauskotzen. Und doch könnte es noch so viel schlimmer sein. Hat Peter mich umgezogen? Hat er mich ausgezogen? Was hat er getan, an das ich mich nicht mehr erinnern kann? Gänsehaut breitet sich auf meinem ganzen Körper aus und heiße Tränen beginnen mir über die kühlen Wangen zu laufen.

Ein Vibrieren neben meinem Kopf lässt mich herumfahren. Auf dem Tischchen neben dem Bett liegt mein Smartphone. Angesteckt. Das Display leuchtet auf und Ryans Foto erscheint. Es ist das Foto, das ich gemacht habe, als er das Wallaby mit dem Salat gefüttert hat. Er strahlt in die Kamera, seine Augen leuchten intensiv blau und er lacht so glücklich und befreit, was so weit weg von meiner jetzigen Gefühlslage ist, dass es mir völlig surreal erscheint.

Trotzdem erwacht nun der Kampfgeist in mir. Meine Hände sind aktuell zwar nutzlos, doch ich kann versuchen mit einem Fuß an das Handy zu kommen. Möglichst leise und dennoch schnell winde ich meinen Körper nach links. Die Schmerzen in meinem Kopf lassen weiße Punkte vor meinen Augen tanzen. Was war das für ein Zeug, das mir Peter aufgezwungen hat? Bevor ich überlegen kann, wie ich mein Bein dorthin bekommen soll, wo sich mein Handy befindet, stoppt das Vibrieren. Ryan hat aufgelegt.

Die Enttäuschung darüber brennt sich wie Säure durch meine Eingeweide. Das Display leuchtet immer noch und ich sehe, dass ich zig ungelesene Nachrichten von Ryan, Sue, Nele und meiner Mum habe. Das wiederum gibt mir Hoffnung. Sie werden mich nicht mit Peter allein lassen. Irgendjemand muss doch realisieren, dass ich nicht freiwillig verschwunden bin.

„Ah, du bist wach“, reißt mich Peters Stimme aus meinen Überlegungen. Sofort schießt mein Puls in die Höhe und meine gefangenen Hände beginnen zu zittern.

Er steht lässig in der Tür zum Badezimmer, in den gleichen Klamotten, die er bereits vor dem Breakers trug. Eine Hand hält er über das Mikrofon seines Smartphones. Vermutlich telefoniert er gerade.

„Sorry, das dauert noch etwas“, äußert er entschuldigend in meine Richtung. Dann kommt er auf mich zu, während er mit gerunzelter Stirn seinem Gesprächspartner zuhört.

Lässig klemmt er sich das Handy zwischen Kopf und Schulter, als er mich völlig unerwartet grob am Kinn packt und mir mit der anderen Hand wieder diese Ampulle zwischen die Zähne steckt. Ich kämpfe, reiße an meinen Händen, presse die Lippen und Zähne zusammen, doch es hat keinen Zweck. Mein Sichtfeld verschwimmt bereits an den Rändern, ich versuche mich an das Hier und Jetzt zu klammern und doch verliere ich kläglich, als ich letztendlich wegdämmere.

Diesmal wache ich, neben den schon gewohnten, hämmernden Kopfschmerzen, mit einem unmenschlichen Durst auf. Das Licht, das durch die Vorhänge hereinscheint, hat sich von einem hellen Weiß zu einem schwachen Gelb gewandelt.

Meine Lage hat sich ansonsten nicht sonderlich verändert. Meine Hände sind immer noch festgebunden. Um das herauszufinden, muss ich nicht einmal meinen Kopf drehen, da mir das der taube Schmerz in den Handgelenken und in den verdrehten Schultern unmissverständlich klar macht. Meine Kleidung ist ebenfalls gleichgeblieben, worüber ich unglaublich erleichtert bin. Peter allerdings kniet am Fuß des Bettes, oberkörperfrei und hantiert mit zwei großen Schüsseln herum. Ich kann mir keinen Reim aus diesem Bild machen. Meinen panischen Herzschlag und meine Angst ignorierend, krächze ich aus meinem staubtrockenen Hals und bitte um Wasser.

Daraufhin steht Peter sofort auf und verschwindet im Bad. Ein Seitenblick auf mein Handy, dessen Display schwarz ist, gewährt mir leider keine weiteren Erkenntnisse. Viel zu schnell ist Peter zurück und hält mir fürsorglich ein Glas Wasser an die Lippen. Mit der anderen Hand stützt er vorsichtig meinen Kopf. Den Impuls mein Gesicht aus seinen Händen zu reißen, unterdrücke ich gewaltsam, denn ich muss meine trockene Kehle befeuchten. Gierig trinke ich in großen Schlucken, bis das Glas komplett leer ist. Mein Magen gibt gluckernde Geräusche von sich und kurz befürchte ich, dass ich alles sofort wieder auskotze. Mir ist so unglaublich schlecht. Ob von der Panik, von dem Ekel, vor Hunger, vor Durst oder von dem Zeug, das er mir gegeben hat, kann ich nicht einordnen. Wahrscheinlich eine Mischung aus Allem.

Peter stellt das Glas auf dem Nachttisch ab und schaut mir bedauernd in die Augen. „Es tut mir so leid. Aber wenn wir endlich wieder zuhause sind, dann wird alles wieder so wie früher. Du wirst sehen."

Mit diesen Worten steht er auf und geht zurück zum Fußende des Bettes. Mit einem Ruck zieht er mir das rechte Hosenbein der schwarzen Stoffhose nach oben. Blanke Angst überfällt mich. Mit seinen Händen fährt er vorsichtig mein nacktes Bein entlang und ich erschauere heftig. Diese Berührung finde ich so abstoßend, so ekelerregend, dass ich schon wieder würgen muss. Diesmal kommt ein wenig klares Wasser meine Speiseröhre hoch, dass ich mit einer schnellen Drehung meines Kopfs auf das Kissen neben mir spucke.

Unbeeindruckt beginnt Peter damit, aus einer Schüssel eine nasse, weiße Stoffbahn zu nehmen und diese um meinen Unterschenkel zu wickeln. Er streicht sie glatt, fügt eine zweite Lage hinzu und anschließend eine dritte. Langsam begreife ich, was er da tut, trotzdem frage ich.

„Was machst du da?“ Kratzig und trotzdem panisch schrill verlässt die Frage meinen Mund.

Stoisch arbeitet er weiter und beachtet mich nicht. Erst als mein Handy wieder vibriert steht er gemächlich auf, nimmt mein Smartphone, liest mit missbilligendem Blick etwas und tippt daraufhin auf dem Display herum.

Meine letzte Hoffnung, dass mir jemand aus dieser Lage helfen könnte, schwindet. Denn Peter hat die Macht über mein Handy und er kann allen Leuten in meinem Namen schreiben, was auch immer er möchte.

Kapitel 29 – The Airport

26. Dezember
Ein brennender Schmerz an meiner Wange zerrt mich gewaltsam aus der angenehmen Traumlosigkeit des Schlafes. Ich versuche zu blinzeln, aber meine Lider fühlen sich so unglaublich schwer an, dass ich es nicht schaffe, die Augen zu öffnen. Lieber sinke ich wieder zurück in die Dunkelheit. Ich merke, wie mein Kopf langsam nach vorne sackt. Aber bevor ich mit dem Kinn meine Brust berühre, trifft mich wieder dieser unsägliche Schmerz an der Wange, der von einem lauten Klatschen begleitet wird. Erschrocken reiße ich den Kopf nach hinten und gleichzeitig die Augen weit auf.

Peter steht vor mir, die Hand hoch erhoben, um mir jederzeit einen weiteren Schlag zu verpassen.

„Du musst jetzt wach bleiben", zischt er zwischen seinen zusammengepressten Zähnen hervor und wirkt angespannt.

Langsam drehe ich den Kopf und schaue mich um. Er steht mit dem Rücken zu einer gläsernen Schiebetür und trägt eine schwarze Aktentasche, die ihm von der Schulter hängt. Vor und hinter mir hasten Menschen mit Koffern und Kaffeebechern vorbei. Irgendwie sind diese Menschen alle viel größer als ich. Oder halt, es liegt an mir. Ich bin einfach viel kleiner als sie, denn ich sitze. Ich sitze in einem Rollstuhl, hinter welchen Peter nun tritt und mich langsam in Richtung der Tür schiebt. Eigentlich sollte ich jetzt Panik empfinden, aber ich bin einfach nur wie in Watte gehüllt. Als ob ich diese ganze Szene uninteressiert von außen betrachten würde.

Die Luft ist erfüllt vom Geräusch fahrender Autos, knallender Türen und hektischem Geschwätz. Es ist so hell, dass ich den Schriftzug über der Glastür fast nicht entziffern kann. Oder liegt das an meiner völlig verschwommenen Sicht? Die Konzentration, die ich aufbringen muss, um das Wort *Airport* zu dechiffrieren kostet mich alles. Zufrieden mit meiner Leistung lasse ich anschließend den Kopf wieder sinken, um einfach weiterzuschlafen.

„Scheiße, jetzt komm schon. So viel war das gar nicht“, rüttelt Peter ungeduldig von hinten an meinen Schultern. Zu der bleiernen Müdigkeit in meinen Knochen gesellt sich nun ein diffuser Schmerz, der von meinem rechten Bein auszugehen scheint. Als ich die Augen wieder öffne, versuche ich den Ursprung dieses Gefühls zu ergründen. Da das riesige weiße Teil an meinem Fuß mir förmlich entgegenleuchtet, ist dieses Rätsel sofort gelöst.

Mein Gehirn weiß, wie ich die Wörter formen müsste, doch meine Muskeln gehorchen mir nicht. Ich will ihm sagen, dass mir der Gips wehtut und doch bringe ich kein Wort über meine Lippen.

Er scheint zu erkennen, dass ich mit dem Gips nicht einverstanden bin. „Dann ist es realistischer, Kleines. Nur noch kurz. Ein kleiner Flug nach Hause und dann nehme ich ihn dir sofort ab, okay? Aber das musste leider sein, sonst geben die uns im Terminal keinen Rollstuhl, sorry.“

Schwerfällig versuche ich mich hochzustemmen. Eine unerbittliche Hand drückt mich an der Schulter fest nach unten auf den Stuhl. „Du kannst mit dem Ding nicht weglaufen. Versuche es gar nicht. Du sollst dir doch nicht wehtun." Widerlich zärtlich streift er mit der Hand über mein Haar.

Als wir auf die Sicherheitskontrolle zusteuern, winkt uns ein uniformierter Mitarbeiter zu sich an das Band. Unendlich mühsam beobachte ich, wie Peter seine Aktentasche in eine Röntgenwanne packt und dem Herrn etwas auf seinem Handy zeigt.

„Können Sie aufstehen?", spricht mich der Mann an. Ich will schreien, ich will um Hilfe rufen, ich will wegrennen und doch schaffe ich es nicht einmal auf seine Frage zu antworten. Alles fühlt sich so schwer an. Meine Zunge bewegt sich keinen Millimeter in meinem Mund und ich kann den Uniformierten nur aus weit aufgerissen, angsterfüllten Augen anstarren.

„Was ist mir ihr?", wendet er sich nun an Peter.

„Sie hat starke Schmerzen. Ein komplizierter Bruch im rechten Unterschenkel, den sie gerne zuhause weiterbehandeln lassen möchte. Die Schmerzmittel waren wohl etwas zu hoch dosiert", lacht er und zuckt entschuldigend die Schulter.

„Geben Sie mir bitte mal ihre Pässe." Der Officer streckt erwartungsvoll die Hand in Peters Richtung aus. Der beginnt mit der Hand an die Seite seines Oberschenkels zu trommeln. Ein sicheres Zeichen für seine einsetzende Nervosität.

Umständlich kramt er in der Aktentasche und befördert erst einen dunkelroten Reisepass und danach ein ähnlich großes, grün-pinkes Heftchen heraus. Er reicht beides dem Beamten.

„Sie hat ihren Pass verloren. Deshalb hat sie aktuell nur diesen Reiseausweis als Passersatz.“

Mit einem herablassenden Augenverdrehen wirft er mir einen Seitenblick zu. Als ob ich Dummerchen einfach nicht in der Lage wäre auf mein Zeug aufzupassen.

Scheiße. Wenn er jetzt mit dieser Nummer durchkommt, dann war es das. Dann sitze ich in kürzester Zeit in einem Flieger nach Deutschland. Leichte Panik dringt durch die Watte in meinem Kopf und ich versuche zu sprechen. Doch ich bringe nur ein dünnes Krächzen heraus, das in der Geräuschkulisse des Flughafens völlig untergeht. Mein Bein im Gips schmerzt mittlerweile so dermaßen stark, dass sich mein ganzes Sein auf diese Qual fokussiert und ich dem weiteren Gespräch nur beschwerlich folgen kann.

Der Uniformierte begutachtet konzentriert unsere Dokumente. Sein Gesicht zeigt dabei keine Regung. Dafür regt sich Peter umso mehr. Das Trommeln auf seinem Oberschenkel gleicht nun eher einem Zittern der Hand.

Als der Beamte zu seinem Computer geht und mit der Maus herumklickt, beginnt in mir ein kleiner Hoffnungsschimmer zu glimmen. Vielleicht würde der Typ erkennen, dass hier etwas gehörig faul ist. Obwohl ich ihm vorher schon nicht antworten konnte, wendet er sich wieder an mich.

„Ihr Visum wäre noch bis September gültig, warum reisen Sie jetzt schon aus?“ Ich versuche zu sprechen.

Ich fühle, wie ich den Mund öffne, doch ich bringe keinen Ton hervor. Meine Augen quellen förmlich aus den Höhlen, so intensiv versuche ich ihm verständlich zu machen, dass hier etwas nicht stimmt.

„Wir wollen das Bein in Deutschland behandeln lassen", springt Peter ein.

Nun wirft der Officer einen intensiveren Blick auf mein Bein und die Zehen, die vorne aus dem Gips hervorspitzen. „Der Fuß ist ja komplett blau. Das Teil ist doch viel zu eng! So können Sie in kein Flugzeug!", entgegnet er erschrocken und hebt mein Gipsbein hastig an.

„Und der ist ja noch nicht mal trocken!" Er starrt seine feuchte Hand an und speit diesen entsetzten Vorwurf Peter förmlich ins Gesicht.

„Der muss ab, sofort. So können sie nicht weiter", weist er uns an. Sein Tonfall duldet keine Widerrede. Der Hoffnungsschimmer in mir hat sich mittlerweile zu einem feurigen Glühen entfacht und Peter schwinden die Felle. Doch so schnell gibt er nicht auf.

„Wir könnten den Gips für den Flug entfernen lassen", schlägt Peter einsichtig vor. „Allerdings wird sie weiterhin den Rollstuhl brauchen."

Der Kerl mustert mich mit einem prüfenden Blick.

„Durch die Sicherheitskontrolle muss sie allerdings ohne. Können Sie aufstehen?" Seine Worte treffen mich wie eine Abrissbirne. Nein. Nein. Nein. Wenn er mich durch diese Kontrolle bringt, dann war es das für mich. Scheiße. Scheiße. Scheiße. Ich kann zwar immer noch nicht sprechen, doch ich bewege meinen Kopf.

Langsam und wie in Zeitlupe schwenke ich ihn von links nach rechts. Doch niemand nimmt Notiz von mir.

Peter erkennt seine Chance, tritt neben mich, greift mit dem Arm unter meine Achsel und zieht mich mühelos hoch. Ich lehne, wie ein verliebter Teenager, an seinem Oberkörper und diese Berührung ekelt mich bis ins Mark an. Doch ich kann mich nicht zurückziehen, ich kann mich fast nicht bewegen.

„Na dann helfen Sie der Dame mal bitte durch den Metalldetektor." Sofort beginnt Peter mich in Richtung des schmalen Tores zu zerren.

Mit jeder Faser meines Seins dränge ich meinen Körper in die entgegengesetzte Richtung. Den Kopf bewege ich weiterhin unerträglich langsam zum stummen Nein und mein Mund bringt endlich ein leises Wimmern zustande. Mit den Augen fixiere ich den Beamten, der mich mit hochgezogenen Augenbrauen beobachtet.

„Komm jetzt", zischt mir Peter durch seine vor Anstrengung zusammengepressten Kiefer hervor.

Der Beamte macht einen Schritt auf mich zu. „Ist alles in Ordnung, Miss?" Wieder bewege ich meinen Kopf schleppend zu einem stillen *Nein*, woraufhin ich Peter leise knurren höre.

Schnell legt der Uniformierte die Hand auf meinen Oberarm und sieht mir prüfend in die Augen. „Möchten Sie ärztliche Betreuung?" Mit weit geöffneten Lidern schaffe ich es unendlich langsam zu nicken und dabei ein weiteres Wimmern über meine Lippen zu schicken.

Daraufhin beginnt mich der Beamte behutsam aus Peters Umklammerung zu lösen, was diesen zum Handeln zwingt.

„Nein, sie wird nirgendwo hingehen!“, brüllt er. „Sag ihm, dass alles in Ordnung ist. Sag es ihm!“ Peter packt mich am Oberarm und rüttelt mich grob, wobei ich fast das Gleichgewicht verliere und nur der Halt des Officers mich aufrecht hält.

Dieser hat nun endlich erkannt, dass hier etwas gewaltig schiefläuft und fordert über sein Funkgerät Verstärkung an. Peter hingegen reißt mich mit übermenschlicher Kraft aus dem Arm des Kerls und zieht mich von ihm weg, woraufhin ich nun endgültig Opfer der Schwerkraft werde und den weiß-grau gefliesten Boden auf mich zurasen sehe.

Bevor ich aufschlage, höre ich jemanden panisch meinen Namen rufen. Der Schmerz, der von meiner Stirn ausgehend in meinem Kopf explodiert, ist das letzte, was ich fühle, bevor ich wieder in die nachtschwarze Dunkelheit eintauche.

Kapitel 30 – The Hospital

26. Dezember – Ryan

Unendlich müde fahre ich mir zum bestimmt millionsten Mal mit den Fingern durch die Haare, bevor ich meine Ellbogen wieder auf den Knien abstütze, um meinen viel zu schweren Kopf zu halten.

Seit zwei Tagen habe ich keine Minute mehr geschlafen, weshalb ich gerade energisch gegen den Sekundenschlaf ankämpfe. Denn ich darf nicht einschlafen. Ich muss wissen, was mit Lina ist.

Seit dem Moment, als ich sie vor dem Breakers nicht mehr finden konnte, bin ich in Alarmbereitschaft. Weder ihre Freundin Sue noch irgendjemand sonst wusste, wohin sie verschwunden war. Wir haben gemeinsam die Gegend abgesucht, sind zum Strand, haben komplett South Heads auf den Kopf gestellt, aber niemand hat auch nur die kleinste Spur von ihr entdecken können.

Gestern war ihr Handy dann endlich wieder eingeschaltet und sie hat schließlich auf meine panischen Nachrichten reagiert. Ab da wusste ich, dass etwas ganz und gar nicht stimmen kann. Denn sie schrieb mir, dass sie wieder nach Deutschland zurück will und abreisen wird. Das widersprach allem, was wir in unserem letzten Gespräch im Breakers besprochen hatten. Das, bevor alles den Bach hinunterging.

Also fuhr ich zum Flughafen. Ich verbrachte die letzten beiden Tage dort, um wie ein irrer Stalker die Zugänge zu den internationalen Flügen im Auge zu behalten. Und dann fand ich sie tatsächlich. Erst dachte ich, dass mir meine übermüdeten Augen einen Streich spielten, doch auf den zweiten Blick erkannte ich sie. Auf den ersten sah sie nämlich gar nicht aus, wie meine Linny. Sie trug eine elegante Bluse, eine Stoffhose und die Haare waren streng nach hinten gekämmt. An ihrem Bein sah ich einen riesigen weißen Gips und der Hass auf den Typen, der sie anscheinend verletzt hatte, ließ meine vor Müdigkeit brennenden Augen vor Zorn auflodern. Dass sie gerade hilflos an seiner Brust lehnte und sich nicht einmal selbstständig aufrecht halten konnte, dass sie ihn berührte, das ließ mir die Sicherungen durchbrennen.

Ich rannte auf die Gruppe zu und als ich sie fallen sah, schrie ich mit einem unmenschlichen Schrei ihren Namen. Doch ich kam zu spät. Das Übelkeit erregende Geräusch, als ihre Stirn auf dem Fliesenboden aufschlug, wird mich mein Leben lang verfolgen. Genauso wie die Massen an dunkelrotem Blut, die sich sprudelnd aus der Platzwunde auf den hellen Bogen ergossen.

Sofort kniete ich mich hin, bettete ihren Kopf auf meine Beine, flüsterte ihren Namen, doch sie konnte mir keine Antwort geben. Sie war bewusstlos.

Was danach passierte, drang nur noch wie durch einen Nebel zu mir durch. Der Typ, der mit Linny am Flughafen war, wurde festgenommen und abtransportiert. Notärzte rannten auf uns zu und entwanden Linny meinem Griff, um sie auf eine Bahre zu legen. Ein Kerl half mir auf die Beine und verfrachtete mich in den Wagen, mit dem Lina ins Krankenhaus transportiert wurde.

Seit unserer Ankunft, vor über fünf Stunden, saß ich also auf diesem unbequemen Stuhl direkt vor ihrer Zimmertür. Meine Hose war steif von dem getrockneten Blut und mein Shirt, das ich seit drei Tagen trug, roch mit Sicherheit nicht mehr so, dass Linny wieder ihr Gesicht darin vergraben möchte. Da war deutlich der Gestank nach Panik, Verzweiflung und Schuld wahrzunehmen.

Wenn ich mich nicht so unglaublich kindisch aufgeführt hätte, wenn ich ihr einfach vertraut hätte, dann wäre ich nur wenige Minuten nach ihr aus dem Breakers gegangen. Wenn ich sofort mit ihr über die Liste sprechen hätte können, dann hätte ich den Typen gesehen. Dann hätte ich ihn davon abhalten können, sie mitzunehmen.

Mit den Händen fahre ich mir grob über das Gesicht und über die kratzigen Bartstoppeln. Der Polizist, der mir gegenüber auf einem Stuhl sitzt, beäugt mich argwöhnisch.

Nachdem wir hier angekommen waren, wurde ich zunächst befragt, wobei ich ehrlicherweise nicht viel Informationen zur Klärung beitragen konnte.

Linny ist immer noch nicht bei Bewusstsein, weshalb der Polizist hier sitzt und darauf wartet, sie schließlich ebenfalls befragen zu können.

Es hat einen einzigen Vorteil, wenn man hier draußen hockt. Und zwar, dass man zumindest sporadisch Updates über Linnys Gesundheitszustand bekommt.

Anscheinend hat ihr ihr Ex-Freund K.O.-Tropfen gegeben und das in einer Dosis, die sie hätte umbringen können. Ihr Körper muss diesen Giftcocktail zunächst einmal verarbeiten. Dazu kommt noch, dass der Gips viel zu eng an ihrem Bein anlag und nun unklar ist, in welchem Zustand ihr Unterschenkel ist. Immerhin war der Gips nur Fake. Damit konnte dieser Wichser Linny unter seiner Kontrolle halten, denn sie konnte damit nicht weglaufen und niemand hätte Verdacht schöpfen sollen, wenn sie völlig apathisch in einem Rollstuhl durch die Gegend geschoben wird. Wahrscheinlich wird sie den Unterschenkel nicht verlieren, aber das ist nur eine vage Hoffnung und noch keine Tatsache. Der Hass auf den Typen, der ihr das alles angetan hat, droht mich zu überwältigen und ich schließe meine Hände zu Fäusten, mit denen ich ihm jederzeit die hässliche Fresse polieren könnte. Daran kann die wenige Minuten alte Information, dass der Arsch sich während ihrer Bewusstlosigkeit, laut den Untersuchungen, nicht sexuell an ihr vergangen hat, auch nichts mehr retten.

Wie lächerlich mir nun meine bescheuerten Entscheidungen vorkommen. Ich habe wegen der Liste so dermaßen überreagiert und auch davor war ich einfach selten dämlich. Warum wollte ich es langsam angehen lassen? Warum konnte ich nicht einfach mal dieses krasse Gefühl, das ich seit Jahren nicht mehr gespürt hatte, zulassen und genießen? Warum habe ich sie so lange hingehalten? Ich schwöre, wenn sie endlich aufwacht, dann werde ich diesen Scheiß wieder gutmachen.

Und als ob meine Reue und die verzweifelten Versprechungen das Ohr irgendeines Schicksalsgottes erreicht hätten, tritt eine Schwester aus Linnys Zimmer und wirft erst mir und dann dem Polizisten einen Blick zu. „Sie ist aufgewacht."

Der nächste Atemzug fühlt sich so befreiend an, als ob ich die letzten Stunden durch eine dicke Maske geatmet hätte. In dem Moment, in dem die nervöse Anspannung von mir abfällt, fühle ich mich gleichzeitig so erleichtert und so erschöpft, dass ich vom Stuhl zu kippen drohe.

„Sie können kurz mit ihr sprechen", wendet sich die Schwester an den Polizisten.

„Und sie sollten nach Hause gehen und sich ausruhen. Sie darf sowieso keine weiteren Besucher empfangen." Ihr fürsorglicher, aber bestimmter Blick gibt mir zu verstehen, dass Widerrede zwecklos wäre.

Schwerfällig erhebe ich mich von meinem Stuhl, wanke kurz, bis sich mein Kreislauf wieder stabilisiert hat und mache mich auf den Weg nach draußen. Erschöpft, erleichtert und völlig ahnungslos, wie es jetzt weitergehen soll.

Kapitel 31 – The New Year

31. Dezember
Der helle Holzboden knarrt ein wenig, als ich einen ersten Schritt in mein neues Zimmer wage. Hinter mir steht Sue und beäugt mich fürsorglich. Ich atme tief ein und genieße die Abwesenheit des penetranten Geruchs nach Desinfektionsmitteln, der mich die letzten Tage im Krankenhaus dauerhaft eingehüllt hatte.

Vor einer Stunde wurde ich von dort entlassen und Sue hat bereits mit einem großen *Welcome back* Schild auf mich an der Pforte gewartet.

Als ich einen weiteren Schritt in den Raum mache, spüre ich den nun schon bekannten, kribbelnden Schmerz in meinem Bein.

Durch den Gips wurden einige Nerven abgedrückt, weshalb ich nun an der Innenseite meines Unterschenkels teilweise kein Gefühl mehr habe. Laut den Ärzten kann das jederzeit wieder zurückkommen und das schmerzhafte Kribbeln wird irgendwann aufhören, was mir Hoffnung macht. Auch die anderen körperlichen Verletzungen sind mittlerweile fast ausgeheilt. Die Fäden in meiner Platzwunde am Kopf können in wenigen Tagen entfernt werden und auch mein Kreislauf hat sich nach den K.O.-Tropfen wieder stabilisiert. Allerdings sollte ich längere Zeit auf Alkohol verzichten, damit meine Leber nicht noch zusätzlich belastet wird. Und wegen der Gehirnerschütterung muss ich jegliche Form von

Belastung vermeiden. Das wird heute Abend also ein nüchternes Silvesterfest für mich werden.

In dem hellen Zimmer stehen ein einfaches Bett, ein kleiner Schrank und ein Schreibtisch. Am besten ist allerdings die kleine Tür, die direkt in den Garten führt.

Lächelnd drehe ich mich zu Sue um. „Sag dem Kopfhörer-Typen, dass ich es zwar nicht begreifen kann, warum er hier ausziehen wollte, es aber sehr zu schätzen weiß, dass ich jetzt sein geniales Zimmer haben kann."

Sue grinst. „Ach, der Typ war komisch. Hat nie etwas mit mir oder den anderen unternommen. Der ist fürs WG-Leben sowieso nicht geeignet." Sie legt den Arm um mich. „Da ist es mir viel lieber, wenn *du* bei mir bist." Dann drückt sie mir einen dicken Schmatzer auf die Backe. Umständlich wuchtet sie meinen Koffer und meinen Rucksack, beides brachte mir Ryan am Tag meiner Einlieferung in die Klinik, durch die Tür.

„Ich lasse dich mal ankommen", beschließt sie und geht den Flur entlang in Richtung Küche.

Zögernd lasse ich mich auf meinem Bett nieder. Langsam streife ich die Sneakers von den Beinen und ziehe die Füße zu mir nach oben. Vorsichtig streife ich über die Haut an meinem Bein. Immer noch kein Gefühl.

Dafür fühle ich in mir drinnen umso mehr. Im Krankenhaus verging keine Nacht, in der ich nicht von Alpträumen geplagt wurde. Ich träumte von Peter. Davon, wie ich gefesselt auf dem Bett gelegen hatte, wie er mit mir in dem Rollstuhl machen konnte, was er wollte.

Ich fühle ständig diese grenzenlose Hilflosigkeit, die mir die Kehle zuschnürt, den Magen zusammenzieht, mein Herz rasen lässt und mir kalten Schweiß auf die Stirn treibt. Mein Körper würde irgendwann heilen und ich hoffe inständig, dass meine Seele das auch tun könnte.

Das Wissen darum, dass Peter verhaftet wurde, nun wieder in Deutschland ist und nie mehr nach Australien einreisen darf, gibt mir eine gewisse Sicherheit. Doch ich schafft es nicht die irrationale Angst in mir auszuschalten.

Morgen beginnt ein neues Kalenderjahr, doch für mich würde heute schon ein neues Leben beginnen. Ich bin in das frei gewordene WG-Zimmer bei Sue gezogen und habe mir die letzten Tage im Krankenhaus intensive Gedanken über meine Zukunft gemacht und einige Entscheidungen getroffen.

Diese Entscheidungen betreffen auch Ryan. Ihn würde ich heute das erste Mal wieder sehen. Beim Gedanken daran schlägt mein Herz schon wieder ungesund schnell. Ryan durfte mich im Krankenhaus nicht besuchen und unsere Handy-Konversationen waren ungewohnt nichtssagend. Zu viele wichtige Dinge müssen gesagt werden, über die man nur von Angesicht zu Angesicht sprechen kann.

Mit meiner Mum hingegen hatte ich viele intensive Wortwechsel. Ich halte sie nun über jeden Schritt in meinem Leben auf dem Laufenden und sie will mich in allen meinen Entscheidungen unterstützen. Unser

Verhältnis ist mittlerweile fast so gut, wie es vor meiner Beziehung zu Peter einmal war.

Seufzend ziehe ich meinen Rucksack zu mir heran und nehme mein Notizbuch heraus. Zum gefühlt millionsten Mal schlage ich die erste Seite auf, die mit meiner Bucket List. Die Seite, auf die Ryan ganz unten in seiner krakeligen Schrift einen Punkt ergänzt hat. Mit der Fingerkuppe fahre ich langsam über die Zeile und fühle die Buchstaben förmlich, so fest hat er die Worte in mein Buch gedrückt.

Dafür sorgen, dass sich der Surfer in mich verliebt, steht da. Und dahinter prangt ein dicker, fetter Haken.

Zu sagen, dass ich nervös bin, wäre die Untertreibung des Jahrhunderts. Mein Herz hämmert in meiner Brust, als ob es durch die Muskeln, die Haut, meinen Bikini und das helle Shirt hinausspringen und davonfliegen wollte.

Sue, die neben mir die Strandpromenade verlässt und in Richtung Leuchtturm über den weichen Sand schlendert, gibt mir zumindest ein wenig mentale Stabilität. Hier würden wir heute Nacht in das neue Jahr feiern und hier würde ich gleich auf meine Freunde und natürlich Ryan treffen. Dass einige dabei alkoholhaltige Drinks am Strand konsumieren werden, obwohl es verboten ist, das wird diese Nacht ausnahmsweise niemanden interessieren.

Mit einer ungewohnten Unsicherheit meinerseits treten wir auf die Gruppe zu, die gerade damit beschäftigt ist, große Decken am Strand auszubreiten, Surfbretter abzulegen und Kühlboxen auszuräumen.

Da ich viele der Gesichter mittlerweile kenne, ob aus dem Skatepark, von der Weihnachtsfeier im Breakers oder einfach vom Sehen, gehe ich davon aus, dass sie wissen, was mit mir vor knapp einer Woche passiert ist. Und das verunsichert mich. Ich fühle mich so benutzt, so schmutzig und die Scham über die Ereignisse breitet sich wie ein Geschwür in meinem Körper aus.

David kommt sofort auf uns zu. Er umarmt erst Sue und dann mich herzlich. „Schön, dass du mit uns feierst!“ Seine Freude wirkt ehrlich und ich beginne mich ein wenig zu entspannen.

„Aber krass, dass du dich traust mit ihr“, er deutet mit einem gespielt entsetzten Blick auf Sue, „in einer Bude zu hausen. Du weißt schon, dass sie manchmal schlafwandelt, oder?“ Sue knufft ihn freundschaftlich, aber doch fest mit dem Ellbogen in die Rippen.

Ich grinse anzüglich. „Die Frage ist, mein Lieber, woher *du* das so genau weißt.“

„Touché, meine Liebe, Touché.“

Wir lachen alle drei und als ich dann noch mit Poppy und Dean rede und sie mich völlig normal behandeln, da fällt meine Unsicherheit wie eine lästige, zu klein gewordene Schlangenhaut endlich von mir ab.

Die Dämmerung setzt ein und ich lasse meinen Blick über die surreal schön wirkende Kulisse des wabernden Meeres, des fast weißen Sandes und des erhaben wirkenden Leuchtturms dahinter, wandern.

Aus mehreren mitgebrachten Boxen dröhnt ein Mix aus verschiedensten Partyliedern, die Jungs und Mädels sitzen teilweise auf den Decken oder spielen mit Frisbees am Strand, plantschen im Meer und genießen einfach die Zeit. Ein leises Lächeln stiehlt sich in meinen Mundwinkel. Wie unglaublich glücklich bin ich darüber, dass ich heute hier sein kann!

In dem orangen Licht des Halbdunkels entdecke ich endlich Ryan, der sich an eine Palme gelehnt etwas abseits der Masse befindet und mich zu beobachten scheint. Keine Ahnung, wie lange er da schon steht. Sofort gehe ich, wie von einem unsichtbaren Magneten angezogen, auf ihn zu.

„Hey", begrüßt er mich, während er seinen intensiven Blick keine Sekunde von mir abwendet.

„Hey", erwidere ich den Gruß und auch den Blick.

Ohne dass wir unsere Augen voneinander lösen, drückt er mir etwas Rundes in die Hand.

Widerwillig wende ich den Blick von ihm ab und sehe mir die Dose an. Es ist Cola. Und auch in seiner Hand sehe ich das gleiche Getränk.

„Danke", kommt es kratzig aus meinem Hals und ich räuspere mich schnell. „Danke, dass du daran gedacht hast. Und danke, dass du dich mit mir solidarisch zeigst." Ich lächele leicht, als ich auf seine Cola zeige, werde aber gleich wieder ernst. „Und danke…", die Tränen drohen mir völlig unerwartet in die Augen zu schießen, aber ich schaffe es, sie zurückzudrängen „…,dass du mich irgendwie gerettet hast." Eine winzige, theatralische Träne hat es geschafft sich aus meinem Augenwinkel zu lösen und fließt nun zäh über meine Wange.

Ryans Hand legt sich zärtlich an meine Schläfe und sein Daumen streicht zart, so dass ich die Berührung fast nicht fühle, über mein Gesicht und wischt die Träne weg.

„Immer Linny, immer“, kommt es dunkel aus seiner Kehle. In seinen blauen Augen lodert Wut und Verzweiflung und etwas, das mich an Zuneigung erinnert.

Die Hand immer noch an meiner Schläfe, streicht er nun langsam mit dem Daumen zur fast verheilten Wunde an meiner Stirn. Die dunklen Fäden sind vermutlich sogar bei den schlechten Lichtverhältnissen deutlich zu sehen. Ein dunkles Knurren entfährt Ryan und in seinen Augen sehe ich nur noch die blanke Wut.

Er lässt mich los und tritt einen kleinen Schritt zurück, womit er die warme Berührung unser Körper löst. Keine Ahnung, wann wir uns so nahe gekommen waren.

Ryan räuspert sich kurz. „Wir sollten über deine Bucket List sprechen“, kommt es unerwartet sachlich aus seinem Mund.

„Okay?“ Jetzt bin ich wieder verunsichert.

Er fährt sich mit der Hand durch sein sowieso schon verstrubbeltes Haar. „Die Sache mit der Aufgabe, dass du Sex mit einem Surfer haben willst, das hat mich zunächst etwas aus der Bahn geworfen.“

Entsetzt blicke ich ihn an.

„Du weißt schon. Von wegen ich möchte nicht benutzt werden und so. Das hat sich im ersten Moment, als ich das gelesen habe, nämlich genau so angefühlt. Und das war richtig, richtig scheiße.“ Wieder streicht er sich durch die Haare und sieht mich unsicher an.

Auf die Idee, dass sich Ryan durch diesen Punkt ausgenutzt hätte fühlen können, wäre ich gar nicht gekommen.

„Oh Gott, das tut mir so leid!“ bricht es panisch aus mir heraus. „Das war so eine dämliche Idee von Nele und ich habe mir wirklich nichts dabei gedacht. Und als ich dich dann besser kannte, dann war die Vorstellung völlig absurd, dass du einfach nur ein Punkt auf meiner Liste wärst.“ Die Argumente sprudeln nur so aus mir heraus, während die Panik sich weiter in mir ausbreitet. Ich könnte es nicht ertragen, wenn er jetzt wegen so einem Scheiß nichts mehr mit mir zu tun haben will. Ich muss das hinbiegen!

Doch Ryan unterbricht meinen Redeschwall, indem er seine Hand sachte auf meinen Unterarm legt. Das altbekannte, kribbelige Gefühl breitet sich sofort in meinem ganzen Körper aus.

„Ich bin mittlerweile ganz froh, dass es diesen Punkt auf deiner Liste gibt. Wer weiß, ob wir uns sonst jemals getroffen hätten.“ Der intensive Blick ist zurück und ich will einfach nur in diese blauen Augen eintauchen und versinken.

Auch ich kann meiner Bucket List mittlerweile nur positives abgewinnen. „Ohne diesen Punkt hätte ich mich nach der Trennung von Peter niemals so schnell auf jemand Neues eingelassen. Nele wusste ganz genau, was sie tat, als sie mich Zwang diesen Punkt aufzuschreiben.“ Mit einem Kopfschütteln denke ich an meine wunderbare, kluge Freundin Nele, deren Nickname *PsychicNel* mir noch nie so treffend erschien, wie jetzt.

„Und wir sollten noch darüber sprechen, was du auf meiner Liste ergänzt hast.“ Das Herz schlägt mir nun wieder bis zum Hals aus Angst, dass Ryan seine Worte zurücknehmen oder relativieren möchte.

„Ich meine es exakt so, wie ich es geschrieben habe“, kommt es sachlich aus Ryans Mund. Als ob es selbstverständlich wäre. Als ob es unumgänglich wäre, dass er sich in mich verliebt hat. Mein Herz stolpert vor Freude.

„Aber du bist vermutlich jetzt diejenige, die es langsam angehen lassen will? Du hast viel durchgemacht.“ Seine Fürsorge rührt mich und doch ärgert mich seine Annahme ebenso maßlos. Alle anderen haben es geschafft mich normal zu behandeln. Und er würde jetzt damit anfangen auf mich Rücksicht zu nehmen?! Das gefällt mir nicht, das gefällt mir ganz und gar nicht.

„Das habe ich“, antworte ich ebenso sachlich. „Aber das hat mir auch viel Zeit zum Nachdenken beschert. Und wenn ich eines weiß, dann, dass ich es nie mehr zulassen werde, dass andere meine Entscheidungen manipulieren.“

Ich gehe einen weiteren Schritt auf Ryan zu, so dass uns nur noch wenige Millimeter voneinander trennen. Mein Blick, mit dem ich seine Augen festhalte, ist bestimmt und selbstsicher.

„Ich habe über deine Frage nachgedacht. Darüber, ob ich diese Gefühle jemals zulassen kann. Und das ist eigentlich eine total dämliche Frage, denn wenn ich ehrlich bin, dann ist der Zug schon längst abgefahren. Denn ich fühle diese Gefühle doch schon längst. Ich fühle sie so dermaßen intensiv, dass ich Angst habe, dass sie mich von innen zerreißen, wenn ich sie nicht endlich rauslassen kann. Also ja, ich will diese Gefühle zulassen. Jetzt.“

Und mit einem verzweifelten, hilflosen letzten Schritt schließe ich den Abstand zwischen uns beiden und lege meine Lippen auf seine. Die zarte Berührung setzt meine Nervenenden unter Strom, als ob tausende, winzige Sterne in mir explodieren würden. Seine Lippen sind so weich, so sinnlich, so sexy und sie fühlen sich unendlich willkommen auf meinen an. Ihr Geschmack nach Kokos und Ryan raubt mir den Verstand und ich will mehr, mehr und nochmal mehr.

Schwer atmend lösen wir unsere Münder voneinander. Unser Atem klingt, als ob wir einen Marathon hinter uns hätten. Dabei war es nur ein einfacher Kuss. Ein einfacher Kuss, der für mich aber alles andere als gewöhnlich war.

Ich lege langsam meine Stirn an seiner Schulter ab und platziere meine Hände sanft auf seiner Brust.

„Ich will das hier, Ryan“, flüstere ich. Als ob es ein Geheimnis wäre, das nicht ausgeplaudert werden darf, obwohl es doch so offensichtlich ist.

Zärtlich legt er seine Hände unter mein Kinn und hebt meinen Kopf sachte an.

Auch das zweite Mal, an dem unsere Lippen heute aufeinandertreffen, hat das Ganze nichts an seiner alles verschlingenden Eindringlichkeit verloren. Meine Lippen kribbeln vor Verlangen und als Ryans Zunge fiebrig und weich in meinen Mund eindringt, stöhnen wir beide leise auf. Das Gefühl, als sich unsere Zungen endlich wieder berühren, ist viel zu intensiv und ich muss mich mit den Händen an seinem Shirt festkrallen. Nie wieder will ich diesen Kuss beenden. Nie wieder will ich etwas anders fühlen als das hier. Und seine Hände, die viel zu bedächtig von meinem Hals über meine Schultern und meinen Rücken nach unten wandern und dabei tausend kleine Blitze über meine Haut jagen.

„Ryan“, flüstere ich schwer amtend, als er unseren Kuss unterbricht und meine Stimme hat etwas flehendes. Bitte höre jetzt nicht auf. Bitte höre niemals auf.

„Carter!“, schreit eine Stimme aus gefühlt Millionen Lichtjahren Entfernung und Ryan löst widerwillig seinen Blick von meinem.

„Wir gehen schwimmen. Kommt ihr mit?“ Dean klingt höchst amüsiert, als er nähertritt und in unsere erhitzten und verärgerten Gesichter blickt. „Eine Abkühlung würde euch vielleicht ganz guttun. So schafft ihr es doch niemals bis Mitternacht.“ Er lacht vielsagend und sprintet dann zur Gruppe zurück.

Ryan nimmt meine Hand und wirft mir einen fragenden Blick zu. Ich verdrehe die Augen, nicke aber letztendlich und wir schlendern Hand in Hand zu den anderen.

Die meisten haben ihre Klamotten schon auf den Decken verteilt und sind in Badekleidung auf dem Weg ins Wasser. Gut, dass Sue mir geraten hat einen Bikini unter meiner Kleidung anzuziehen. Sonst hätte ich es wie Ben machen müssen, den ich splitterfasernackt zwischen den anderen erspähe, wie er zum Meer geht und mit seinem fast weißen Hintern aus der Menge heraussticht.

Langsam streife ich meine Flipflops von den Füßen. Danach folgen meine Shorts und mein Shirt. Dabei stehe ich Ryan gegenüber und grinse ihn frech an. Genau wie auf dem Campingplatz, bevor wir zusammen in seinen Truck gestiegen sind. Bei der Erinnerung daran, zieht sich mein Unterleib vor Verlangen zusammen. Keine Ahnung, wie ich diesen Abend hier mit ihm lebend überstehen soll.

Er mustert mich aus dunkel umschatteten Augen und zieht sein Shirt ebenso langsam über den Kopf, wonach er es neben meiner Kleidung auf die Decke wirft. Shit, dieser Oberkörper gehört verboten! Wenn ich mich je wieder in den Griff bekommen will, dann sollte ich mich abwenden und doch kann ich ihn einfach nur anstarren.

Ryan tritt zu mir. Vorsichtig streicht er mit seinen Fingern an meinem Unterarm entlang, bis er an meiner Hand angekommen ist, die er fest mit seiner umschließt und mich gemächlich mit sich zum Wasser zieht.

Dean hatte recht. Das Wasser, das sich kühl auf meine heiße Haut legt, beruhigt meine überempfindlichen Nerven tatsächlich etwas. Auch das Wasserballspiel, bei dem Ryan und ich in unterschiedlichen Teams landen, lenkt mich von meinen körperlichen Bedürfnissen eine ganze Weile erfolgreich ab.

Schließlich ist es so dunkel, dass wir mehr Zeit dafür aufwenden den Ball zu suchen, als mit ihm zu spielen.

Also machen wir uns alle auf den Weg an den Strand zurück.

Das Salzwasser reicht mir nur noch bis zur Hüfte, als sich ein Arm um meine Taille schmiegt und mich herumwirbelt. Ryan steht hinter mir. Nur schemenhaft ist sein Gesicht in den Ausläufern des Leuchtturm-Lichts zu erkennen. Aus seinen nassen Haaren fallen dunkle Wassertropfen auf seine Schultern, auf sein Gesicht, auf seine Brust. Wie automatisch lege ich meine Hände auf diese. Unter meinen Fingerkuppen spüre ich sofort, wie sich eine leichte Gänsehaut auf Ryans Haut bildet.

„Kalt?“, frage ich sacht.

Er schnaubt und zieht mich noch näher an sich, meine Hände wandern an seinen Hinterkopf, in seine Haare und unsere Körper berühren sich in ihrer ganzen Länge. Und doch ist es nicht nah genug. Ich fühle sein festes Glied, dass sich durch die Badehose an meinen Bauch drückt, seine Hände, die zärtlich, aber bestimmt an meiner Taille liegen, seine harte Brust, die sich gegen meine noch härteren Brustwarzen presst.

Und dann ist da nur noch diese Explosion in meinem Kopf, als unsere Münder gierig und fiebrig übereinander herfallen. Er saugt an meiner Lippe, fährt mit der Zunge tief in meinen Mund, verschlingt mich förmlich, beißt mich neckisch und drängt sich so nah an mich, wie nur irgend möglich. Er schmeckt salzig und süß gleichzeitig und ich genieße diese Gefühls- und Geschmacksexplosion, die meinen ganzen Körper, mein ganzes Sein erschüttert. Die Küsse werden hektischer, drängender, in der Dunkelheit wandern unsere Hände an Armen, Brüsten, Bauchmuskeln entlang. Ich will ihn, ich will ihn jetzt.

„Ich muss dich sehen“, kommt es keuchend aus Ryans Richtung. Ich stöhne auf, hervorgerufen allein durch die Dringlichkeit in seiner Stimme und die Erinnerungen, die mit diesen Worten zusammenhängen.

„Lass uns an den Strand gehen“, bringe ich irgendwie heiser hervor.

Er scheint zu überlegen, doch eine Sekunde später löst er sich widerwillig von mir, nimmt meine Hand und zieht mich in rasendem Tempo mit sich aus dem Wasser. Diese Sekunden, in denen wir uns nicht küssen, fühlen sich wie eine Ewigkeit an.

Er steuert auf sein Surfbrett zu, ich erkenne es an dem markanten Farbverlauf, das abseits der vielen Decken im Sand liegt. Bevor ich darüber nachdenken kann, was er eigentlich vorhat, drückt er mich mit dem Rücken auf sein Brett hinunter und ist in der nächsten Sekunde über mir. Sein Mund findet sofort sein Ziel und unsere Küsse hören genau da auf, wo sie im Meer geendet hatten. Schwer lässt er sich zwischen meinen Beinen nieder und ich genieße kurz die elektrisierende Berührung unserer nassen Haut, bis sich schale Beklemmung in mir ausbreitet.

„Shit, ich kann das so nicht“, bringe ich zitternd hervor, während ich ihn mit meinen Händen fest von mir wegdrücke. „Da fühle ich mich so hilflos“, erkläre ich und die Tränen schießen mir wieder in die Augen.

Behutsam dreht mich Ryan herum und liegt nun selbst mit dem Rücken auf dem Brett. Ich sitze über ihm, meine Beine rechts und links seiner Hüften ausgestreckt, und stecke die Zehen in den weichen Sand.

„Besser?“, fragt er leise.

Ich horche in mich hinein und nicke leicht. „Besser“, entgegne ich. Dann beuge ich mich langsam vor, stütze mich auf seiner harten Brust ab und küsse ihn sanft.

Natürlich bleibt der Kuss nicht lange unschuldig. Die Dringlichkeit und die Gier kommen nach wenigen zärtlichen Berührungen unserer geschwollenen Lippen sofort zurück. Ein seiner Hände findet ihren Weg zu meiner Brustwarze, seine andere Hand wandert bedächtig am Saum meines Bikinihöschens meinen Hintern entlang nach unten. Das verlangende Pochen, das er in mir auslöst, zieht sich durch meinen ganzen Körper und lässt jede Faser meines Seins vibrieren.

Als ich meine Hände langsam an seinen feinen Härchen unter dem Bauchnabel auf Wanderschaft schicke, und anfange unter den Bund seiner Hose zu streifen, wagen sich seine Fingerkuppen unter den dünnen Stoff meines Höschens. Ich halte die Luft an, während er sich behutsam vortastet und dann meinen feuchten Eingang erreicht. Er stöhnt heiser in unseren Kuss hinein, als er realisiert, wie unglaublich bereit ich für ihn bin. Träge verteilt er die Feuchte, dringt aber nicht mit seinen Fingern in mich ein, was mir ein frustriertes Knurren entlockt. Sein kurzes Lachen verwandelt sich sofort in ein ohnmächtiges Stöhnen, als ich behutsam mit der Hand seinen harten Schaft entlangfahre.

Ein Blick in seine weit offenen, dunkelblauen Augen genügt und ich bin kurz davor den Verstand zu verlieren. Meine Bewegungen werden schneller, woraufhin Ryan aufstöhnt und seine Finger nun doch hart und entschlossen in mich drängt. Ich keuche auf und genieße dieses unglaubliche Gefühl von Ryans Körper unter mir, seinen Lippen auf meinen, seinen Fingern in mir und seinem Schwanz unter meiner Kontrolle. Doch das genügt mir nicht. Ich will mehr.

„Kondom?", frage ich ihn atemlos und unterbreche den Kontakt unserer Lippen für diese eine Sekunde.

Sein Kuss wird langsamer, zärtlicher und vorsichtig zieht er seine Finger aus mir zurück.

„Ich habe bei Gott nicht damit gerechnet, dass du heute mit mir schlafen wollen würdest", kommt es kratzig und ungläubig aus seinem Mund. „Also nein, daran habe ich nicht gedacht".

„Über so etwas macht man keine Witze", weise ich ihn schwer atmend zurecht.

„Ich wünschte, es wäre einer", antwortet er gequält.

Kurz droht mich die Enttäuschung zu überwältigen, doch dann fällt mir hoffentlich eine Lösung ein. „Bist du mit dem Auto hier?"

Ryan blickt mich kurz fragend an, dann versteht er. „Ja, bin ich." Mit diesen Worten drückt er sich hoch und zieht mich mit sich.

Wir kichern wie verliebte Teenager, als wir im Laufschritt, beide noch in nassen Badeklamotten und barfuß, zu seinem Truck rennen. Das ist doch alles völlig absurd. Müssen wir es jetzt wirklich so dringend miteinander treiben, dass wir die Silvesterparty Hals über Kopf verlassen, nur damit wir in Ryans Truck ungestört vögeln können? Ja, das müssen wir anscheinend.

Und das tun wir dann auch. Ryan reißt die Heckklappe seines Trucks viel zu schwungvoll auf. Wild knutschend entledigen wir uns, noch bevor wir hineinkriechen, unserer nassen Klamotten, die achtlos auf dem Parkplatz landen. Uns ist egal, ob uns dort jemand sieht. Hauptsache wir kommen endlich ans Ziel. Als wir drinnen sind, schließt Ryan die Heckklappe, kramt fiebrig in einem der Wäscheberge, fördert ein Kondom zu Tage und zieht es sich sofort über. Dann legt er sich schwungvoll neben mich, dreht sich auf den Rücken und zieht mich gleichzeitig auf seinen Schoß. Unsere Lippen finden sich im selben Moment, in dem ich vor Vorfreude zitternd seinen Schaft an die richtige Position dirigiere. Währenddessen schaltet er die Beleuchtung ein und wirft wieder irgendein Kleidungsstück über die Lampe. In dem nun diffusen Licht sehe ich das pure Verlangen in seinen blauen Augen, das meine Gefühlswelt nur zu gut widerspiegelt. Ich würde es gerne langsam tun, kann mich aber nur in einer einzigen, schnellen und fließenden Bewegung auf ihn sinken lassen, um ihn gänzlich in mich aufzunehmen.

„Fuck“, stöhnen wir beide gleichzeitig erleichtert auf. Das Pochen, das Vibrieren, die Begierde nach mehr, alles breitet sich elektrisierend in meinem kompletten Körper aus.

Ich bewege mich viel zu schnell auf ihm, steuere auf meinen Höhepunkt zu, kann und will es aber auch nicht hinauszögern. Ich will ihn, ganz und jetzt sofort. Ich will, dass er der Grund dafür ist, dass ich komme. Unsere Zungen verschlingen sich in einem ungebändigten Tanz, ich bewege mich viel zu schnell, zu hart und zu intensiv auf ihm und dann kommen wir beide mit einem letzten erlösenden Schrei, der nur durch unsere verbundenen Münder gedämpft wird.

„Shit", seufzt Ryan ungläubig nach einer Minute der absoluten Stille.

„Ja, shit", antworte ich zustimmend. „Wie haben wir es nur geschafft, so lange auf das hier zu verzichten?" Ich lache vor Unglauben kurz auf.

Meinen Oberkörper habe ich träge auf Ryans verschwitzter Brust abgelegt, mit den Fingern streiche ich über die Tattoolinien an seinem Oberarm, während er mit den Händen bedächtige Kreise auf meinem Rücken zieht.

Keine Ahnung wie lange wir in dieser Position verharren, in der ich den Rest meines Lebens verbringen möchte, bis ich mir ein Herz fasse. „Vielleicht sollten wir zu den anderen zurückgehen? Das neue Jahr feiern und so?"

Ryan seufzt leise. „Okay, wenn es sein muss", scherzt er. „Nächstes Jahr können wir ja nochmal Sex haben." Er verdreht selbst die Augen über seinen grandiosen Silvester-Witz.

Ich tue ihm den Gefallen und lache kurz auf. „Eventuell auch mehr als einmal", schlage ich vor und erhebe mich langsam.

„Stopp, jetzt hätte ich fast dein Weihnachtsgeschenk vergessen", fällt es Ryan erschrocken ein. Liebevoll hält er mich am Arm zurück und kramt – mal wieder –

in einem Klamottenberg. Als er die Hand hervorzieht, hat er die Faust fest geschlossen und hält sie mir entgegen.

Langsam öffnet er sie und ich erkenne sofort, um was es sich bei dem silbrig glitzernden Geschenk handelt. „Mein Koalaarmband“, flüstere ich ehrfürchtig. „Ich dachte, das hätte ich für immer verloren!“

Zärtlich befestigt Ryan das Bändchen wieder an meinem Handgelenk.

„Danke“, flüstere ich aufrichtig, während ich mit dem Zeigefinger sanft über den metallenen Koalakopf streiche.

Die Klamotten, die vor dem Truck lagen, sind mittlerweile schon fast trocken. Ich ziehe meinen Bikini an und kann es mir nicht verkneifen, ein Shirt von Ryan aus einem der Kleiderhaufen zu schnappen und es mir überzustreifen. Zurück am Strand werfen uns einige ein verstohlenes Grinsen zu, als wir möglichst unauffällig wieder in unsere Hosen steigen und uns unter die Leute mischen.

Sue und David haben bereits einen ziemlich beachtlichen Alkohol-Pegel erreicht und singen und tanzen mal wieder ausgelassen zu 90er-Jahre Hits. Ich schließe mich ihnen an, bleibe aber nüchtern. Ryan sitzt währenddessen mit Ben, Dean und dessen Schwester, die ich von der ersten Leuchtturm-Party wiedererkenne, auf einer Decke, auf der verschiedenste Chips-Tüten aufgerissen herumliegen.

Die wenigen Minuten bis Mitternacht vergehen rasend schnell und ich genieße die ausgelassene und trotzdem gemütliche Stimmung in vollen Zügen.

Als wir beginnen den Countdown herunterzuzählen, kommt Ryan zurück zu mir, stellt sich neben mich und küsst mich nach einem überschwänglichen *Happy New Year* so intensiv und köstlich, dass ich mich gewaltsam von ihm fortreißen muss, damit ich auch mit den anderen auf das neue Jahr anstoßen kann.

Das Feuerwerk ist mit Sicherheit nicht so spektakulär wie das in Sydney und selbst zuhause habe ich schon beeindruckendere Lichtershows gesehen, doch es ist doch das Schönste, das ich jemals gesehen habe. Denn ich betrachte es, während ich an Ryans Brust lehne, der seine Arme sanft um meinen Oberkörper geschlungen hat und mir im Sekundentakt sanfte Küsse auf meine Haare und meinen Hals haucht.

„Linny?“, flüstert er leise, während ich meinen Blick nicht von den bunten Explosionen im Himmel nehmen kann. Ich nicke zur Antwort langsam.

„Sind wir jetzt sowas wie zusammen?“, fragt er und ich höre ein klitzekleines bisschen Unsicherheit in seinen Worten.

Langsam drehe ich mich zu ihm um und sehe in diese faszinierenden blauen Augen, die von dichten Wimpern eingerahmt werden. Ich versenke meine Hände in diesen wunderschönen, wilden und strubbeligen Haaren, ziehe ihn ganz langsam zu mir herunter und küsse seine vollen, weichen Lippen zärtlich. Als ich den Kuss löse, lehne ich meine Stirn sanft an seine Schulter. „Das wäre sehr schön“, flüstere ich. Die leise Stimme der Angst, die mir zuflüstert, dass es wieder schiefgehen könnte, ignoriere ich gekonnt. Und dann küssen wir uns und ich will nie mehr damit aufhören.

Epilog – Die Heimat

Acht Monate später

„Du hast da noch etwas.“ Ryan fährt vorsichtig mit seinem Finger über meinen Mundwinkel. „Salzkrümel“, lächelt er.

„Danke“, entgegne ich und reiße mir ein weiteres Stückchen von der Breze ab, das ich mir sogleich in den Mund stecke und genüsslich kaue.

„Schmeckt tatsächlich besser als erwartet“, attestiert Ryan dem Gebäck und bricht sich selbst ebenfalls ein weiteres Teil ab.

Wir stehen im schönsten Sonnenschein am Münchner Marienplatz, nachdem wir uns gerade beim Bäcker eine Tüte mit meinen lang vermissten Brezen geholt haben. Es ist herrlich diesen Geschmack, der mich so an meine Kindheit und meine Heimat erinnert, endlich wieder auf der Zunge zu schmecken. Ein zusätzlicher Gewinn ist es selbstverständlich, dass wir dem australischen Winter entflohen sind, um zumindest kurz den europäischen Sommer zu genießen.

Gestern sind wir mit dem Flugzeug in München angekommen und haben die Nacht in meinem alten Kinderzimmer bei Mum verbracht. In dem war ich das letzte Mal, als ich Hals über Kopf aus Peters Wohnung geflüchtet war. Vieles ist seitdem passiert und Mum und ich haben fast die komplette letzte Nacht mit intensiven Gesprächen und dem ein oder anderen Gläschen Wein verbracht.

Ich bin unendlich froh, dass Ryan mit mir nach Deutschland gekommen ist. Er ist das erste Mal in

Europa und ich liebe es, wie intensiv er die vielen Eindrücke in sich aufsaugt. Wie er die Leute beobachtet, wie er alles durchdringend mustert.

Außerdem habe ich seine moralische Unterstützung heute nötiger denn je, denn unser Besuch hat leider nicht nur erfreuliche Gründe. Heute ist der Tag, an dem ich Peter das erste Mal wieder sehen werde. Allerdings werde ich vor ihm sicher sein, denn wir werden uns in einem Gerichtssaal befinden, in dem er sich für Freiheitsberaubung, Verstoß gegen das Betäubungsmittelgesetz und Körperverletzung verantworten muss. Und wenn das Urteil dann endlich gesprochen ist, dann werde ich hoffentlich auch seelisch mit der ganzen Sache abschließen können.

Körperlich geht es mir mittlerweile wieder richtig gut. Mein Bein macht keine Probleme mehr und von der Wunde an meiner Stirn ist nur noch ein feiner Strich zu sehen.

Ryans Finger fährt sanft über die helle Narbe. „Denkst du daran?“

Ich nicke frustriert.

„Heute Abend ist alles vorbei“, meint er beruhigend und küsst mich sanft auf die Stirn.

Tiefe Verbundenheit erfüllt mich. „Danke, dass du bei mir bist.“ Weich streiche ich über seine Brust. Um mich abzulenken, wechsele ich schnell das Thema. „Wie geht es eigentlich mit deiner Bucket List voran?“

Ryan lacht laut auf, dann beißt er nochmal von seiner Breze ab, kaut, schluckt und antwortet mir dann. „Also zwei Sachen habe ich schon erledigt.“ Er grinst unverschämt.

„Zwei? Ich dachte, die Breze wäre das Einzige bisher?“

„Nein, denn ich wollte unbedingt noch Sex mit einer echten Münchnerin haben.“ Jetzt grinst er breit und genießt diese Anspielung auf meine eigene Bucket List.

„Also das hast du die letzten Monate ja mehr als einmal hingekriegt“, lache ich laut. „Was wollen wir als nächstes angehen?“, frage ich ihn und bin gespannt, was noch auf seiner Liste steht.

„*Eine Maß Bier trinken*, *sprudeliges Trinkwasser* probieren und im *Eisbach surfen* stünde noch darauf.“

Deutschland ist im Gegensatz zu Australien anscheinend mehr für Kulinarik als für seine Fauna bekannt. „Dann schlage ich vor, dass wir heute Abend, wenn alles überstanden ist, das mit dem Bier angehen und uns jetzt erst einmal einen Kaffee und dazu Wasser mit Kohlensäure gönnen.“ Die wenigen Stunden Schlaf der gestrigen Nacht machen sich langsam bemerkbar und meinem Körper verlangt es nach einem Koffeinschub. Glücklicherweise sind wir beide, was unseren erhöhten Bedarf an Koffein angeht, ähnlich gestrickt.

Langsam schlendern wir in Richtung Sendlinger Tor, um uns auf dem Weg einen Kaffee und vielleicht eine viel zu zuckrige Zimtschnecke zu holen.

Die Sache mit dem Eisbach würden wir morgen erledigen. Mir war klar, dass Ryan auf der Münchner City-Wave surfen wollen würde und habe vor unserem Abflug schon via Instagram mit einem Kerl Kontakt aufgenommen, der oft am Eisbach fährt und sogar eigene River-Boards baut. Mit dem habe ich für morgen ein Überraschungstreffen direkt an der Welle organisiert, zu dem er ein paar seiner Bretter mitbringen wird. Ich freue mich jetzt schon wie ein kleines Kind auf Ryans Gesichtsausdruck, wenn er mit dem Typ über das Boardbauen fachsimpeln und danach auf der stehenden Welle surfen kann.

Allerdings werde ich vermutlich für den Rest des Tages ziemlich abgeschrieben sein. Deshalb würde ich mir Nele als moralische Unterstützung mitbringen. Und ich werde es genießen, dass ich sie nach so langer Zeit endlich in ihrer Version aus echtem Fleisch und Blut für mich haben werde.

Leider können wir nur für die Dauer der australischen Semesterferien in München bleiben, denn mittlerweile studiere ich an der Uni in Sydney Sportwissenschaften, was mir noch mehr Spaß macht als ursprünglich gedacht. Besonders das Klettern am Seil ist mittlerweile zu einer meiner liebsten Disziplinen geworden. Es war erstaunlich einfach mein Visum auf ein Studentenvisum umzuschreiben und das Wissen darum, dass ich die nächsten Jahre erst einmal ohne Probleme in Australien bleiben kann, erleichtert mich ungemein.

Ich wohne immer noch bei Sue, was total genial ist, solange ich mich an die Regel halte, dass ich nie mehr Sex in diesem Korbsessel im Garten habe. Der Anblick hat Sue anscheinend dauerhaft traumatisiert. Nicht weniger schockiert war ich, als ich anfing David zur Frühstückszeit in unserer Küche anzutreffen. Mittlerweile weiß ich, dass die beiden anscheinend ein recht entspanntes *Friends-with-benefits-Ding* am Laufen haben.

David und ich verstehen uns inzwischen wieder richtig gut und ich bin oft mit ihm und Sue im Skatepark. Dort hängen wir ab und an mit Dean ab, der immer noch der beste Skater ist, den ich jemals gesehen habe. Manchmal gehe ich mit Dean direkt mit in die WG, wo wir dann mit Ryan und Ben zusammen Videospiele spielen, in denen ich meistens richtig, richtig schlecht bin, bevor Ryan und ich uns von den Jungs verabschieden und unser eigenes Ding machen.

Zwei Tage die Woche arbeite ich wieder im Beans. Die Kohle, die ich dort verdiene, geht gänzlich für Miete und Lebenshaltungskosten drauf. Man könnte also sagen, dass ich aktuell eher ziemlich arm bin, was mir noch nie so egal war.

Wenn ich für manche Uni-Kurse nach Sydney muss, dann spreche ich mich oft mit Ryan ab und wir übernachten zusammen in unserem Hotel. Dann allerdings in dem gleichen Zimmer. Am Wochenende fahren wir oft mit dem Truck zum Campen an verschiedene Strände und gehen surfen. Ich habe mich mittlerweile ordentlich verbessert, so dass Ryan mir sogar ein eigenes Brett gebaut hat, das ich wie meinen Augapfel hüte. Außerdem kann ich mittlerweile ganz passablen Kaffee auf dem Gaskocher zubereiten.

Ryan arbeitet nur noch die halbe Woche als Grafikdesigner. In der restlichen Zeit shaped er wieder vermehrt Surfbretter, die er an die unterschiedlichsten Shops verkauft. Einige bestellen bei ihm mittlerweile personalisierte Sonderanfertigungen, die ihm beim Bauen am meisten Spaß machen.

Wir sind glücklich. Ich bin glücklich. Glücklich mit meinem Leben, glücklich mit meinen Entscheidungen und glücklich mit Ryan zusammen zu sein. Und besonders glücklich darüber, mein eigenes Ding zu machen.

Und wenn ich Ryans Bucket List in die Finger bekomme, dann werde ich auch einen Punkt ergänzen. *Dafür sorgen, dass sich eine echte Münchnerin in mich verliebt.* Und dann werde ich dahinter einen dicken, fetten Haken setzen.

THE END

OR MAYBE NOT

Danksagung

Zunächst möchte ich den lieben Menschen danken, die dieses Buchprojekt erst möglich gemacht haben. Allen voran dem besten Ehemann der Welt, der besten Tochter der Welt, der besten Freundin der Welt und der besten Schwester der Welt (m. d. S.)! Danke für eure Unterstützung, eure Hilfe und eure Motivation! Ihr seid – again – die Besten und ich bin unglaublich dankbar dafür, dass es euch gibt und ihr mein Leben so außerordentlich bereichert.

Und jetzt möchte ich Dir danken! Dafür, dass Du Dich für dieses Buch entschieden und auf meine australische Love-Story eingelassen hast! Ich hoffe, die Geschichte von Lina und Ryan war für Dich beim Lesen mindestens so unterhaltsam, wie für mich beim Schreiben. Danke, dass Du meinem *first one* eine Chance gegeben hast!

Bonus

Eine Playlist, Pinterest Boards, meine Social Media Kontakte und News findest Du auf meiner Webseite:

https://lilialay.de

Ich hoffe wir sehen uns *dort*.

Deine Lilia

Leseprobe FLY SO HIGH

Band 2 der Australia-Love-Reihe

KAPITEL 1 - DEAN

Mein Blick wandert zum wiederholten Mal an dem langweiligen Typen vorbei, der mit seiner monotonen Stimme und seiner einschläfernden Power Point Präsentation einfach nur meine Zeit verschwendet.

Wieder landen meine Augen auf dem beeindruckenden Schweizer Bergpanorama, das uns durch die bodentiefen Fenster des schicken Konferenzraumes zu verhöhnen scheint. Schön blöd, bei so einem Traumwetter mit irgendwelchen Anzugtypen über Investments zu diskutieren. Stattdessen könnte ich mit dem Snowboard durch den pudrigen Neuschnee pflügen, der von der strahlenden Sonne in ein goldglitzerndes Kunstwerk verwandelt wird.

Nach meiner sehnsüchtigen Betrachtung der wunderschönen Winterlandschaft schweift mein Blick – wie die Male davor – zu dem Mädchen, das mit dem Rücken zum Fenster sitzen muss und sich von dem Ultralangweiler da vorne nur von der Aussicht auf die weiße Betonwand ablenken könnte. Entweder diese Wand ist ihr zu wenig spektakulär oder sie interessiert sich tatsächlich für das, was hier vor sich geht, denn ihre fokussierte Aufmerksamkeit hat sich noch kein einziges Mal von der furchtbaren Präsentation wegbewegt.

Das fasziniert mich. Sie fasziniert mich. Wahrscheinlich liegt es daran, dass wir von den acht Konferenzteilnehmern die einzigen beiden sind, die Wählscheibentelefone nur aus Erzählungen und nicht aus den eigenen Kindheitserfahrungen kennen. Während sie immer noch stur der Präsentation folgt, mustere ich sie ein weiteres Mal. Ein hoher, streng gebundener Pferdeschwanz lässt ihre glatten, blonden Haare als akkuraten Wasserfall auf ihren dunklen Blazer fallen. Auf ihrem zarten Gesicht ist keine einzige Unreinheit zu erkennen und ihr Make-up sieht so perfekt und gleichzeitig dezent aus, wie man es vermutlich nur in stundenlanger, akribischer Kleinstarbeit vor dem Badezimmerspiegel hinbekommt. Ich habe sie noch nie zuvor gesehen, was daran liegen dürfte, dass ich mich zu Events dieser Art normalerweise rar mache.

Ich werde aus meinen Überlegungen gerissen, als das Mädchen eine Augenbraue hochzieht und sich an den Ultralangweiler wendet. „Habe ich das richtig verstanden, dass Sie für diese Statistik nur die Daten aus dem letzten Geschäftsjahr verwendet haben?“

Auch ich schaue, wie der Rest der Teilnehmer, nun erwartungsvoll nach vorne. Nicht, dass mich die Antwort interessieren würde. Ich will nur wissen, wie der Typ mit dieser Unterbrechung umgeht.

„Frau Clément“, beginnt er und räuspert sich hastig. „Das haben Sie richtig interpretiert. Ich fand, dass…“

Sie unterbricht ihn. „*Ich finde*, dass diese Statistik überhaupt keinen Sinn macht, wenn wir keine Vergleichsdaten haben“, erklärt sie mit ruhiger Stimme.

Jetzt schießt dem Langweiler die Röte ins Gesicht. Ob er sich über die Störung ärgert oder darüber, dass er sich von einer jungen Frau unterbrechen lassen muss oder ob ihm dieser Fehler peinlich ist, lässt er uns nicht erkennen.

Was *mich* an dieser Konversation am meisten interessiert, ist die Tatsache, dass er sie *Frau Clément* genannt hat. Clément, wie Edgar Clément, der ein langjähriger Handelspartner meines Dads war. Soweit ich weiß, baut und verkauft seine Schweizer Firma in ganz Europa riesige Hotelkomplexe.

Ein weiteres Abchecken der alten Herren um unseren Tisch verrät mir, dass Edgar nicht hier ist und dass wohl seine Tochter, – ich hoffe es ist seine Tochter und nicht seine neue Frau – die geschäftlichen Interessen der Firma vertritt. Der nun hitzigen Diskussion zwischen ihr und dem Langweiler zur Folge, macht sie das kompetent und mit großer Leidenschaft. Und damit ist es amtlich, sie ist das genaue Gegenteil von mir.

Der einzige Programmpunkt, dem meine Leidenschaft heute gilt, ist die im Anschluss stattfindende Unternehmung auf der Skipiste und der alleinige Grund, warum ich den ewig langen Flug aus Sydney in die Schweiz auf mich genommen habe.

Die beiden Streithähne haben ihren Konflikt mittlerweile beigelegt und wir kommen zu dem Teil, der meine Anwesenheit an diesem Tisch begründet.

Wie immer schaue ich bei der Abstimmung zu Dads ehemaligen Geschäftspartner Thomas, der seit der Firmengründung vor über 30 Jahren, die Hälfte der Anteile hält. Die anderen 50 % sind vor vier Jahren, nach dem unerwarteten Tod meines Vaters, von diesem auf mich übergegangen. Mit diesen Anteilen habe ich - quasi zusätzlich - Dads früheren Assistenten vererbt bekommen, der normalerweise bei solchen Veranstaltungen für mich mit Anwesenheit glänzt. Im Gegensatz zu mir hat er nämlich Ahnung von der Materie und ich muss am Ende nur noch hier und dort einmal eine Unterschrift setzen und mich ansonsten mit diesem Businesskram nicht beschäftigen. Heute bin ich allerdings selbst vor Ort und sollte deshalb persönlich abstimmen. Thomas gibt mir mit einer Kopfbewegung zu verstehen, wie wir uns verhalten werden und ich melde mich pflichtbewusst, als mein Einsatz verlangt wird. Keine Ahnung mit wie vielen Millionen ich unsere Firma gerade an dem Investment beteiligt habe, aber ich bin froh, dass die Sitzung endlich ihr Ende gefunden hat.

Als Erster erhebe ich mich von dem gepolsterten Stuhl, knöpfe mir noch im Aufstehen das langärmelige Hemd auf, streife es ab und hänge es achtlos über meinen Stuhl. Dann ziehe ich mir die Hosenträger meiner Snowboardhose über die Schultern meines hautengen, schwarzen Thermo-Longsleeves, das ich bereits unter dem Hemd trage. Wenn ich nicht bereits durch mangelnde Kompetenz negativ aufgefallen bin, dann mit Sicherheit durch den Mangel an angemessener Kleidung. Die anderen Herren tragen schicke Anzüge und Lederschuhe, die Clément-Tochter ein Kostümchen mit Blazer und Pumps. Thomas konnte mich gerade noch davon abhalten meine Snowboardboots bereits zum Meeting anzuziehen. Eigentlich hätte ich das einfachen durchziehen sollen. Noch missbilligender als jetzt könnten die Blicke der Ü60 Liga sowieso nicht mehr werden. Vielleicht sind sie auch einfach neidisch darauf, dass ich mich nicht entscheiden muss, ob ich den Hosenbund lieber *über* oder *unter* dem fetten Bauch trage.

Bevor ich mir meine Snowboardjacke vom Kleiderhaken nehme und überstreife, bemerke ich den abschätzenden Blick der jungen Frau. Ja, Darling. So sieht man aus, wenn man den ganzen Tag mit Surfen und Skaten beschäftigt und nicht mit seinem Bürosessel verwachsen ist. Mit einem süffisanten Grinsen streife ich mir meine Beanie über die wilden, schwarzen Locken und zwinkere ihr dreist zu, bevor ich mir mein Hemd schnappe und zügig den Konferenzraum verlasse.

Ich beeile mich durch die noblen Hotelflure zu meiner Suite zu kommen, um meine Handschuhe, die Boots und mein Brett zu holen. Verschwenderischer Luxus strahlt mir aus jedem Winkel des Hotels entgegen. Diese aufdringliche und offensichtliche Oberflächlichkeit kotzt mich heute einfach nur an.

Bis zu meinem neunzehnten Lebensjahr war dieser Lebensstil allerdings völlig normal für mich. Mein Dad war schon immer eine große Nummer in der Immobilienbranche, weshalb ich es gewohnt war, mit meiner Familie in viel zu bonzigen Häusern, vor denen viel zu teure Autos parkten, zu leben. Als sich meine

Eltern trennten, - damals war ich vierzehn Jahre alt - ist meine kleine Schwester Zoe mit Mum nach South Heads gezogen. Das ist eine kleine, süße Stadt direkt am Meer, circa eine Stunde Fahrtzeit südlich von Sydney.

Dad und ich lebten weiterhin an der Gold Coast. Allerdings mieteten wir uns meistens in die Suiten der verschiedenen Hotels meines Vaters ein, anstatt ein trautes Familienheim nur für uns zwei zu suchen. Das war einfach praktischer, da keiner von uns kochen konnte und natürlich niemand Bock auf Putzen oder Wäsche waschen hatte. Für diese Aufgaben hatten wir dann eben das Hotelpersonal und wir konnten in unseren Suiten das Junggesellenleben aufs angenehmste genießen.

Als mein Dad vor vier Jahren starb, hielt mich an der Gold Coast nichts mehr. Naja, vielleicht mein bester Freund Ryan, der dort mit seiner Familie lebte. Trotzdem habe ich meine Sachen gepackt, in South Heads einen kleinen Bungalow gekauft, und bin dann in die Nähe meiner noch verbliebenen Familie gezogen. Zoe und Mum waren äußerst angetan darüber, dass wir uns endlich wieder häufiger sehen konnten. Die knapp 800 km, die uns seit der Scheidung getrennt hatten, waren zwar für australische Verhältnisse ein Katzensprung, aber bedeuteten trotzdem einen ganzen Tag im Auto verbringen zu müssen, wenn wir uns sehen wollten.

Obwohl ich mit dem Tod meines Vaters auf einen Schlag so viel Geld besaß, wie kein Mensch in einem Leben jemals ausgeben konnte, lebe ich seither halbwegs bescheiden weiter. Okay, ich genieße den unglaublichen Luxus, dass ich nichts zu arbeiten brauche. Stattdessen verbringe ich meine Zeit auf einem Surfbrett in den Wellen oder noch lieber mit meinem Skateboard auf dem Teer. Zugegeben, wenn ich ein neues, geniales Paar Sneakers entdecke, dann kaufe ich es mir, ohne mir Gedanken über den Preis zu machen. Aber ansonsten lebe ich sogar ziemlich sparsam. Dieser Kurztrip einmal um den Globus und der Aufenthalt in dem viel zu schicken Hotel, lässt meine Ausgaben-Statistik allerdings in ungebührliche Höhen schießen.

Damit diese Ausgabe nicht völlig umsonst ist, streife ich mir in meiner Suite die Snowboardboots über und mache mich zügig zum angenehmen Teil dieser Reise auf.

***

Fly so High – Australia Love 2

Lucia & Dean

Erscheinungstermin, Bestellmöglichkeiten und viel Bonus-Material findest Du auf meiner Homepage:

https://lilialay.de